Y Ferch Dawel

Marion Eames

Argraffiad Cyntaf—Awst 1992
Ail Argraffiad—Medi 1992
ISBN 0 86383 804 9

Dymuna'r cyhoeddwyr gydnabod cymorth Adrannau'r Cyngor Llyfrau Cymraeg.

Argraffwyd gan
J. D. Lewis a'i Feibion Cyf., Gwasg Gomer, Llandysul

Wrth lunio'r nofel hon cefais gynghorion gwerthfawr gan nifer o gyfeillion sy'n arbenigwyr yn eu meysydd gwahanol, ac i'r rhain rwy'n dra diolchgar. Ond rhaid nodi yn arbennig fy nyled aruthrol i Nesta Wyn Jones am ei gwaith golygu manwl a chelfydd.

Dychmygol yw pob un o'r cymeriadau.

BLODEUWEDD: Wyddost ti ddim beth yw bod yn unig
Mae'r byd i ti yn llawn, mae gennyt dref,
Ceraint a theulu, tad a mam a brodyr
Fel nad wyt ti yn ddieithr yn y byd.

(O *Blodeuwedd* gan Saunders Lewis)

'F'enw i yw Heledd Garmon . . .'

Mae'r ferch yn codi ei phen ychydig ac yn edrych allan drwy'r ffenest, ond heb weld y lawnt gymen a'r tresi aur yn hanner cysgodi gwaelod yr ardd.

'Heledd Garmon . . .' Mae'n enw tlws, dyna be fydd pawb yn ei ddweud. Enw hanesyddol yn ôl ei thad, enw arwres Pengwern. Ond heddiw mae'n enw afreal iddi hi, fel enw mewn nofel ramantus. Â'r beiro i lawr ar y papur unwaith eto.

'. . . Llys Madog, Heol Gam, Cyncoed, Caerdydd, De Morgannwg, Cymru, Prydain, Ewrop, Y Byd.'

Am funud neu ddau mae hi'n syllu ar y geiriau. Yna, fel pe bai'n gweinyddu defod, mae hi'n rhwygo'r papur yn ei hanner ac yna yn ei chwarter. Chwarae plant yw hyn, rhywbeth yn perthyn i'r gorffennol. Ers ddoe mae hi'n gwybod nad dyna yw ei henw. Mae ganddi enw arall, ac mae hi'n awr yn berson arall. Ddoe y daeth y cyfle y bu hi'n dyheu amdano ers amser maith. Bu'n petruso'n hir cyn mynd i mewn i'r stydi, ond 'roedd y drws am unwaith ar agor, a'r 'goriad yn y drôr yn ormod o demtasiwn. 'Doedd yna neb arall yn y tŷ. Arnyn nhw 'roedd y bai am wrthod dweud wrthi.

'Ein plentyn ni wyt ti. Ni sydd wedi dy ddewis di. Ein Heledd ni wyt ti. 'Rydan ni'n dy garu di. 'Does dim rhaid iti wybod dim byd arall.'

Hawdd derbyn hyn yn blentyn. On'd oedd yna sicrwydd cynnes yn y geiriau? Ond ar hyd y blynyddoedd bu ganddi ei bywyd dirgel ei hun, yn enwedig ar yr adegau aml hynny pan fyddai Dewi'n cael y sylw i gyd. Yna byddai hi'n troi i'w byd llesmeiriol dychmygol, a chael mwythau gan y fam arall, honno a oedd wedi'i gwrthod. 'Roedd ei dychymyg wedi paentio darlun o'r fam honno fel rhywbeth yn codi allan o'r tarth. Un dal, un yn gwenu'n addfwyn ond yn ddireidus, un yn gwisgo dillad llaes, meddal, hyfryd eu teimlad, ac aroglau peraidd drudfawr yn mynd a dod rhwng y plygiadau.

Ond 'doedd gan hon ddim enw ond 'y fam arall'. Tan ddoe. Bu popeth mor hawdd, y drôr yn agored a'r dystysgrif yn gorwedd ar y top. Am eiliad daw amheuaeth drosti. 'Oedd Dadi wedi bwriadu iddi ei gweld? Go brin. Gwir na fu hanner mor gyndyn â Mam i gadw manylion ei geni'n gyfrinachol, ond, wrth gwrs, 'fyddai fiw iddo fynd yn groes i Mam unwaith 'roedd hi wedi penderfynu rhywbeth.

'Bydd gen ti hawl i gael gwybod pan fyddi di'n ddeunaw.' 'Roedd o wedi dweud hyn wrthi'n dawel bach, fel petai o'n deall. Ond mae ganddi flwyddyn arall i fynd tan hynny, ac mae blwyddyn yn amser hir, pan fo rhywun yn ysu, ysu, ysu am gael gwybod. A ph'run bynnag byddai aros nes ei bod hi'n ddeunaw yn golygu mynd drwy rigmarôl swyddogol dychrynllyd, a chael pob math o weithwyr cymdeithasol yn ymyrryd.

Â'r pen i lawr unwaith eto, ac yn araf mae hi'n croesi allan 'Heledd Garmon' ac yn sgrifennu 'Tracey Lloyd' uwch ei ben.

Tracey . . . enw rhyfedd. Yr unig Tracey arall y gŵyr hi amdani yw'r hogan honno yn siop drin gwallt Mari Rose, hogan efo gwallt pinc a chluniau tew. O, wel, dim ots. Tracey Lloyd yw ei henw cyfrinachol hithau'n awr, a Nina Lloyd yw ei mam.

Mae hi'n codi'r pedwar darn papur, yn eu gwasgu'n belen ac yn eu taflu i'r fasged sbwriel cyn cychwyn i'r ysgol.

*   *   *   *

Bu Eryl Garmon yn anhapus ers tro o glywed ei wraig yn gwrthod ateb cwestiynau eu merch. Ond un bendant fu Miriam erioed, ac fe ddysgodd ei gŵr o'r cychwyn cyntaf mai cytuno oedd ddoethaf, ac wedyn, os byddai asgwrn y gynnen yn ddigon pwysig, mynd ati mewn ffordd ddirgel i gael ei ffordd ei hun.

Nid ei fod wedi dweud yn benodol wrtho'i hun: 'rwy'n mynd i adael y dystysgrif yn weladwy amlwg, a'i gwneud hi'n rhwydd i Heledd agor y drôr. Pe bai rhywun wedi'i gyhuddo

10

o gynllwynio felly byddai wedi gwadu'n ffyrnig. Ond weithiau bydd dyn yn ymateb yn ddiarwybod i'w ddymuniad cyfrin. Ac ni welai ef reswm yn y byd dros ddal yn ôl yr wybodaeth yr oedd Heledd yn ei mynnu, ac a fyddai ganddi'n gyfreithiol ymhen y flwyddyn.

Teimlai'n sicr na fyddai cael gwybod yn gwneud yr un iot i'w denu o'i chartref cysurus yn y ddinas. 'Roedden nhw'n deulu hapus, on'd oedden? Tan yn ddiweddar 'doedd hi ddim wedi dangos, yn agored, beth bynnag, unrhyw chwilfrydedd ysol ynglŷn â'i mam naturiol. Ond ar ôl y ffrae ddiwethaf yna 'roedd o'n gallu gweld ei llid yn eu herbyn yn cronni ynddi, ac ofnai y gallai hyn arwain at ddieithrio di-droi'n-ôl.

'Roedd y tŷ'n wag pan ddaeth adre o'r swyddfa. Trodd i mewn i'r parlwr ('roedd Miriam wedi ymwrthod â'r enw ffuantus 'lolfa', heb sylweddoli fod 'parlwr' lawn mor ffuantus yng Nghyncoed). Pwysodd fotwm casét a llanwyd yr ystafell gan nodau consierto clarinet Mozart. Safai'n gwrando wrth y ffenestr, dyn talsyth, ei wallt crychiog yn dechrau cilio, ei ddillad yn ffwrdd-â-hi, ond o doriad celfydd a drud. Dyma'i ffordd o ymlacio ar ôl diwrnod yn y Llys. Llonydd hyfryd, neb yn y tŷ. A cherddoriaeth. Nid oedd yn disgwyl Miriam adre am dipyn, ond byddai'r plant yn ôl o'r ysgol gyda hyn.

Suddodd i'w gadair wrth y ffenestr, caeodd ei lygaid a gadawodd i'r miwsig lifo drosto fel olew. Ceisiai gau pob dim arall allan o'i feddwl, ond, ar ei waethaf, mynnai Lyn fod yn rhan o'i bleser wrth wrando, ac ni allai beidio â gweld llinellau ei chorff yn toddi'n synhwyrus i nodau llesmeiriol y clarinet.

'Gwirion hen', gwenai ynddo'i hun braidd yn chwerw, ond fe'i cysurai ei hun fod y sefyllfa dan reolaeth. Rhaid iddo fod yn ofalus rhag rhoi lle iddi fynnu gormod ganddo, dyna'r cwbl. 'Roedd o wedi gweld y chwalfa ariannol sy'n dilyn ysgariad. Rhyw dipyn bach o hwyl oedd hyn, yr hawl i adfer hyder canol oed.

Miriam? Wel, ie. Ond 'roedd gan Miriam ei bywyd prysur ei hun, a phob munud wedi'i lenwi gan ryw bwyllgor neu

11

gyfarfod neu'i gilydd. A phan ddôi adre, byddai'n rhaid gwrando ar y dwli roedd hwn-a-hwn neu hon-a-hon wedi ei ddweud, ac fel y bu i Miriam eu rhoi yn eu lle bob tro. Un hunan-dybus fu hi erioed, ond 'roedd hi'n mynd yn waeth wrth fynd yn hŷn.

Mynnai droi ei feddwl yn ôl yn gyfan gwbl at y gerddoriaeth, ond 'roedd ei sbel o heddwch wedi diflannu. Gallai weld Dewi'n troi'r gornel ar waelod y dreif, a chydag ochenaid fach, diffoddodd y casét. Byddai ar Dewi isio ei de ar unwaith er mwyn cael mynd i'w lofft i wneud ei waith cartref. Nid oedd byth drafferth i gael Dewi i weithio, yn wahanol iawn i Heledd. Yn wir, bu raid i Miriam ac ef weithiau ei orfodi i gau ei lyfrau a mynd allan am awyr iach. Cododd ei law ar ei fab a throi i fynd i'r gegin i droi'r tegell ymlaen.

'Lle mae Mam?'

Teimlodd Eryl fflach o chwithdod fod Dewi wedi gofyn hyn cyn ei gyfarch.

'Yn rhoi sgwrs i ryw gymdeithas neu'i gilydd. Y Samariaid 'dw i'n meddwl. Gymri di ddarn o gacen i aros pryd?'

'O.K.'

'Sut aeth pethe heddiw?'

'Iawn.'

Ni holodd Eryl ymhellach. Gwyddai y byddai Dewi'n dweud ei hanes yn ei amser ei hun. Gwyddai'n o sicr mai boddhaol fyddai'r hanes hwnnw. Felly y bu o'r cychwyn, a'i fab yn disgleirio ym mhob pwnc yn yr ysgol. A Heledd? Gwenodd ychydig. Wel, o leiaf, 'roedd hi'n ferch bert iawn.

Blwyddyn yn iau na Heledd oedd Dewi. Ychydig fisoedd ar ôl iddyn nhw fabwysiadu Heledd, ar ôl blynyddoedd o siom, darganfu Miriam ei bod hi'n feichiog, a phan aned mab iddyn nhw, teimlai'r ddau yn fodlon eu bod yn awr yn deulu cyfan.

'Roedd y ddau blentyn yn bur annhebyg i'w gilydd o ran pryd a gwedd, yn naturiol felly, ond hefyd yn eu doniau. 'Doedd y rhieni ddim yn rhy anhapus gyda'r gwahaniaeth. 'Mae amrywiaeth mewn teulu'n gwneud bywyd yn llawer mwy diddorol,' oedd barn Miriam. Er ei bod hi'n hoffi honni

12

ei bod hi'n ffeminydd ddigymrodedd, yn dawel bach, fe deimlai'n falch mai gyda'u merch yr oedd yr harddwch, a'r gallu gyda'u mab. Byddai bywyd yn haws i bawb felly.

Yn un ar bymtheg oed, bachgen tenau, astigmataidd oedd Dewi, yn gor-dyfu ei nerth, chwedl yr hen bobl, ond mor finiog ei feddwl ac mor sicr ei gof fel bod ei dad ei hun yn teimlo, os nad yn israddol iddo, yn hunan-ymwybodol ar adegau. 'Roedd Heledd, oedd yn ddwy ar bymtheg, yn siapus osgeiddig, yn ymwybodol o'i gwallt golau yn disgyn yn syth ond yn drwchus ar ei hysgwyddau, ac eisoes wedi dysgu sut i ddefnyddio ei dau lygad gwyrddlas i ddenu sylw.

Os oedd Dewi ar ben y rhestr mewn arholiadau, rywle ymysg y deg olaf y byddai Heledd, bron yn ddieithriad. 'Roedd yna ryw arafwch yn ei hymateb a wnâi i'w rhieni dybio ar adegau ei bod hi'n drwm ei chlyw. Ond ar ôl cael profion ar ei chlustiau a chanfod fod ei chlyw yn gwbl normal, bu raid iddyn nhw sylweddoli mai twpsen fach oedd hi, a rhaid oedd derbyn hyn.

O ran Eryl ei hun, 'doedd y peth ddim yn bwysig. Gwir fod prifysgol allan o'r cwestiwn i Heledd, ond byddai Dewi'n gwneud mwy na iawn am hynny. 'Roedd ganddyn nhw ddigon o fodd i'w danfon hi ar gwrs modelu drud yn y Swistir, neu rywbeth cyffelyb, pe bai raid. Ond ni allai Miriam bob amser guddio pigiadau o ddiffyg amynedd. Ar adegau fel hyn teimlai Eryl braidd dros y ferch. Ni ddywedai hithau air, ond byddai anhapusrwydd yn cymylu'r llygaid anghyffredin hynny, ac yn ddiweddar gwelai ambell fflach o ddigofaint ynddynt.

Ers iddi fod yn ddigon hen i ddeall, ni chuddiodd Miriam nac Eryl mo'r ffaith ei bod hi'n blentyn mabwysiedig. 'Roedd eu ffrindiau i gyd yn gwybod, 'roedd y plant ysgol yn gwybod. 'Doedd dim rheswm yn y byd dros gelu'r peth. Eu merch nhw oedd hi oddi ar wythnos gyntaf ei geni, ac nid merch neb arall. Ychydig iawn a wyddent am y fam naturiol, dim ond yr hyn a ddywedwyd wrthynt gan y gymdeithas fabwysiadu, ac, wrth gwrs, 'roedd y manylion ar ei thystysgrif geni. Ond 'doedd arnyn nhw ddim isio gwybod mwy.

13

Tarawodd y cloc mawr bump o'r gloch, a Heledd heb ddod adre o'r ysgol. Yn y gorffennol 'fyddai hynny ddim wedi peri anesmwythyd iddo. Ond ers y ffrae yna yr wythnos diwethaf, 'roedd o'n fwy ymwybodol o bob newid yn arferion ei ferch.

'Lle mae dy chwaer?'

Eisteddai Dewi wrth y bwrdd yn yfed ei de, a llyfr ar agor o'i flaen. Bu raid i Eryl ofyn ddwywaith cyn cael ei sylw.

'Wedi mynd i dŷ Dilys Ifans.'

'O . . .'

Fyddai Miriam ddim yn blês o glywed hyn. 'Roedd ar Heledd angen ffrind i hogi ei meddwl, nid rhyw hoeden benchwiban fel y Dilys honno. Gwyddai Miriam mai glanhau'r ysgol oedd gwaith mam Dilys, ond gofalai bwysleisio nad dyna sail ei gwrthwynebiad. 'Roedd Dilys wedi gadael yr ysgol, ac wedi dangos ei hanwadalwch yn barod, yn ôl Miriam, drwy symud o'r naill jobyn i'r llall mewn ychydig amser. Mis yn y parlwr gwallt, wythnos mewn caffi yn y dre, cyfnod fel barmêd nes iddyn nhw ddarganfod ei hoed . . . Ond 'roedd hi nawr yn gweithio yn Marks & Spencer. Wythnos yn ôl clywyd llais anarferol o uchel Heledd yn dadlau'n ffyrnig fod Marks and Spencer yn barticiwlar iawn ynghylch pwy a gyflogid ganddyn nhw, a bod Dilys yn reit beniog 'tai hi'n cael y cyfle, ac fel yr oedd hi'n synnu bod rhywun mor amlwg yn y Blaid Lafur yn edrych i lawr cymaint ar ddynes glanhau ysgol.

Dyna'r tro cyntaf i Eryl ei chlywed hi'n herio ei mam. Aeth yr herio ddim pellach na hynny y diwrnod hwnnw, ond wedyn sylwodd Eryl ar newid cynnil yn ei hymddygiad tuag atynt. Ailddechreuodd yr holi ynghylch ei mam naturiol. Beth oedd ei henw? Ble 'roedd hi'n byw rŵan? Oedd hi'n ddibriod pan aned Heledd? Pwy oedd ei thad? Pam roedd ei mam wedi cael gwared â hi?

Er bod Miriam ac Eryl yn fwriadol wedi penderfynu peidio â holi mwy nag oedd raid am y fam naturiol, 'roedd Eryl o'r farn y dylid yn awr ateb ei chwestiynau yn ôl eu gallu. Ond, digon i'r diwrnod oedd barn Miriam. 'Roedd merched o oed Heledd yn rhy anaeddfed i gael ysgytwad emosiynol.

14

'Rheswm da, felly, i ni bwysleisio mai ni sy'n ei charu, fel y bydd hi'n gwybod fod ganddi angor sicr yma. Ddaw dim ond anhapusrwydd iddi os aiff hi ar ôl manylion ei geni.'

Ond fel arall y gwelai Eryl bethau. Teimlai ei bod yn angenrheidiol i bawb wybod o ble y daethent er mwyn medru eu deall eu hunain yn well. Ni chredai y byddai dweud wrthi yn golygu y byddai hi'n troi ei chefn arnyn nhw. Ond yn ôl ei arfer, nid aeth i ddadlau â'i wraig.

Tybed oedd hi wedi gweld y dystysgrif? Nid oedd modd dweud oddi wrth ei hymddygiad llonydd arferol. O, wel, 'roedd o wedi gwneud ei ran. 'Doedd arno ddim isio cael ei rwydo i mewn ymhellach i'r ffrae. Aeth yn ôl i'r stafell ffrynt i wrando ar ragor o Mozart.

2

Tynnodd Dilys linell las ar waelod amrannau Heledd. Pwysodd yn ôl, ei gwefusau'n dynn, er mwyn gweld yr effaith.

O'u blaenau ar y bwrdd gwisgo 'roedd offer harddu o bob math, hufennau glanhau croen, hufennau lliw haul, mascara, lliw cysgodi amrannau, powdwr o bob math a minlliw o binc i goch neu borffor.

Syllodd Heledd arni ei hun ar ôl i Dilys orffen ei gwaith. Yn feirniadol i ddechrau, yna'n raddol fodlon. 'Roedd y ferch a rythai'n ôl arni o'r drych yn rhywun newydd, rhywun hyderus. Tybed a allai hi fentro adre fel hyn, yn lle molchi ei hwyneb cyn cychwyn fel y byddai'n arfer gwneud?

'Nawr 'te. Dy wallt. Mae'n ofnadw o henffasiwn 'fyd.' Tynnodd Dilys siswrn o'i phoced.

'Ti'n folon i mi 'i siapo fe i ti?'

'O, na . . .'

''Shgwl. Fel hyn.'

Cododd lun o ferch efo gwallt byr, wedi'i dorri'n igam-ogam ar ei thalcen.

15

'Ti am fentro?'

Pam lai? Os oedd hi'n mynd i gael cerydd am goluro ei llygaid, man a man iddi orffen y job a newid ei gwallt hefyd.

Faint fuo Dilys yn gweithio yn y parlwr gwallt? Rhyw fis? Digon iddi ddysgu peidio â gwneud llanast ohoni, siawns. 'Roedd arni ofn edrych yn y drych tra bu snip-snip diddiwedd siswrn Dilys.

'Lico fe?'

Agorodd Heledd ei llygaid. 'Iechydwriaeth!'

'Da, yntefe? Nawr, rhain am dy glustie a'r sgarff sidan felen i guddio'r hen iwnifform ysgol 'co. 'Na fe. Ti'n gwmws fel Madonna nawr'.

Syllodd Heledd arni ei hun yn ansicr. Dyma Tracey. Rhywun hollol newydd. Allai neb ei chyffwrdd hi nawr . . . Oedd hi . . . oedd hi'n debyg i'r fam arall?

Dyna drueni ei bod hi'n cael ei chaethiwo cymaint, meddyliai Dilys. Fe fydde hon yn wow yn y disco acha nos Sadwrn. Ond 'doedd hi ddim hyd yn oed yn cael aros ymlaen ym mhartis ar-hyd-y-nos eu ffrindie ysgol.

Gwenodd y ddwy ferch ar ei gilydd. Yn sydyn aeth llygaid Heledd i lawr at ei wats.

'Rargoel! Bydd Mam adre!'

Rhwygodd y tlysau o'i chlustiau a'r sgarff oddi ar ei hysgwyddau, a rhuthrodd am y stafell molchi.

'Hei! 'Smo ti'n mynd i sbwylo 'ngwaith celfydd i a golchi'r *make-up* 'na bant?'

Petrusodd Heledd. Gwyddai fod ei mam, fel ynad heddwch, yn hoffi meddwl ei bod hi'n deall pobl ifainc. Ond 'doedd hi ddim yn ei deall hi. 'Waeth faint o gydymdeimlad fyddai ganddi at y bechgyn a'r merched drwg o flaen y fainc, 'doedd ganddi fawr o gydymdeimlad efo hi, Heledd. Byddai Miriam yn siŵr o ddweud ei bod hi 'yn edrych fel putain'. (Er ddoe 'roedd Heledd wedi dechrau meddwl am ei rhieni fel Miriam ac Eryl.) Trodd yn ôl.

'Na, wna' i ddim. 'Rwyt ti'n iawn. Mi a' i fel'ma.'

'Wela' i di nos fory?'

'Dim gobaith. Sached o waith cartre gen i.'

16

Ar waelod y staer safodd, gan afael yn nwrn y drws.

'Dilys?'

'Mm?'

'Faint mor bell o Gaerdydd ydi Machynlleth?'

'Jiw! Rhyw gan milltir? 'Wn i ddim. Mae 'da fi wncwl yn byw 'co. Pam?'

'O . . . dim byd.'

Ond 'wnâi hyn mo'r tro i Dilys. 'Dyw ffrindie pennaf ddim i fod i gelu dim oddi wrth ei gilydd.

'Dere. Gwêd wrtho' i.'

'Roedd yn rhaid iddi ddweud wrth rywun, neu hollti. Ond ymddiried ei chyfrinach i Dilys? 'Doedd hi ddim yn siŵr.

'Paid â deud wrth neb, yn na 'nei?'

'Wrth gwrs na wna' i. Cris croes, tân poeth . . . Gwêd.'

'Fan'na y ces i 'ngeni.'

'Dy eni? Wir? Pryd wedon nhw wrthot ti?'

'Ddaru nhw ddim. Fi welodd y dystysgrif.'

'W! Shwd?'

'Dim ots shwd. Ond rhaid i mi gael gwybod mwy.'

Ychwanegodd ar ôl ysbaid. 'Enw fy mam iawn i 'di Nina Lloyd.'

Daeth gwich o chwerthin gan Dilys. 'Heledd! 'Na ramantus! Nina Lloyd o Fachynlleth! Pryd ei di i'w gweld hi?'

'Sut galla i? Mae Miriam yn gwrthod deud dim. Mae hi'n deud y bydd gwybod mwy yn f'ypsetio i.'

'Doedd hi ddim yn barod i sôn wrth Dilys am ei henw iawn ei hun. Am y tro, 'roedd hi am gadw hynny'n breifat iddi hi ei hun.

''Drycha. Mae'n rhaid i mi fynd, neu mi fydd yna yfflon o row.'

Rhoddodd Dilys gusan iddi. 'Dishgwl ymlân at y bwletin nesa, 'te.'

*   *   *   *

Ar adegau'n ddiweddar bu Miriam yn ei holi ei hun, nid am y tro cyntaf, a fyddai hi wedi mabwysiadu plentyn pe gwyddai

17

fod Dewi i ymddangos mor fuan. Ar y dechrau, a hithau ymhell dros ei deg ar hugain, llawenydd digymysg oedd gwybod eu bod yn awr yr hyn a elwir yn deulu niwcliar, oherwydd credai'n gydwybodol nad da i blentyn fod yr unig un. Ond 'roedd yn rhaid iddi gydnabod fod yna ddieithrwch anghyffredin rhwng Dewi a Heledd, bron o'r cychwyn, ac nid ar Heledd yn unig roedd y bai am hyn. 'Roedd Dewi, ar adegau, mor ddi-sgwrs fel y gallech feddwl ei fod o natur oeraidd. Ond fe wyddai hi fel arall. Gyda hi 'roedd o bob amser yn gynnes ac yn annwyl. Hyd yn oed yn un ar bymtheg oed, ni fyddai byth yn fodlon mynd i gysgu nes byddai hi wedi mynd i'w lofft a rhoi cusan iddo. Byddai'n well ganddo sgwrsio am hydoedd gyda hi na gyda'i gyfoedion ysgol. Gwyddai fod Eryl yn pryderu tipyn bach am hyn, ond 'roedd hi'n falch o weld nad oedd y mab yn hollol hunan-ddigonol.

Wrth gwrs, byddai'n gofalu mynd i lofft Heledd yn syth i'w chusanu hithau hefyd. Fwy nag unwaith, fe daflodd Heledd ei breichiau amdani'n angerddol a chrefu:

''Dach chi yn fy ngharu i, Mami?'

'Wrth gwrs 'mod i.'

'Gymaint â Dewi?'

'Paid â bod yn wirion!'

Ond yn ddiweddar bu drws llofft Heledd ynghau, ac, wrth i Miriam droi'r dwrn a cherdded i mewn, gwelai fod y ferch wedi troi ei hwyneb at y wal. Yn cysgu? Cysgu llwynog, debyca. Wel, os mai fel'na 'roedd hi'n teimlo, 'doedd hi, Miriam, ddim am sangu ar ei hawydd am breifatrwydd. 'Roedd hi'n gobeithio ei bod hi'n deall merched ar eu prifiant.

Ond wedi iddi gau'r drws yn ddistaw ar ei hôl, 'wyddai hi ddim am y gweiddi mewnol mud. 'Paid â gwneud fy nghusanu i'n ddyletswydd! Pam na ddôi di ata' i gynta, weithie?'

'Roedd Miriam wedi dod yn ôl o gyfarfod y Samariaid y min nos hwnnw gan deimlo y rhoesai'r byd yn grwn am gael rhoi ei thraed i fyny a gadael i rywun arall baratoi'r swper. 'Roedd yn amlwg nad oedd help i'w gael gan Eryl, a oedd yn brysur gyda rhyw bapurau ar ei lin yn y parlwr, ac yn

18

gwrando ar ryw gerddoriaeth fodern aflafar. Brathodd ei thafod rhag dangos ei siom nad oedd y llysiau wedi'u paratoi. Gwyddai fod Eryl adre'n gynnar ar nos Fercher, beth bynnag am nosweithiau eraill, ac fe ddylai yntau wybod y byddai hithau wedi blino'n lân ar ôl siarad â'r Samariaid ac ateb cwestiynau di-ri. Cymerai Miriam ei gwaith cymdeithasol o ddifri, boed ar y fainc, ar y pwyllgor iechyd cymunedol, neu ar bwyllgorau'r Blaid Lafur.

Heno roedd hi wedi gobeithio cael help am ei bod hi wedi blino'n siwps. Ond byddai Miriam bob amser yn cadw'n ddistaw ynghylch blinder. Pan fo gwraig yn priodi dyn wyth mlynedd yn iau na hi, mae hi'n dysgu cymryd arni fod ganddi yr un egni â'i gŵr.

A ble 'roedd Heledd? Twt-twtiodd yn ddiamynedd wrth fynd ati i blicio'r tatws a'r moron. Byddai'n ddigon hawdd i honno fod wedi dod adre o'r ysgol mewn pryd am unwaith, a chynnig help llaw. Ond dyna hi'n awr yn chwarter wedi chwech a dim golwg amdani. Gwthiodd y pîler i mewn i'r tatws i dynnu'r llygaid, fel petai'n gwthio dagr i gorff, ac ar unwaith 'roedd ganddi gywilydd o'i thymer. 'Doedd dim disgwyl i Dewi wneud dim ar hyn o bryd, er ei bod hi wedi gofalu ei ddwyn i fyny i gymryd ei siâr o'r gwaith tŷ fel y dylai pob bachgen ei wneud. Ond heno 'roedd hi'n fodlon bod Dewi yn ei lofft yn paratoi ar gyfer ei arholiad, a 'fyddai hi ddim yn deg tarfu arno. Ond fe ddylai Heledd . . .

Daeth ton o chwys drosti a theimlai ei hwyneb yn fflamgoch a'i phen yn troi. Byddai'n rhaid iddi ofyn i Dr. Griffiths am ragor o'r tabledi hormon. Ceisiai anadlu'n araf ac ar ôl munud neu ddau 'roedd y gwres wedi cilio. Am ba hyd eto, tybed? Bu'r peth yn para yn llawer rhy hir iddi hi.

Wrth iddi roi'r tatws ar y tân clywodd y drws allan yn agor.

'Heledd!'

Ceisiodd gadw rheolaeth ar ei llais, ond methodd. Galwodd y ferch o'r cyntedd, heb ddod i'r gegin.

'Helô, Mam.'

'Lle buost ti mor hir?'

Ni ddaeth Heledd i'r golwg.

19

'Glywest ti fi? Lle buost ti?'

Daeth Miriam allan o'r gegin a'r gyllell plicio tatws yn ei llaw. 'Roedd Heledd yn gwisgo sgarff am ei phen, ac yn plygu i lawr fel pe bai'n chwilio am rywbeth yn ei bag ysgol.

'Es i adre efo Mared.'

'O, Mared, ie?' Lleddfodd hyn beth ar ddicter Miriam. 'Roedd Mared yn ferch i'r Athro Ffiseg yn y Brifysgol. 'Rwyt ti'n hwyr ofnadwy. 'Rown i'n dechrau poeni.'

'O, Mam, pam?'

''Rwyt ti'n gwybod yn iawn pam. Mi allai unrhyw beth ddigwydd i ti ar y ffordd o'r ysgol, fel mae pethe y dyddie hyn.'

Nid ychwanegodd 'Yn enwedig i hogan mor brydweddol â thi'. Ond dyna beth oedd yn ei meddwl. Ceisiodd chwerthin. 'Am be 'rwyt ti'n chwilio mor ddyfal yn y bag yna?'

'Dim byd arbennig.'

Yn gyflym, heb edrych ar ei mam, cychwynnodd Heledd i mewn i'r parlwr. Byddai Dad yn gefn iddi.

'Heledd! Be aflwydd sydd ar dy lygaid di?'

Cydiodd Miriam yn ei braich a'i throi hi i'w hwynebu.

'Oes rhywbeth?'

'Y paent yna. Y mascara! 'Rwyt ti'n edrych fel clown!'

Penderfynodd Miriam drin y peth fel jôc. Wedi'r cwbl, os oedd hi wedi bod efo Mared . . . 'Mi fuost ti a Mared yn cael hwyl, do? Wel, dyna ni, cer i molchi dy wyneb cyn swper.'

Nid atebodd Heledd, dim ond mynd i mewn i'r parlwr at ei thad. 'Roedd yn rhaid iddi dynnu'r sgarff. Gwnaeth hynny a throi i rythu'n heriol ar ei mam. Daeth sgrech o du Miriam.

'Heledd! Dy wallt di! O Heledd, dy wallt hyfryd!'

'Roedd Miriam bron â chrio wrth syllu ar y ferch. Yna trodd ar ei sawdl ac yn ôl â hi i'r gegin. Dechreuodd Eryl chwerthin.

'Be wnest ti, cyw?'

'Dim ond tipyn o hwyl, Dad. Bydd pawb yn licio newid 'u gwallt weithie. Fy ngwallt i ydi o, yntê? Fy llygaid i.'

'Roedd Miriam yn ei thrin hi fel plentyn. Wel, am unwaith, 'doedd hi ddim yn mynd i 'molchi cyn swper.

Rhyw swper digon diflas oedd hwnnw. Ar ôl un sgrech o chwerthin wrth weld Heledd am y tro cyntaf canolbwyntiodd Dewi ei holl sylw ar ei fwyd. Ceisiai Eryl gadw rhyw lun o sgwrs i fynd, ond toc blinodd yntau ar ei fonolog ddi-ymateb.

Wedi i'r pryd ddod i ben, gofynnodd Miriam, gan geisio cadw ei llais yn ysgafn:

'Pwy dorrodd dy wallt di?'

Dim ateb.

'Mared?'

'Na.'

Cododd Dewi ei ben. 'Ddwedes i wrthoch chi. Efo Dilys Ifans y buo hi. Cafodd Miss Vidal Sassoon fis o ddysgu torri gwallt, on'd do?'

Bron na ellid gweld y dur yn fflachio rhwng y brawd a'r chwaer.

'Ydi hynny'n wir, Heledd? Nid efo Mared y buost ti?'

Gydag ochenaid atebodd hithau. 'Diolch, Dewi. Na, efo Dilys. Y Dilys Ifans gomon 'na.' Cododd oddi wrth y bwrdd yn sydyn. ''Dwn i ddim pam 'dach chi'n gneud yr holl ffys. Mae gen bawb hawl i newid steil eu gwallt, debyg?'

''Stedda lawr, 'mach i,' mwmiodd Eryl.

'Newid? Iawn.' 'Roedd llais Miriam yn codi nawr, a'r geiriau'n dod fel brathiad. 'Ond rhaid i'r newid fod yn gelfydd ac yn addas i gymeriad a chefndir. 'Drychwch arni mewn difri. Mae Heledd yn edrych fel—fel—'

'Fel putain! Wn i. Chi wedi awgrymu 'ny o'r blaen. Wel, 'dach chi ddim yn synnu, yn nag 'dach? Putain oedd fy mam i, yntê?'

Syrthiodd ei chadair ar lawr. Rhedodd o'r stafell fwyta i fyny i'w llofft ei hun a chau'r drws â chlep a atseiniodd drwy'r tŷ. Eisteddodd ar ochr y gwely yn crynu drosti.

Nid oedd hi erioed o'r blaen wedi rhoi'r fath beth mewn geiriau, hyd yn oed iddi hi'i hun. Teimlai ei bod hi wedi sarhau'r fam arall. Na, na, na, nid putain oedd honno. Nid dyna'r llun yn ei breuddwydion.

Ond beth petai'n wir? Erbyn hyn 'roedd y llun wedi'i gymylu gan niwl amheuon. Pam nad oedden nhw'n fodlon ateb ei chwestiynau? Bob tro y gofynnai rywbeth, 'roedden nhw'n troi'n swil, ac yn sgubo'r cwestiwn dan y carped.

'Dwi'n teimlo fel rhywbeth yn y canol, meddyliai, heb ddechreuad. 'Sneb arall yn gwbod sut beth ydi cael eich cau allan o orffennol eich teulu. Tebyg i bwy ydw i? Un o'r adegau gwaethaf ydi pan fydd perthnasau'n galw a dweud wrth Dewi, 'O, 'rwyt ti'r un ffunud ag Wncwl Tom' neu 'Mae trwyn Anti Lis gen ti'. A 'fydd neb yn dweud dim byd wrtho' i achos 'dydw i ddim yn debyg i neb.

'Dydw i ddim yn glyfar fel Dewi, fel Miriam, fel Eryl. Oes 'na rywun yn y byd sy'n debyg i mi? Ddaru fy mam iawn gael gwared â mi am fod rhywbeth yn rong arna' i? Sut un ydi 'nhad?

Ond byddai'r darlun o'i thad naturiol yn annelwig. Y cwbl a welai oedd wyneb Eryl yn gwenu arni'n oddefgar. 'Roedd o'n deall. Ond, go dam, pam felly 'i fod o'n gadael i Miriam benderfynu pethe drosto? Dim ond isio gwybod 'roedd hi. Dim byd arall.

Dyrnodd y glustog yn ffyrnig, a dechreuodd igian crio. 'Doedd hyd yn oed Dadi ddim wedi dod i fyny i'w llofft i'w chysuro. Ond 'doedd arni ddim isio neb, yn nag oedd? Iddyn nhw 'roedd Eryl yn perthyn. 'Roedd hi'n hollol ar ei phen ei hun.

*   *   *

I lawr yn y stafell fwyta yr oedd distawrwydd. Dim ond Dewi oedd wedi medru gorffen ei fwyd. Eisteddai ei dad a'i fam yn syllu ar ei gilydd, y platiau o'u blaenau yn dal yn hanner llawn. Yn ymwybodol o'r awyrgylch, ond yn teimlo nad oedd a wnelo hyn ddim byd ag ef, esgusododd Dewi ei hun oddi wrth y bwrdd a dihangodd i'w lofft. Eryl oedd yr un i dorri ar y distawrwydd.

''Wyt ti ddim yn meddwl y dylet ti fynd i fyny ati?'

Pwysodd Miriam ei phen yn ôl ar gefn ei chadair, a chau ei llygaid.

'Nag'dw. Fe ddaw ati'i hun toc. Nid dyma'r amser i geisio ymresymu â hi.'

Bu distawrwydd eto. Chwaraeai bysedd Eryl â'r pot mwstard o'i flaen.

'Miriam . . . ti ddim yn meddwl—?'

'Nag'dw, Eryl. Mi wn i be wyt ti'n mynd i ddeud. Mae hi'n anaeddfed iawn o'i hoed. Falle bydde cyfarfod ei mam yn sioc ddifrifol iddi.'

'Ond 'wyddon ni fawr ddim am y ddynes. 'Dydan ni erioed wedi'i gweld hi. 'Dan ni'n barnu cyn gwybod.'

'Fe allai fod yn angyles, ond 'dan ni ddim yn gwybod. 'Dydw i ddim am gymryd risg efo hapusrwydd Heledd.'

'Mi wnaiff hynny ohoni'i hun pan fydd hi'n ddeunaw. Yn y cyfamser mae hi'n dechrau corddi o deimladau drwg tuag aton ni.'

'Mi alla' i handlo'r peth.'

'Doedd dim byd arall i'w ddweud. 'Roedd Miriam yn gallu handlo pob peth. Cododd Eryl a dechreuodd hel y platiau budron oddi ar y bwrdd. Sgubodd y bwyd oedd ar ôl i mewn i'r uned gwagio sbwriel, a gosododd y llestri'n fyfyrgar yn y peiriant golchi. Dal i eistedd wrth y bwrdd yr oedd Miriam, ei llygaid ynghau a blinder yn dangos yn y llinellau bach a ymddangosai'n fwy amlwg yn ddiweddar bob ochr i'w cheg.

Ciledrychodd Eryl arni. 'Roedd y gwallt a dynnwyd yn gwlwm ar dop ei phen yn britho. O dan ei thrwyn main, mor debyg i drwyn Dewi, 'roedd blewiach mân wedi ymddangos. Am eiliad daeth ton o biti drosto. Mae hi *yn* caru Heledd yn y bôn, meddyliai, ac am wneud ei gorau drosti. Hwyrach y profir maes o law mai ei ffordd hi sydd orau. Mygodd ei awydd i fynd i'r llofft ei hun i gysuro'r ferch.

'Rhaid i mi fynd i dorri'r lawnt.' Allan yn yr ardd, byddai problemau bob dydd yn cilio. Taniodd y peiriant a dechreuodd ei wthio i fyny ac i lawr yn llinellau taclus, ond ar Heledd 'roedd ei feddwl.

'Roedd hi'n tyfu'n ferch arbennig o hardd. Dim ond rhyw chwe blynedd yn iau na Lyn, meddyliodd mewn syndod sydyn, a pheth anghysur. Am y tro cyntaf, 'roedd o'n ymwybodol y gallai ei ferch fach ennyn ymateb rhywiol mewn dynion. Gyda sioc sylweddolodd fod y syniad yn un annymunol iddo. 'Roedd o am ei chadw'n blentyn. Daeth lluniau o'i phlentyndod fel ffilm i'w feddwl. Mynd â hi ar gefn merlen yn ei hen gartre yn Sir Fôn. Ei hofn ar y dechrau, ac yna ei drafferth i'w thynnu i lawr pan ddaeth yr amser i ben. Ei chofio'n sgrechian yn y nos gyda hunllefau ac fel y bu'n ei dal yn ei gôl a mwmian iddi nes iddi syrthio i gysgu. 'Doedd yr edrychiad newydd yn ei llygaid, edrychiad aeddfed, gwybodus, ddim yn cyd-fynd o gwbl â'r darluniau hyn. Hwyrach fod Miriam wedi synhwyro hyn o'i flaen, a'i bod hi'n teimlo'r angen am dreblu ei gofal drosti.

Yn y tŷ 'roedd Miriam wedi cripian i fyny'r staer a gwrando'n ddyfal wrth lofft Heledd. Erbyn hyn 'roedd yr igian wedi tawelu. Ymlaciodd ychydig, ac aeth ymlaen at lofft Dewi. Curodd ar y drws cyn mentro i mewn. Trodd Dewi ei ben i wenu arni.

'A oes heddwch lawr staer?'

'Oes. Am y tro.'

Rhoes ei llaw ar ei ysgwydd. 'Gwaith yn dod 'mlaen yn iawn?'

'Mm. Maen nhw am i mi drïo am ysgoloriaeth i Rydychen.'

Dywedodd hyn yn ddi-daro, ond clywodd y fam y cynnwrf y tu ôl i'r geiriau.

'Dewi! Pam na faset ti wedi deud ynghynt?'

''Rown i'n mynd i wneud cyhoeddiad wrth y bwrdd bwyd, ond 'doedd yr awyrgylch ddim yn gydnaws, yn nag oedd?'

Chwarddodd Miriam a rhoi cusan iddo ar dop ei ben. ''Dwi ddim yn meddwl y baswn i wedi medru cadw peth fel'na i mi fy hun. Rhaid i mi ddeud wrth Dadi ar unwaith. Mi fydd o wrth ei fodd.'

Tynnodd ei llaw drwy ei wallt. 'Dyna ni, felly. Wna' i ddim styrbio rhagor arnat ti.'

Gwasgodd ei ysgwydd ac aeth at y drws. 'Mi ddo' i â phaned o goffi i ti toc.'

'Diolch, Mam.'

Oedodd Miriam wrth fynd heibio i lofft Heledd, ond

penderfynodd beidio â mynd i mewn ati. 'Doedd hi ddim am i'r ysgafnder a gododd ynddi o glywed newydd Dewi gael ei ddifetha. Cerddodd yn gyflym allan i'r ardd i gael dweud wrth Eryl.

3

'Welodd Heledd mo Dilys am rai wythnosau ar ôl y diwrnod coluro a thorri gwallt. Yn un peth 'roedd hi'n ailsefyll ei harholiad TGAU i geisio ychwanegu at y ddau bwnc a gawsai y flwyddyn cynt. Ac, er nad oedd Miriam wedi pwyso arni, hwyrach am *nad* oedd hi wedi pwyso arni, gyrrai cywilydd o ryw fath hi adre o'r ysgol ar ei hunion bob dydd. Wedi'r cwbl, dim ond tair wythnos oedd ar ôl ganddi cyn cefnu ar yr ysgol am byth. 'Roedd hi'n benderfynol nad âi hi'n ôl ym mis Medi. 'Doedd ganddi ond y syniad mwyaf annelwig beth oedd hi'n mynd i'w wneud wedyn. Flwyddyn neu ddwy ynghynt 'roedd hi wedi mynegi'r awydd i fod yn filfeddyg, ond fe roes ei chanlyniadau derfyn ar y freuddwyd honno. Rhywbeth efo ceffylau, 'te? Neu gŵn? Neu waith mewn gardd fawr fel Dyffryn neu Bodnant? Rhywbeth yn yr awyr agored, beth bynnag.

'Aros i ni gael gweld sut hwyl gei di ar d'arholiade,' oedd ateb ei rhieni.

Un bore Sadwrn, a hithau wedi mynd ar neges dros ei mam i siop y gornel, clywodd lais cyfarwydd yn gweiddi arni.

'Heledd! Cŵ—i!'

'Roedd Dilys yn gwisgo culottes blodeuog a siwmper wen gotwm seis yn rhy fach iddi. Cydiodd yn serchus ym mraich Heledd. 'Roedd hi'n gydiwr naturiol.

''Rhen arholiad drosodd 'to? Fe fyddi wedi colli nabod ar dy hen ffrindie i gyd chwap.'

'Mae'n dda dy weld di, Dilys.' Ac yr *oedd* hi'n falch, hefyd. 'Roedd yna ryw ryddid ynglŷn â hi, rhyw gymryd pob dydd fel y dôi, heb boeni am nac arholiad na gyrfa.

'Ddim yn gweithio heddiw?'

'O, 'rwy i rhwng jobsys.'

'Ti rioed wedi rhoi'r gorau i M & S?'

'Wel, odw, mwy neu lai. I fod yn onest, nhw roth y gore i fi.'

'Be wnest ti?'

'Beth 'wnes i *ddim,* ti'n feddwl. Ti'n gwbod nag 'wy i ddim gyda'r gore am gwnnu yn y bore. Wel, 'roedd cyrraedd yn hwyr unweth yn O.K. ond 'doedd 'da nhw ddim 'mynedd 'da fi yn cyrraedd yn hwyr ddwywaith neu dair mewn wthnos.'

'Be wnei di rŵan?'

'Dôl am dipyn. Wedyn—ŵ, Hollywood falle!'

Chwarddodd y ddwy, ac edmygedd Heledd yn disgleirio yn ei llygaid.

'Ond o'n i am dy weld ti am reswm arbennig,' ebe Dilys. 'Ti'n cofio ti'n sôn am dy fam iawn?'

Daeth gwyliadwriaeth i lygaid Heledd.

'Y—yndw.'

'A gweud taw ym Machynlleth y cest ti d'eni?'

'Yndw.' Ond 'roedd llais Heledd yn ansicr iawn yn awr. 'Roedd hi wedi hen ddifaru dweud cymaint wrth Dilys.

'Beth wedest ti oedd enw dy fam ar y stifficet 'co?'

'Ddeudais i?'

'Do. Nina rhywbeth, 'tefe? Beth oedd ei steil hi?'

'Lloyd,' atebodd Heledd yn anfoddog. 'Pam wyt ti isio gwbod?'

'Wel, pan wedes i wrtho Mam—'

'Dilys! 'Ddaru ti ddim?' Mwy o sgrech nag o waedd.

'Gad dy nonsens! Ti wedi *gweud* y byddet ti'n lico cwrdda hi.'

Yr oedd Heledd yn fud. Daeth yr hen ofn drosti, fel petai tunaid o gynrhon ar fin cael ei agor. Ni chymerodd Dilys sylw o'r distawrwydd.

'Wedes i wrthot ti, yn dofe? Mae 'da Mam gender yn byw yn Mach, wedi byw 'co 'rhyd 'i oes.'

Ar ei gwaethaf, 'roedd chwilfrydedd wedi dechrau ei chosi. 'Wel?'

26

''So fe'n lle mowr. Be 'san i'n gofyn iddo fe oedd e'n nabod rhyw Nina Lloyd gas fabi siawns?'

'Roedd hi'n dechrau crynu. ''Dwn i ddim.'

'Pam? Beth sy o'i le mewn gofyn?'

'Fase Nhad a Mam ddim yn licio.'

'Roedd pethe'n symud yn rhy gyflym. 'Roedd hi am ddod o hyd i'r gwir, ond yn ei hamser ei hun, heb i neb arall, neb dieithr, ymyrryd.

'Symo ti mewn gwirionedd am glywed y gwir.'

'Yndw, yndw, ond ddim fel'na.'

'Tyfa lan, ferch.' Edrychodd tua'r nen. 'P'run bynnag, r'yn ni'n rhy hwyr.'

'Be?'

'Mae Mam wedi ffono Wncwl Jack.'

'Dilys!'

'Paid â dishgwl arna' i fel'na. Ers pan 'wy i'n dy nabod di, wyt ti wedi bod ishe gwbod mwy am dy fam iawn.'

'Dim ond wrthot ti y bues i'n siarad am y peth. 'Rown i'n dy drystio di.'

'Wel, mae'r peth wedi'i 'neud nawr.' Edrychai Dilys braidd yn flin. 'Os bydd Wncwl Jack yn cael gwbod rhwbeth, symo fi i fod i weud wrthot ti? Reit?'

'O, Dil ...' Dyna'r cwbl y gallai ei ddweud, a'i theimladau fel crochan cythryblus.

Chwarddodd y llall yn sydyn. 'Doedd hi ddim yn un i ddal dig. 'Gadwn ni bethe fel'na, 'te. Hei, 'smo ti'n dod i'r disco 'da fi heno?'

Edrychodd Heledd yn amheus. ''Dydw i ddim yn meddwl y bydd Mam yn fodlon nes bod yr arholiade 'ma drosodd.'

Cerddodd adre mewn breuddwyd. Oedd hi ar fin cael gwybod? Oedd arni hi isio gwybod? Er bod yr haul yn danbaid, teimlai'n oer. Ddylai Dilys ddim bod wedi busnesa. Clywai lais rhesymol Miriam yn dweud: 'Pan fyddi di'n ddeunaw, 'fydd gan neb yr hawl i dy rwystro di. Erbyn hynny, os wyt ti'n dal yn awyddus i wybod, mae 'na Gymdeithas Gwnslera fydd yn gwneud yr ymholiadau drosot

27

ti, i wneud yn siŵr fod popeth yn iawn. Bydd yn amyneddgar, da ti.'

Er na ddangosodd ei theimladau i Miriam ar y pryd 'roedd hi wedi gwylltio. Ond yn awr 'roedd hi'n dechrau gweld rhywfaint o synnwyr yn nadl ei mam. Ac, wedi'r cwbl, on'd oedd y ffaith fod Miriam mor daer yn erbyn iddi gysylltu â'i mam naturiol yn profi cymaint oedd ei chariad ati hi, Heledd? 'Doedd Miriam ddim am ei cholli. Am y tro cyntaf ers misoedd daeth cynhesrwydd drosti wrth feddwl am ei mam. Na, 'doedd hi ddim am frifo ei rhieni. 'Doedd arni ddim isio gwbod rhagor gan Dilys.

Brysiodd i mewn i'r tŷ, ac, wedi rhoi'r neges ar y bwrdd, er syndod i Miriam, rhoddodd gusan ysgafn iddi. 'Roedd honno'n eistedd wrth y bwrdd yn y gegin a phentwr o ddalennau hysbysebu gwyliau o'i blaen.

Cododd Heledd un o'r dalennau, ''Dach chi wedi penderfynu eto?'

Ochneidiodd Miriam. 'Y broblem arferol. Dad am fynd yn ôl i Thassos fel arfer, and mae arna' i awydd treio rhywbeth newydd. Rhywle fel Fflorens neu Fenis.'

'Roedd gwyliau haf dros y môr yn bwysig iawn i'r ddau, ond bob blwyddyn byddai Eryl yn gyndyn o ddweud yn bendant tan y munud olaf. Fe wyddai hi'n iawn pam.

'Faset ti'n licio i ni fynd i Fflorens?'

'Baswn, am wn i.'

'Mi fydde Dewi wrth ei fodd, m'wn.'

Ar unwaith tynhaodd rhywbeth yn Heledd. Os oedd Dewi wrth ei fodd, dyna fyddai'n penderfynu. Taflodd y ddalen yn ôl ar y bwrdd.

'Mae Mared am i ni fynd ar daith gerdded yn Cumbria.'

'Doedd hyn ddim yn hollol wir. 'Roedd Mared wedi sôn wrth griw ohonyn nhw yn yr ysgol mai dyna sut yr hoffai hi dreulio gwyliau haf, ond 'doedd Heledd ei hun ddim wedi cael gwahoddiad penodol.

Cododd Miriam ei phen ac edrych yn fyfyrgar. 'Roedd yn rhaid i'r amser ddod pan wrthodai'r plant ddal i dreulio gwyliau efo'u rhieni. Rhan o dyfu.

28

'Fydde ddim yn well gen ti ddod efo ni i Fflorens?'

'Treulio'r amser yn gweld pictiwrs a ballu? Dim diolch. Well gen i fod yn yr awyr agored.'

Dechreuodd Miriam hel y papurau ynghyd.

''Dwi'n medru deall d'awydd di i dorri dy gŵys dy hun, cariad. A bydd Mared yn gydymaith ardderchog, 'dwi'n siŵr.'

'Roedd Heledd wedi'i brifo. 'Doedd hi ddim wedi disgwyl i Miriam dderbyn ei gwyliau ar wahân i'r teulu mor rhwydd. Ond, wrth gwrs, os oedd Dewi isio mynd i Fflorens . . . dymuniad Dewi oedd yn cyfri.

Rhedodd allan o'r stafell gan adael Miriam yn pendroni beth ar y ddaear 'roedd hi wedi'i ddweud o'i le nawr.

*   *   *

Tra oedd Miriam yn byseddu'r dalennau hysbysebu gwyliau, 'roedd Eryl mewn fflat ym Mhontcanna yn yfed coffi-wedi'r-caru gyda Lyn. Cyn bo hir byddai'r hen deimlad o euogrwydd yn dod drosto, ond ddim eto . . . 'Roedd hi'n eistedd ar ochr y gwely, ei choesau hir, ifanc yn dianc o'r dilledyn tryloyw 'roedd hi wedi'i daro drosti'n frysiog i fynd i wneud y coffi, gan ei demtio i ailgydio ynddi. Ond rhaid peidio â dechrau eto, 'roedd hi'n hwyr glas iddo gychwyn adre.

Estynodd ei law allan i gyffwrdd â'r croen llyfn, brown. 'Allai o ddim peidio. Fe'i clywodd hi'n ymateb fel arfer. Ochneidiodd yn dawel. Dodwyd y ddau gwpan coffi o'r neilltu ar hanner eu hyfed, ac fe'i tynnodd i lawr ato unwaith eto.

Ar y ffordd adre, ryw hanner awr yn ddiweddarach, ymbalfalai am esgus a fyddai'n dal dŵr—diferion o leiaf. 'Roedd yr esgusodion hyn yn dechrau swnio'n wan iawn i'w glustiau ar ôl deufis o 'weithio'n hwyr'. Synhwyrai weithiau fod Miriam yn amau. Os oedd hi, 'roedd hi'n rhy gall i ddweud dim, ond 'doedd o ddim am ei brifo hi, 'chwaith. Beth oedd celwydd bach i'w chadw'n hapus? Wedi'r cwbl,

29

'doedd hyn ddim yn mynd i chwalu ei briodas. Rhywbeth dros dro oedd o.

*　　　*　　　*

Daeth yr arholiadau, ac aethant heibio, a Heledd yn bur siŵr o'i thynged.

Yn y cyfamser, 'roedd paratoi mawr ar gyfer y gwyliau yn yr Eidal. Wrth glywed y sôn am Fflorens a Cattolica a Pesaro 'roedd Heledd wedi simsanu, ond rywsut 'roeddan nhw wedi ei chymryd ar ei gair ei bod hi am fynd hefo Mared i Cumbria, a fu dim perswâd arni i newid ei meddwl.

Pan ddechreuodd Miriam boeni ynglŷn â sgidie cerdded iddi a sach gysgu, a beth oedd Mared yn mynd i'w wisgo, ac oeddan nhw'n siŵr fod ganddyn nhw gwmpawd da, ofnai Heledd y byddai ei mam yn ffonio mam Mared i drafod y trefniadau unrhyw funud.

O'r diwedd, cafodd afael yn Mared ar ei phen ei hun wrth iddi ddod o lyfrgell yr ysgol. Er bod honno bob amser yn ddigon cyfeillgar, 'allech chi ddim dweud fod y ddwy yn agos at ei gilydd. 'Roedd gan Mared ddwy neu dair o ffrindie nes na Heledd. Ond rhaid oedd mynd â'r maen i'r wal rywbryd.

'Mared, wyt ti'n cofio iti sôn am daith gerdded yn Cumbria?'

'Cumbria?' ebe'r ferch arall yn hurt. Yna chwarddodd, newydd gofio. 'Do, fe wnes i, yn dofe? Beth amdani?'

'Oeddet ti o ddifri?'

'Jiw! Dim ond gweud wnes i y byddwn i'n *lico* mynd. Pam?'

'Faset ti'n dod efo mi?'

Syllodd Mared arni mewn syndod. 'Jiw!' meddai eto. Edrychai arni fel pe bai hi'n ei gweld am y tro cynta erioed, ac, er bod Heledd gymaint yn dalach, teimlai yn awr mor fach â chwningen. Brysiodd ymlaen.

''Dwi'n meddwl y basen ni'n gwneud yn iawn efo'n gilydd, 'wyt ti ddim? 'Dwi wedi bod yn holi. Fe allen ni gael bws o Lerpwl i fynd â ni i Kendal i gychwyn, ac mae 'na—'

30

'Hei, hang on,' ebe Mared, 'Mae 'ngwylie i wedi eu trefnu. Sori, 'fyd. 'Wy'n mynd 'da'n rhieni i lawr y Rhein.'

'O,' ebe Heledd yn swta, 'Wela' i.'

Teimlai chwys embaras yn cerdded drosti. Wrth weld ei siom, ceisiodd Mared wneud iawn.

'Bydde'n grêt i ni fynd 'da'n gilydd rywbryd. Flwyddyn nesa, falle.'

'Falle.'

Be wnâi hi rŵan? Peidio â dweud dim wrth ei rhieni a gadael iddyn nhw feddwl fod y daith yn dal ymlaen? Ond 'roedd Miriam yn siŵr o ffonio mam Mared, yn hwyr neu'n hwyrach. Edifarhâi iddi fod mor fyrbwyll â gwrthod mynd hefo'i theulu yn y lle cynta. Hwyrach nad oedd hi ddim yn rhy hwyr.

'Roedd Miriam yn yr ardd yn torri rhosod i addurno'r bwrdd i'r swper arbennig y noson honno. Cofiodd Heledd yn sydyn fod y Barnwr Huw Austin a'i wraig wedi cael eu gwahodd. Gwell dweud ei stori ar unwaith, felly.

Ond safai yno'n gwylio ei mam, heb wybod sut i ddechrau.

'Cer â'r rhain i mewn a'u rhoi nhw mewn dŵr, wnei di?' Daliai Miriam y rhosod allan iddi.

'Mam, mae trip Cumbria wedi syrthio drwodd.'

'Y? O, paid â gwasgu'r pennau!' 'Roedd yn amlwg bod ei meddwl ar y swper heno. Yn araf, fe wawriodd arni.

'Be wyt ti'n feddwl ''wedi syrthio drwodd''?'

''All Mared ddim mynd wedi'r cwbl.'

Rhythai Miriam arni. 'Ydi hi'n sâl neu rywbeth?'

'Roedd hyn yn esgus nad oedd Heledd wedi meddwl amdano. Ar fin dweud 'Ie, mae hi'n sâl,' newidiodd ei meddwl. Byddai ei mam yn siŵr o anfon blodau neu bot o farmalêd neu rywbeth iddi.

'Nag 'di. Mae hi am fynd efo'i rhieni i lawr y Rhein.'

Cliciodd Miriam ei dannedd yn ddiamynedd. 'Wel, *am* dro sâl. Tithe wedi edrych ymlaen cymaint. Be wnei di rŵan?'

Ond cyn aros am ateb aeth ymlaen. ''Drycha... 'Fedra'

i ddim rhoi fy meddwl ar hyn rŵan. Fe gawn ni drafod y peth yn nes ymlaen. . . . Heledd! Cymer ofal o'r rhosynne 'na.'

Byddai Miriam wrth ei bodd yn gwahodd pobl fel y Barnwr a'i wraig i swper, a heno, 'doedd yna'r un creisis personol fel colli gwyliau am newid y flaenoriaeth yn ei meddwl. Dibynnai llwyddiant noson fel hon ar baratoadau manwl ddyddiau ymlaen llaw, ac ni châi fawr o ddim arall ei sylw. Chwiliodd o'i chwmpas am wyrddni i fynd hefo'r rhosod, a dewis ychydig o redyn ifanc. Yna dilynodd Heledd i'r tŷ.

Teimlai honno y dylai gynnig helpu.

'Na, fe ddoth Mary i roi help llaw, pnawn 'ma. Mae popeth bron wedi'i wneud, diolch i'r drefn. Be wyt ti'n mynd i'w wisgo?'

Felly, 'doedd dim sôn i fod am wyliau ar hyn o bryd.

'O, 'dwn i ddim. Y ffrog las, ella.'

Daeth car Eryl i fyny'r dreif. Arhosodd Heledd iddo ei roi yn y garej cyn dweud:

'Dad, 'dach chi'n meddwl y galla' i ddŵad i'r Eidal efo chi wedi'r cwbl?'

Trodd yntau i rythu arni mewn syndod. 'Be 'di hyn? 'Rown i'n meddwl dy fod ti am fynd ar daith gerdded yn Ardal y Llynnoedd efo Mared?'

''Dydi hi ddim yn gallu dŵad.'

'O, dyna dro.' Gwaeddodd tua'r gegin. 'Sieri, Miriam?'

Daeth y llais yn ôl. 'Diolch. Tyrd â fo yma, wnei di? A cher i ddewis y gwin.'

Tywalltodd Eryl y sieri i ddau wydr.

'Ga' i un, Dad?'

Gwenodd Eryl ei wên gam, a thywallt glasaid iddi. Dilynodd ei thad i mewn i'r gegin at ei mam.

'Dad, wnewch chi ffonio i weld oes 'na le ar ôl i mi?'

Edrychodd Eryl ar ei wats. Ond 'roedd Miriam wedi achub y blaen arno. 'Mae hi 'mhell wedi pump. Mi fyddan nhw wedi hen fynd adre.'

Cododd Heledd ei llais. 'Mi allai o dreio, Mam.'

Gwelodd Eryl dymheredd yr awyrgylch yn codi. 'O'r gore, cyw, mi dreia' i.'

Fel ci bach wrth ei gwt, dilynodd Heledd ef at y ffôn. Deialodd y rhif, a gwrandawodd y ddau ar y ffôn yn canu'n ofer.

'Mi ro' i gynnig arni peth cynta bore fory.'

'Paid â rhoi dy feddwl ormod ar y peth,' galwai Miriam. ''Roeddan ni wedi'i gadael hi braidd yn rhy hwyr fel 'roedd pethe.'

Gwenodd ei thad arni, fel pe baen nhw'n rhannu cyfrinach. 'Mi wna' i 'ngore glas, cyw.'

*　　　*　　　*

'Fuon ni yn Partinico y llynedd,' meddai'r Barnwr. 'Lle rhyfedd. Dim gwestai, dim traethau, dim siopau trincedi. Dim ond y Maffia.' Trodd lygaid direidus ar Dewi. 'Fyddech chi, ddyn ifanc, yn hoffi gwylie felly?'

Ystyriodd Dewi y cwestiwn yn fanwl cyn ateb. 'Mi allwn i wneud heb y traethau a'r trincedi. Ond 'does dim llawer o bwynt mynd yr holl ffordd i'r Eidal heb weld llefydd fel y Capella Pazzi yn Fflorens a Llyfrgell San Marco yn Fenis.'

Trodd Heledd ei choffi. Rownd a rownd am hir, er nad oedd dim siwgr ynddo. Dewi yn dangos ei hun!

'Ydych chi'n medru Eidaleg, Dewi?' gofynnodd gwraig y Barnwr. 'Mae'n gwneud gwahaniaeth os y'ch chi.'

'Wel—' dechreuodd Dewi yn ddiymhongar.

Torrodd Miriam i mewn. 'Mae o'n dda am bigo ieithoedd i fyny. Mae o wrthi fel lladd nadredd yn gwrando ar gasetiau Eidaleg.'

Ond edrychai Dewi braidd yn ddiamynedd gydag ymyrraeth ei fam. ''Dwi'n edrych ymlaen yn fwy na dim at weld cerfluniau Donatello.'

Ciledrychai Mrs. Austin ar Heledd. Gwraig fyddai'n gwrando yn hytrach na siarad oedd hi, ac nid oedd ei llygaid yn colli dim.

'A chi, Heledd, beth y'ch chi am weld yn fwy na dim?'

'O, 'dydi Heledd ddim yn dod hefo ni,' ebe Miriam.

Torrodd Eryl i mewn yn frysiog. 'O, 'dwi'n mynd i ffonio'r asiant yn y bore i weld oes 'na le iddi. Mae hi wedi cael ei siomi yn ei chynlluniau ei hun, 'dach chi'n gweld.'

'O? Ble 'roeddech chi wedi meddwl mynd?'

'Cerdded yn Cumbria.' 'Roedd ateb Heledd yn swrth. 'Ond mae popeth wedi newid.'

Edrychai Mrs. Austin fel pe bai am holi rhagor, ond 'roedd rhywbeth yn llais y ferch yn peri iddi ymatal. Nid felly y Barnwr a fu'n prysur wagio ei drydydd brandi. 'Roedd o awydd tynnu coes y ferch bert a eisteddai gyferbyn ag ef.

'Os daw hi gyda chi, Garmon, 'fydd neb yn edrych ar Donatello, ellwch chi fentro.'

'Wel,' meddai Miriam a oedd hithau wedi cael mwy na'i dogn arferol o win, ''dwn i ddim. Mae cael y ddau yma ar wylie gyda'i gilydd yn resait am aflonyddwch. Wyt ti'n cofio Groeg y llynedd, Eryl? 'Allai Dewi a Heledd ddim cytuno am bum munud, a 'roedd popeth yn mynd yn sang-di-fang. Fel dau dincer . . . '

A dyna'r rheswm ei bod hi'n dangos mor glir nad oedd arni f'eisiau. Mae hi wedi sylwi ar y Barnwr yn fy llygadu i ers meityn hefyd. Ond dyna'r gwir allan rŵan. 'Dydi hi ddim am i mi fynd ar wylie hefo nhw. Wel, 'dydw i ddim am fynd rŵan. Mi ddweda' i wrth Dad am beidio â phoeni ffonio'r asiant fory. Mi arhosa' i yma, ac mi gaiff Dilys ddod i aros. Mae Dad yn edrych yn annifyr. 'Dwi'n meddwl fod Dewi'n mynd ar ei nerfau yntau hefyd.

'O, 'dydyn nhw ddim mor ddrwg â hynny, Miriam,' ebe Eryl. 'Ti'n cofio'r hen ddywediad—"trwy frathu a chrafu . . . "'

Rywsut 'doedd hynna ddim yn swnio'n iawn yn ei glustiau, ond 'roedd o wedi gwylltio efo Miriam. Trodd yn frysiog at Menna. ''Dach chi'n siŵr na chymrwch chi frandi?'

'Roedd gwrthodiad gwraig y Barnwr yn arwydd i Miriam alw arni i fynd i eistedd ym mhen pella'r ystafell, gan adael y dynion i siarad wrth y bwrdd. 'Roedd Mam mor henffasiwn

34

o gonfensiynol. Er ei bod hi'n dyheu am fynd allan am dro, bu raid i Heledd ymuno â'r ddwy wraig arall.

'Beth wnewch chi, Heledd, tra bo gweddill y teulu i ffwrdd?' 'Roedd Menna Austin am wybod mwy am y ferch dawedog hon.

'Aros yma. Mi fydda' i'n iawn.'

'Mi gei di fynd at Nain yn y Bala,' ebe Miriam fel pe bai'r peth eisoes wedi'i setlo.

Ni ddywedodd Heledd air, ond dechreuodd y gwrthryfel godi ynddi. Yn sicr 'doedd hi ddim am fynd at Nain, a oedd yn hen ac yn biwis ac yn fyddar.

Sylwodd gwraig y Barnwr ar hyn. 'Os byddwch chi'n dewis aros yma, mae croeso i chi ddod acw unrhyw amser ry'ch chi'n moyn cwmni. Cewch sefyll 'da ni, os licech chi.'

Edrychodd Heledd ar ei mam a gwelodd fod honno'n gwenu ychydig, ei llygaid yn goleuo wrth groesawu'r cyfle newydd yma i glosio at wraig y Barnwr.

''Dach chi'n garedig iawn, Menna. 'Dydw i ddim yn licio'r syniad o adael merch dwy ar bymtheg oed ar ei phen ei hun yn y tŷ am dair wythnos.'

''Dydw i ddim yn fabi, Mam.'

Daeth Mrs. Austin i'r adwy unwaith eto. 'Meddyliwch dros y peth. 'Fydden ni ddim am ymyrryd â chi o gwbl.'

'Roedd Miriam wrth ei bodd. 'Mae hyn wedi codi pwysau oddi ar fy meddwl i. 'Dach chi'n siŵr, Menna, na fydd hi ddim yn y ffordd?'

''Dach chi ddim am i Dadi ffonio fory, ta?' 'Roedd hi bron yn methu cael y geiriau allan gan gymaint ei briw.

'O, mi gaiff dreio. Ond 'does dim llawer o obaith. Na, mae hyn yn ateb ein problem yn llwyr. Diolch, Menna.'

Sylwodd Menna ar yr edrychiad rhyfedd a daflodd Heledd at ei mam, a oedd yn gymysgedd o ddicter ac eironi. 'Problem' oedd hi felly, ebe'r edrychiad, a dyma gyfle i'w sgubo dan y carped.

35

4

Tŷ ar fryn yn edrych i lawr dros y ddinas yw Bryn Gwenallt, tŷ a godwyd tua diwedd y ganrif ddiwethaf pan lifai dynion busnes a'u harian i mewn i'r ardal, ac yn eu sgil y dynion proffesiynol, y penseiri, y meddygon, y cyfrifwyr, y twrneiod, a'r athrawon i'r colegau ar eu prifiant. Y mae rhyw sadrwydd yng ngwneuthuriad tai o'r fath, yn gwarchod eu preifatrwydd yn eiddigeddus, ac mor wahanol ag y gallent fod i'r tai modern, agored, sydd â mwy o ffenestri nag o furiau, lle mae pawb yn medru syllu ar fywydau pobl eraill.

Croesawyd Heledd i mewn i gyntedd eang, gyda llawr o deils diemwnt, brown, glas a therra-cota. Safai cloc wyth niwrnod yn un gornel gyferbyn â phlanhigyn anferth o ddail gwyrdd. Fe'i harweiniwyd i mewn i ystafell led oer a oedd yn fendith ar ôl y gwres y tu allan.

'Coffi gynta,' ebe Mrs. Austin, 'cyn i mi ddangos eich llofft i chi. 'Fydda' i ddim eiliad yn ei wneud.'

'Roedd hi'n synnu ei chael ei hun yma, synnu mwy ei bod hi'n weddol fodlon bod yno. 'Fu ganddi ddim dewis ond rhoi i mewn i bwyso 'i mam, ond yr hyn oedd yn braf oedd bod Mrs. Austin wedi pwysleisio na fyddai dim rhaid iddi aros pe dewisai fynd yn ôl i Lys Madog i gysgu ambell waith neu i dreulio diwrnod. 'Doedd hi ddim wedi dweud dim wrth Miriam am y trefniant llac rhyngddi hi a gwraig y Barnwr.

Ar ei phen ei hun, teimlai Heledd yn fwy rhydd i edrych o gwmpas. Yn y pen draw, wrth y ffenest Ffrengig safai piano cyngerdd mawr, ac, yn y gornel arall, delyn. Pwy oedd yn eu canu, tybed? Trueni na fu llawer o siâp ar ei gwersi piano erstalwm. 'Roedd hi'n ei ffansïo'i hun yn eistedd ar y stôl hir honno a phawb yn edmygu ei dawn. Ond 'doedd hi ddim wedi cael hwyl ar fawr o ddim, yn nag oedd? Ddim hyd yn oed ar hoci neu bêl-rwyd.

Beth oedd hi'n mynd i'w wneud yn ystod y tair wythnos nesa, tybed? 'Roedd hi'n hoffi hynny 'roedd hi wedi'i weld ar Mrs. Austin, ond am beth ar y ddaear y bydden nhw'n siarad am dair wythnos? Perthyn i genhedlaeth ei mam, neu hyd yn oed yn hŷn, yr oedd y Barnwr a'i wraig. Ni welai, unwaith iddyn nhw orffen â'r ystrydebau, y byddai ganddyn nhw fawr o ddim i siarad amdano. 'Roedd ei thad wedi treio'i orau, drannoeth y swper, i berswadio'r asiant teithio i ddod o hyd i le iddi ar eu gwyliau. Ond 'roedd pob sedd yn llawn, fel yr oedd Miriam wedi rhagweld.

'Mae'n ddrwg gen i, cariad,' ebe ei thad. 'Faset ti'n licio mynd yn fy lle i?'

'O, 'fyse hynny ddim yn gwneud y tro o gwbl,' ebe Miriam yn frysiog, gan gochi'n boenus. Edrychodd y ddau yn rhyfedd ar ei gilydd, a rywsut 'doedd Heledd ddim yn teimlo bod a wnelo hynny ddim â hi.

Wrth ffarwelio 'roedd Miriam wedi edrych braidd yn euog, ac, i geisio cuddio hyn, 'roedd hi wedi mynd i drafferth fawr i ddweud wrthi am ofalu troi'r gwresogydd dŵr i ffwrdd, ac i gloi pob ffenest, ac i beidio â cholli'r 'goriad ar boen ei bywyd. Ond 'roedd hi hefyd wedi cymryd Heledd yn ei breichiau a'i chofleidio'n dynn, cyn mynd.

Daeth Mrs. Austin yn ôl i'r stafell yn cario hambwrdd, a'i osod i lawr ar y bwrdd coffi.

'Siwgir?'

'Dim diolch.'

Eisteddodd gyferbyn â Heledd, ac, am eiliad neu ddwy, bu'r ddwy yn edrych ar ei gilydd gan wenu, gwên Heledd yn swil, gwên Mrs. Austin yn gynnes, llawn hiwmor. Gwelai Heledd wraig a allai fod rywle yn ei phumdegau hwyr neu yn ei thrigeiniau cynnar. Anodd dweud ei hoed, oherwydd 'roedd yna ryw fywiogrwydd tawel yn perthyn iddi. 'Roedd ei gwallt syth wedi'i dorri'n ffasiynol, yn dechrau britho mymryn, ei chorff yn ifanc, a gwisgai ffrog haf werdd o ddefnydd drud. 'Roedd ganddi geg yn barod i weld pethe'n ddoniol, ac 'roedd hyn yn gysur i Heledd ar ôl difrifoldeb Miriam.

Gwelai Menna Austin ferch dal, siapus, a'r llygaid rhyfeddol yna, trwyn main, syth, y wefus isaf yn llawn ond nid yn llac. Oedd ei mam naturiol hi'n hardd hefyd, tybed?

37

Neu ei thad? Oherwydd 'roedd Menna wedi clywed eisoes mai plentyn mabwysiedig oedd hon.

Yn groes i'w harfer, Heledd oedd y gynta i dorri'r distawrwydd.

'Oes gennych chi blant, Mrs. Austin?'

'Ydw i'n rhy hen i chi alw Menna arna' i?'

Cochodd Heledd, ond 'roedd hi wrth ei bodd. 'Ddim o gwbl.'

'Na, 'does gen i ddim plant. Dim ond rhes o neiaint.'

''Dwi'n siŵr eich bod chi'n fodryb ardderchog.'

'Roedd Heledd yn synnu ati ei hun yn mentro sylw felly, ond 'roedd hi'n dechrau closio at y wraig yma.

'Wel, 'rwy'n hoff iawn o bobl ifainc. Mae'ch bywyd chi mor wahanol i'n bywydau ni erstalwm.'

'Sut?'

'Newydd orffen oedd y rhyfel pan oedden ni'n ifanc. 'Roedd dogni'n dal ar fwyd, dillad yn dal yn brin er bod yr angen am gwponau wedi darfod. 'Doedd yna ddim teledu, wel, ddim ym mhob tŷ, ta beth . . .' Chwarddodd yn dawel. 'Dim roc-a-rôl, dim discos, dim bwyd wedi'i rewi, dim teits. Rhyw fyd go ryfedd fydde hynny i chi, 'ndefe?'

Bu saib am ychydig cyn iddi ychwanegu: 'Ac, wrth gwrs, 'doedd y bilsen ddim ar gael.'

Cafodd Heledd sioc. 'Allai hi ddim meddwl am Miriam yn dweud rhywbeth felly. Perthyn i rywbeth annelwig, cudd, fel madarch hud yr oedd y bilsen. Pwysodd ymlaen yn ei chadair.

''Roedd hyn yn gwneud gwahaniaeth?'

'Wrth gwrs. Ofn oedd yn ein rheoli ni erstalwm. Mwy, mae'n siŵr, na moesoldeb. Y pechod mwya oedd cael—'

Stopiodd Menna, gan gofio dechreuad y ferch a eisteddai gyferbyn, ei llygaid yn awchu am gael gwybod mwy. Yna penderfynodd orffen y frawddeg: '—oedd cael babi cyn priodi.'

'Roedd llygaid Heledd wedi eu hoelio ar batrwm y carped nawr. 'Doedd hi ddim yn teimlo ei bod hi'n adnabod Menna yn ddigon da i wneud sylw ar rywbeth mor agos i'r asgwrn.

Newidiodd Menna gêr. 'Yn f'amser i, dim ond dechrau cael blas ar ryddid yr oedd menywod. Ond 'doedd treio dilyn yr un gyrfâu â bechgyn ddim yn hawdd. Ychydig iawn o feddygon neu gyfreithwyr neu gyfrifwyr oedd yn ferched. Fe ges inne fy ngwrthod i fod yn is-olygydd ar fy mhapur yn Llundain, er 'mod i'n gwybod 'mod i lawn cystal os nad gwell na'r dynion oedd yno. Byd dynion oedd newyddiaduraeth.' Clywodd Heledd chwerthiniad bach byr. ''Roedden ni'n cael bod yn gyfrifol am dudalen y merched, wrth gwrs.'

'Mae pethe'n well heddiw, yntydyn nhw?'

'Ydyn, wrth gwrs, ond mae llawer o ffordd i fynd eto. Yr Eglwys, er enghraifft.'

'Wyddai hi ddim fod Menna wedi bod yn gweithio ar bapur newydd. 'Doedd hi ddim, rywsut, wedi meddwl amdani ond fel gwraig tŷ arall. Teimlai ryw gymysgedd o swildod a dieithrwch. Pan sylweddolai Menna mor dwp oedd hi, Heledd, 'fyddai ganddi fawr o amynedd siarad â hi. Crafodd yn ei meddwl am rywbeth i'w ddweud.

'Fyddwch chi'n sgwennu i bapurau newydd, rŵan?'

'Ambell waith. Pan fydd rhywbeth digon diddorol yn tynnu fy sylw.'

Ond 'doedd Menna ddim am ymhelaethu ar hyn. Cododd. 'Dewch lan i gael gweld eich llofft.'

*   *   *

'Doedd Menna ddim am i Heledd deimlo'n gaeth i Fryn Gwenallt, a'r bore wedyn cynigiodd lifft iddi i Gyncoed.

'Roedd hyn yn siwtio Heledd i'r dim, cael y dydd yn rhydd iddi ei hun. Gwenodd ei diolch, ac addawodd Menna ddod i'w nôl hi erbyn amser swper. Ar ôl iddi fynd, dechreuodd Heledd grwydro o gwmpas y tŷ, ar goll braidd. 'Roedd y lle gwag yn edrych mor ddieithr. Be wnâi hi rŵan?

Coffi? Na. Rhy gynnar. Yn sydyn, llonnodd. Beth am gael Dilys draw i gael coffi? 'Doedd hi ddim wedi gweld honno ers cantoedd. Hwyrach, wrth gwrs, y byddai wrth ryw waith neu'i gilydd, ond 'doedd dim drwg treio. Cododd y ffôn. Atebodd llais cyfarwydd yr ochr draw.

'Heledd? Dyna lais dierth!'

'Dilys, beth am ddod draw yma am baned o goffi?'

'Ble? Llys Madog? Nefer!'

''Dwi ar 'y mhen fy hun yma.'

'O . . . O, oreit. Pryd? Nawr?'

'Ar unwaith.'

Byddai'n rhaid gwneud y tro ar laeth powdwr i'r coffi, ond dim ots am hynny. Canai Heledd wrth lenwi'r tegell a chwilio am y tun bisgedi.

Camodd Dilys yn araf i mewn i'r tŷ, ei llygaid yn neidio o'r naill beth i'r llall. 'Doedd hi erioed o'r blaen wedi dod ymhellach na'r trothwy.

'Ble ma' *nhw*,'te?'

Eglurodd Heledd, ac ymlaciodd Dilys ar unwaith.

'Hei jincs, ife? Beth wnawn ni, ferch?'

Chwarddodd Heledd. Dyna braf oedd bod yng nghwmni byrlymus Dilys, a oedd wedi suddo i lawr ar y soffa, ei choesau ymhlŷg odani.

'Ti'n gweithio rŵan?'

'Dechre mewn siop bapur ar bwys, ddydd Llun nesaf. Bydd yn handi iawn. Mae Ken yn gwitho yn yr iard goed gyferbyn.'

'Ken? Pwy 'di Ken?'

Gwthiodd Dilys ei thafod i'w boch cyn ateb. 'Y boiffrend, 'ndefe?'

'Roedd yn amlwg ei bod hi wedi bod yn ysu am gael siarad am hyn. 'Roedd ei llygaid yn pefrio.

'Ydi o'n sbesial?'

'Odi. Sbesial iawn.'

Saib am ychydig, a Dilys yn ciledrych arni. 'Roedd arni isio mwynhau chwilfrydedd Heledd i'r eithaf.

'Wel, c'mon. Dwed ragor.'

''R'yn ni'n cwrdd bob nos. Ma' 'da fe gar bach itha teidi. Wel, fan, a gweud y gwir.'

'Ydi o'n ddel?'

'Ddim yn ffôl. Ma' 'da fe wallt coch. Ac ma' fe dipyn bach yn dew. Ond ma'n neis cael tipyn o gnawd i afel yndo fe.'

40

Crychodd Heledd ei thrwyn, ond ni sylwodd Dilys. 'Roedd arni isio dweud rhywbeth arall.

'Ma 'da fe garthen wlân i'w roi ar lawr cefen y fan, a gallet ti daeru'n bod ni'n treulio noson yn y Ritz, mae mor gyffyrddus.'

Aeth llygaid Heledd yn grwn. 'Ble—ble fyddwch chi'n mynd, 'lly?'

'Wa'th 'da fi ble. Lan y Wenallt, gan amlaf.'

'Be mae dy fam yn 'i ddeud?'

''Dyw hi ddim yn becso beth 'naf fi, ond i mi ddod i'r tŷ cyn hanner nos. 'Dyw hynny ddim yn digwydd yn aml, ond symo hi'n gwbod. Bydd hi wedi mynd i'r gwely.'

'Ti'n aros hefo fo drwy'r nos?'

Chwarddodd y llall yn uchel, ond heb ateb.

Aeth cynnwrf rhyfedd drwy Heledd. 'Roedd hi bron marw eisio gofyn i Dilys ymhelaethu, ond 'roedd rhyw swildod anarferol wedi dod drosti.

O bryd i'w gilydd byddai rhai merched yn yr ysgol am y gore yn sôn am eu harbrofion rhywiol. 'Doedd hi byth yn siŵr iawn faint i'w goelio ar eu gorchestion. Weithiau byddai'n amau mai tynnu arni yr oedden nhw wrth frolio.

'Ti'n gwbod dim byd am y peth, nag wyt ti, Heledd Garmon?'

Byddai'r herian yn faleisus. 'Pwy iws bod yn dlws os wyt ti'n fferllyd?' Beth oedd bod yn fferllyd? 'Feiddiai hi ddim gofyn.

Ond nid oedd Dilys yn un o'r plagwyr, nac yn un o'r brolwyr chwaith. Clywsai rai o'r bechgyn yn chwerthin yn eu dwrn a sibrwd fod hon a hon yn 'un fuan'. Ond 'roedd hi'n siŵr nad at Dilys y cyfeirient.

Am a wyddai hi, wrth gwrs. Erbyn hyn 'roedd Dilys wedi 'madael ac yn byw ei bywyd ei hun na wyddai hi ddim amdano. Rhythai ar ei ffrind fel pe bai'n ei gweld hi o'r newydd.

Yfodd Dilys y gweddill o'i choffi, yna pwysodd yn ôl ar y soffa, a gwenu'n rhyfedd ar Heledd.

''Dwyt tithe 'rioed—? Naddo, wrth gwrs. Symo ti wedi cael llawer o gyfle, cael dy gadw miwn o hyd.'

Teimlai Heledd yn anaeddfed ac yn ddiniwed. 'Roedd profiad Dilys wedi dod rhyngddyn nhw, rywsut. Ac eto 'roedd arni eisio gwybod mwy.

'Pryd ddaru ti—ddaru ti—ti'n gwbod—y tro cynta?'

Chwarddodd Dilys eto. 'Jiw, symo fi'n cofio. Pan own i rhyw ddeuddeg neu dair ar ddeg 'wy i'n meddwl.'

Edrychodd Heledd ar ei thraed, a chlywai'r gwaed yn llifo i'w hwyneb. Methai feddwl am ddim i'w ddweud. 'Roedd Dilys siŵr o fod yn ei phlagio.

'Tithe'n aros am *y* dyn, ife? Wel, paid â'i gadael hi'n rhy hwyr.'

'Pam?'

Pam yr oedd yn rhaid iddi fod fel pawb arall er mwyn brolio? 'Roedd hi'n wirioneddol isio gwybod. Beth oedd y brys i golli gwyryfdod? Beth oedd ynddi hi oedd yn rhwystr iddi wneud yr un fath â phawb arall? Hwyrach fod rhywbeth yn rong arni.

'Pam, Dilys?'

Ond 'roedd Dilys yn ofni nawr ei bod hi wedi dweud gormod eisoes. Gwnaeth ystum ysgafn i ddangos fod y sgwrs arbennig hon ar ben.

'Mae 'da fi rywbeth arall i weud wrthot ti.'

Gwthiodd ei llaw i'w phoced a thynnu ymaith ddarn o bapur braidd yn dreuliedig.

''Rwy wedi cario'r dam peth yma obeutu ers wthnose gan obeithio dy weld ti.'

Estynnodd y papur iddi, gan edrych yn ddisgwylgar am ei hymateb. Darllenodd Heledd heb ddeall:

'Mrs. E. J. Lewis, Pant Llwynog, Gwern Seiri . . . Pwy 'di hi 'lly?'

''Elli di ddim geso? Pwy ti'n feddwl?'

Clywai Heledd ei choesau'n troi'n ddŵr a'r gwaed yn llifo o'i bochau. 'Nid—?'

'Ie. Dy fam, y mwlsyn!'

'Ond—ond . . .'

42

'Mae hi'n briod 'da ffarmwr ers tro byd, mynte Wncwl Jack, ac yn byw yn y mynyddoedd yn y bac-o-bi-ond, lan 'co.'

Clywai'r papur fel fflam boeth rhwng ei bysedd.

'Ble mae'r Gwern Seiri 'ma? Ar bwys Machynlleth?'

'Na. Rywle yn y mynyddoedd uwchben y Bala, medde Wncwl Jack. Mae'r ffarmwr yn ddigon hen i fod yn dad iddi allswn i feddwl, ond ma' 'da fe hosan go dda.'

Ffrwydrai lluniau drwy ei meddwl fel tân gwyllt: mynyddoedd creigiog, tywyll, di-groeso; hen ŵr â'i ffon fugail yn camu dros fuarth lleidiog; ond 'roedd hi'n methu gweld y fam arall, achos 'roedd hi wedi arfer ei gweld hi mewn ffrog laes sidan. Rhythodd ar y cyfeiriad unwaith eto. Faint gwell oedd hi o gael hwn? Sut yn y byd oedd dod o hyd i'r Gwern Seiri 'ma? Oedd arni hi eisio, p'run bynnag? Teimlai'n ddiflas yn sydyn. 'Ddylai hi ddim fod wedi sôn gair wrth Dilys. Cymaint haws fyddai dal ymlaen â'i breuddwydion a gwau storïau, yn hytrach na wynebu'r peth real.

'Beth wnei di nawr, 'te? Sgrifennu ati?'

Ysgydwodd Heledd ei phen yn araf. Nodiodd Dilys.

'Na, gwell peido, falle. 'Ta' hi'n sgrifennu 'nôl i weud nad oedd hi ddim moyn dy weld ti, 'fyddet ti ddim elwach. Rhaid i ti ffindo dy ffordd dy hun o fynd lan 'co.'

'O, na!'

'Wel, y dwbl-dwpsen! A minne wedi mynd i'r holl drafferth drosto ti. Hei, ma 'da ti gyfle gwych nawr a'r teulu bant.'

'Ond 'dwi'n aros efo Menna Austin.'

'Hm! Gwraig y Barnwr? Bydd rhaid i ti feddwl am esgus.'

Cododd Heledd yn ddiamynedd ac ysgwyd briwsion bisgedi oddi ar ei sgert fel pe bai'n ysgwyd ei phroblem ymaith.

'O, gad lonydd, Dilys! Rhaid i fi gael amser i feddwl.'

Gwenodd honno'n dawel fach. 'Roedd hi'n adnabod ei ffrind yn ddigon da i ufuddhau. Un araf oedd Heledd am gnoi cil ar syniadau newydd. 'Roedd ei meddwl hi, Dilys, yn

43

llawer mwy chwim, mwy dyfeisgar. Weddill y bore, bu'r siarad am bethau llawer llai cynhyrfus.

Ar ei phen ei hun unwaith eto, cododd Heledd y papur bach tyngedfennol a llygadrythu arno fel pe bai'r ateb yn mynd i neidio allan o'r llythrennau. 'Roedd 'Mrs. E.J. Lewis' yn llawer mwy dieithr na 'Nina Lloyd', llawer llai personol. 'Roedd hi wedi gallu dychmygu rhywun o'r enw Nina, ond rhywun arall oedd y Mrs. yma. Ac eto 'doedd dim rheswm iddi feddwl y byddai ei mam wedi dal yn ddibriod am ei bod hi unwaith wedi cael plentyn siawns.

Gwern Seiri ... Pant Llwynog ... bac-o-bi-ond ... Rhywle yn y mynyddoedd uwchben y Bala. Y Bala. Wrth gwrs! Yn sydyn 'roedd yr ateb ganddi. Mi âi hi i edrych am Nain wedi'r cwbl. O leia, mi allai gael gwybod mwy am y lle, a mwy, siawns, am Nina. 'Fyddai dim rhaid iddi fynd â'r mater ymhellach.

Ond fe gymerodd amser hir iddi fynd at y teleffon a deialu. Atebodd y llais cyfarwydd, cwynfanus.

'Nain?'

'Pwy sy 'na?'

'Heledd yma.'

'Pwy?'

'Heledd. 'Dach chi'n oreit?'

'Y? Dim gwaeth nag arfer. Pam?'

'Meddwl dŵad i edrych amdanoch chi 'rown i.'

'Rhaid i ti siarad yn uwch, Heledd.'

Ni siaradodd Heledd yn uwch, ond yn arafach. 'Mae Mam a Dad a Dewi yn yr Eidal, a—a 'dwi yma ar 'y mhen fy hun. 'Rown i'n meddwl picio i fyny i'r Bala i ddŵad i edrych amdanoch chi.'

'O ... pryd?'

'Ar unwaith, os 'di o'n gyfleus i chi.'

'Sut ddoi di? 'Dwyt ti ddim yn gyrru eto.'

'Doedd hi ddim wedi meddwl sut oedd mynd i'r Bala, a hithau wedi arfer cael ei chludo mewn car. Debyg nad oedd teithio rhwng Caerdydd a'r Bala mor hawdd heb gar. Rhaid bod yna ryw ffordd o fynd.

'Mi ddo' i fory, Nain.'

'Fory?'

'Ie. Chi'n siŵr eich bod chi'n oreit?'

'Wel, 'dydw i ddim yn un i gwyno, fel 'rwyt ti'n gwybod.'

'Reit. Wela' i chi fory 'te, Nain. Hwyl, rŵan.'

Sut i ddweud wrth yr Austins oedd y peth nesaf. Ac wrth gwrs dod o hyd i amserau'r bysiau.

Erbyn i Menna ddod i alw amdani 'doedd hi ddim llawer nes at wybod sut i fynd. 'Roedd y bysiau'n ddifrifol. Byddai'n rhaid mynd i Abertawe, ac yna i fyny i Ddolgellau, a newid yno, heb sicrwydd y byddai bws ar gael ar unwaith. Rhaid bod trên yn fwy cyfleus na hyn. Ond 'doedd dim lein i'r Bala. 'Roedd y peth yn anobeithiol.

'Diwrnod da?' holodd Menna. Gwyliodd Heledd yn cau cês bach gwyrdd. Gwenodd. 'Dod â rhagor o ddillad?'

Cochodd y llall ychydig. ''Dwi'n meddwl mynd i'r Bala fory. Mae Nain yn sâl.'

Trodd rhywbeth yn ei stumog wrth ddweud y celwydd.

'O, mae'n ddrwg 'da fi. Beth sy'n bod?'

Atebodd Heledd yn frysiog. 'O, dim llawer o ddim. Mi fydd hi'n cael plycie fel hyn o dro i dro. Ond 'roedd hi'n swnio braidd yn ddigalon ar y ffôn.'

Ni allai edrych ar Menna.

'O whare teg i chi. Bydd yn biti colli'ch cwmni, hefyd.'

'O, 'fydda' i ddim i ffwrdd am hir. Dim ond am noson neu ddwy.' Ychwanegodd, 'Os 'di hynny'n iawn efo chi.'

'Wrth gwrs.'

Edrychai Menna'n graff arni, a chafodd Heledd y teimlad nad oedd hi wedi llyncu'r stori'n llwyr, ond hwyrach mai ei heuogrwydd hi oedd yn peri iddi deimlo felly.

'Shwd ewch chi yno? Chi ddim yn gyrru eto, nag y'ch chi?'

'Bws. 'Dw i wedi holi'r amserau.'

Edrychai Menna'n amheus, ond ni ddwedodd ragor. 'Roedd hi wedi synhwyro rhyw gynnwrf yn y ferch, cynnwrf nad oedd a wnelo fo ddim â'i nain, 'roedd hi'n weddol siŵr.

Ond 'doedd y Barnwr ddim mor ymatalgar. Yn ystod amser swper bu'n ei holi a holi, ac yn tynnu arni'n gellweirus i ddweud beth yn union y bu hi yn ei wneud drwy'r dydd. Ar unwaith, gwelodd Menna gysgodion preifatrwydd yn cau am wyneb y ferch er iddi wenu'n ôl ar y tynnu coes.

'Mae Heledd am fynd i weld ei nain yn y Bala fory,' meddai gan droi'r sgwrs.

'Sut ewch chi yno?' oedd ei gwestiwn yntau hefyd. 'Antur enbyd yw mynd i'r Bala o Gaerdydd heb gar.'

Eglurodd Heledd iddi wneud ymholiadau, ac edrychai'r ddau arall yn amheus dros ben, 'Fe gymer drwy'r dydd i chi gyrraedd yno,' ebe'r Barnwr.

'Clywch,' ebe Menna toc. ''Wy i wedi bod ers tro yn moyn sgrifennu erthygl neu ddwy am rai o arlunwyr y Gogledd. Fe allwn i'n hawdd drefnu i fynd fory, dim ond gwneud ychydig o alwadau ffôn i ddechre. Fe af fi â chi i'r Bala ar y ffordd.'

'O, na—' dechreuodd Heledd, yn swp o euogrwydd yn awr.

'Dim problem, wir. 'Dyw hyn ond yn rhoi'r hwb angenrheidiol i mi wneud rhywbeth fu ar fy meddwl erstalwm.'

'Wel, os 'dach chi'n siŵr...' Wedi'r cwbl byddai'n arbed cryn dipyn o amser iddi. 'Roedd hi wedi sylweddoli erbyn hyn mai ofer oedd meddwl mynd fel arall.

''Dwi'n ddiolchgar dros ben,' meddai yn ddiffuant.

Ond wrth orwedd yn ei gwely cysurus y noson honno, llifai euogrwydd yn donnau drosti unwaith eto. Bu Menna a'i gŵr mor garedig, a dyna lle'r oedd hi'n eu twyllo nhw. Twyllo? Nid yn union efallai ond falle mai twyll oedd cadw rhywbeth yn ôl heb ei ddweud.

Un peth oedd yn sicr. Byddai'n rhaid iddi rwystro Menna rhag galw yn nhŷ ei nain, neu sut oedd egluro nad oedd Nain ddim yn sâl?

Daeth cwsg i ddileu ei gofidiau, ac erbyn y bore 'roedd hi'n edrych ymlaen at y daith.

5

Crwydrai ychydig gymylau dros Fannau Brycheiniog, gan daflu cysgodion hudolus dros y bryniau. Byddai Menna bob amser yn cael hwb i'r galon wrth ddringo allan o'r cymoedd diwydiannol i fyny i'r eangderau mynyddig. Yn ei hamser bu'n dipyn o ddringwr, a heddiw, ceisiai gyfleu i'w chydymaith ifanc rywbeth o wefr teimlo'r rhaff yn dynn am eich canol, a'r traed yn chwilio am hollt neu sgafell yn y graig.

Ond ymateb moesgar yn unig a gâi. 'Roedd rhywbeth yn poeni'r ferch, 'roedd hynny'n amlwg. Merch dawel oedd hi, wrth gwrs, ond 'roedd rhywbeth mwy na thawelwch yn y ffordd yr eisteddai yn y car, a thyndra ym mhob cymal o'i chorff.

'Loshin?' cynigiodd. 'Mae 'na rai yn y cwpwrdd bach o'ch blaen chi.'

Yn lle ateb, trodd Heledd wyneb fflamgoch ati.

'Menna . . .'dwi'n teimlo'n ofnadwy.'

'Beth sy'n bod, Heledd?'

''Dydi Nain ddim yn sâl. Isio esgus i fynd i'r Bala oedd arna i.'

'O?' ebe Menna, ar ôl saib fach, ac aros iddi fynd ymlaen. Gwibiai rhesymau posibl drwy ei meddwl. Rhyw fachgen, siŵr o fod.

'Menna, mae'n ddrwg gen i. 'Ddylwn i ddim bod wedi'ch twyllo chi.'

'Pidwch becso am hynny nawr,' ebe'r llall yn frysiog. 'Gwedwch pam, dyna i gyd.'

''Dwi'n mynd i chwilio am fy mam.'

'Eich *mam*?'

Dyna'r peth olaf 'roedd hi wedi disgwyl ei glywed. Gwyddai fod Heledd yn rhy ifanc eto i gael gwybod manylion am ei rhieni. Amheuai'n fawr a oedd Miriam ac Eryl wedi dweud wrthi. Taflodd olwg gyflym ar y ferch wrth ei hochr. Oedd hi'n anhapus gartre? Rhyfedd eu bod nhw wedi mynd ar wylie hebddi.

'Roedd Heledd yn cnoi gewin ei bawd. 'Drychwch, Menna, os 'dach chi am droi'n ôl rŵan, gwnewch hynny. 'Fyddwn i'n gweld dim bai arnoch chi.'

'Pidwch â siarad dwli, ferch. Gwedwch fwy. Shwd gethoch chi wybod?'

Dywedodd Heledd wrthi. Dywedodd am 'y fam arall' y bu hi'n breuddwydio amdani, y dywysoges gudd yn ei ffrog sidan laes a'r aroglau peraidd drudfawr yn mynd a dod rhwng y plygiadau. Wrth wrando ar y darlun rhamantus, daeth i feddwl Menna mor gall oedd y rhai a fynnai i'r plentyn mabwysiedig fod yn ddeunaw oed cyn dod i gysylltiad â'r gwirionedd.

Ceisiodd Heledd wneud yn ysgafn o'i rhamantusrwydd ei hun. 'Hwyrach na fydd arni isio 'ngweld i. Mae hi wedi priodi ffarmwr cyfoethog.'

Ond 'roedd yn amlwg oddi wrth ei llais na allai gredu am funud y byddai ei mam yn ei gwrthod. ''Dwi'n perthyn iddi, ac mae hi'n perthyn i mi. 'Dwi isio rhywun i mi fy hun, 'dach chi'n gweld.'

Gwyddai Menna y dylai geisio darbwyllo'r ferch i droi'n ôl. Byddai Miriam ac Eryl Garmon yn teimlo iddi fradychu eu hymddiriedaeth oni wnâi hi hynny. Ond 'roedd pigiadau chwilfrydedd y newyddiadurwraig yn dechrau codi ynddi. 'Roedd hi am weld beth fyddai canlyniad sefyllfa ddiddorol o'r fath. A phe bai hi yn lle Heledd, oni fyddai hithe ar dân am gael gwybod?

Gadawodd i'r ferch siarad tra saethai'r Volvo o Aberhonddu i fyny dros Epynt.

''Dach chi yn deall, yn tydach? *Rhaid* i mi gael ei gweld hi er mwyn cael gwybod pwy ydw i, go iawn. 'Does gen i ddim gorffennol rŵan, yn nac oes? Mae rhan ohona i wedi'i seilio ar gelwydd. 'Dach chi wedi meddwl erioed sut deimlad ydi gwbod nad oes 'na neb yn y byd yn perthyn i chi o waed?'

Mor nerthol yw'r reddf hon, yr awydd i arddel eich rhieni, meddyliai Menna. Mae llenyddiaeth y byd yn llawn ohoni, o amser Oedipus i Daniel Owen; nofelau a dramâu lle mae'r arwr neu'r arwres yn darganfod pwy ydyw yn y bennod olaf un.

'Roedd Heledd yn awr yn rheoli'r dagrau yn ei llais. 'Cofiwch, 'dwi'n meddwl y byd o Miriam. Ac mae Eryl yn dad ffantastig. Ond 'does wnelo hynny ddim byd â'r peth.'

Ar ôl saib, aeth ymlaen. 'Fydda i'n meddwl mor lwcus ydi Dewi. Mae o'n gwybod yn union pwy ydi o.' Tynnodd ei hanadl ati. 'Gyda lwc, hwyrach y caf inne wybod, rŵan.'

O, Heledd, Heledd, paratoa ar gyfer cael dy siomi! oedd cyngor mud Menna.

Am sbel, yr unig sŵn yn y car oedd grwndi'r injian dawel. O'r diwedd, teimlodd Menna reidrwydd arni i ddweud:

'Y'ch chi wedi ystyried falle y bydd eich ymweliad annisgwyl yn peri anhawster i'ch mam? Beth am ei gŵr, y ffarmwr, er enghraifft?'

'O, 'dwi wedi meddwl am hynny. Os bydd ei gŵr o gwmpas, bydd yn rhaid i mi ddeud 'mod i wedi colli'r ffordd neu rywbeth wrth gerdded y bryniau. Ond, o leiaf, siawns na fydda' i wedi cael golwg arni hi. Byddai hynny'n rhywbeth.'

Sylwodd Menna nad oedd hi wedi sôn am ei thad naturiol. 'Doedd e ddim yn rhan o'i breuddwydion, dim ond y fam. Ochneidiodd yn dawel. 'Roedd yr holl beth yn llawn o gamau gwag. Ond 'doedd hi ddim am ymyrryd rhagor. Dechreuodd sôn am yr arlunwyr y disgwyliai ymweld â nhw, ac er y gwyddai nad oedd sylw Heledd ar yr hyn a ddywedai, trodd yr awyrgylch yn llai emosiynol.

Wrth iddyn nhw deithio rhwng Dolgellau a'r Bala, craffai'r ddwy am unrhyw arwydd o leoliad y Gwern Seiri yma, ond heb ddweud dim y naill wrth y llall. 'Roedd yna amryw o ffyrdd yn troi i'r naill ochr a'r llall o'r ffordd fawr a allai fod yn arwain at y fan. Beth oedd o? Pentref? Ardal? Mewn tŷ o'r enw Pant Llwynog 'roedd y ffarmwr a'i wraig yn byw, dyna ddywedodd Dilys.

'Mae 'da fi lyfr mapie yma'n rhywle,' ebe Menna o'r diwedd. Yna arafodd y car a throdd at y ferch. 'Clywch, Heledd, y'ch chi am i mi fynd â chi yno nawr cyn mynd at eich nain?'

Llithrodd cysgod o ddychryn dros wyneb y ferch.

'O, na, na . . . mae'n ddrwg gen i, ond rhywbeth i mi . . . '

Amneidiodd y llall ei phen, ei theimladau'n gymysg. Rhyddhad o gael osgoi cyfrifoldeb pellach drosti, oedd, ar y llaw arall, yn siom i'w chwilfrydedd newyddiadurol.

'Mae'n siŵr o fod rai milltiroedd o'r Bala, lle bynnag mae e. Fory ewch chi yno? A shwd ewch chi, p'un bynnag?'

'Tacsi.' 'Roedd Heledd wedi meddwl am bob peth. chwarddodd Menna yn dawel. 'Roedd yna fwy o ruddin yn y ferch nag oedd hi wedi ei dybio.

*   *   *

Trigai nain Heledd yn un o'r strydoedd y tu ôl i'r ffordd fawr. 'Roedd Heledd wedi derbyn awgrym Menna y byddai'n gwrtais iddi alw i gyfarch yr hen wraig, hyd yn oed am ryw bum munud cwta. 'Neu hwyrach y bydd yn anodd egluro sut y cyrhaeddoch chi yma.'

Am unwaith 'roedd Mrs. Ellis yn serchus dros ben. 'Roedd ei hwyneb yn huawdl ei chymeradwyaeth. Digon hawdd gweld mai 'lady' oedd Mrs. Austin, meddai'r wên wrth iddi lygadu'r Volvo du wrth y drws. Pwysai ar Menna i aros i gael 'tamaid', ond mynnai honno fynd yn ei blaen.

'Rhaid i mi beidio ag anghofio fod 'da fi waith i'w wneud,' chwarddai. Yna trodd at Heledd ac meddai'n isel: 'Sut ewch chi'n ôl i Gaerdydd, ferch?'

Ond 'doedd cynlluniau Heledd ddim wedi mynd mor bell â hynny. Y cwbl y gallai feddwl amdano oedd chwilio am Gwern Seiri yfory. Byddai Nain siŵr o fod yn gwybod lle'r oedd o.

'Os rhowch chi ganiad i fi, fe wna' i eich pigo chi lan ar y ffordd yn ôl. Dyma'r rhif lle 'rwy'n sefyll.'

'O, 'does dim rhaid i chi ddod allan o'ch ffordd eto, Menna,' ebe Heledd yn frysiog. 'Doedd hi ddim am gael ei chlymu i na dyddiad nac amser arbennig, gan ei bod hi yma nawr. 'Mi fydda' i'n siŵr o ffeindio'n ffordd yn ôl rywsut.'

Unwaith eto teimlai Menna gymysgedd o ryddhad a siom, ond, ar yr un pryd, mynnodd gymryd rhif ffôn Nain. 'Roedd yn rhaid iddi weld bod y ferch yn cyrraedd adre'n ddiogel. Hwyrach y byddai ganddi waith i'w chysuro. Cusanodd Heledd wrth ffarwelio â hi, a rhoddodd honno ei breichiau amdani. 'Roedd hi mor ddiolchgar i'w ffrind hŷn am ei chynhesrwydd anymwthiol, ac yn arbennig am iddi ymatal rhag ei beirniadu am ei thwyll.

'Roedd Nain yn llawn canmoliaeth i Mrs. Austin hefyd. 'Roedd y dillad yna wedi costio ceiniog neu ddwy, ond 'doedd hi ddim wedi gwisgo er mwyn dangos ei hun, fel rhai y gallai hi, Nain, eu henwi. Be oedd ei gŵr, hefyd? Barnwr? Diar! A hithe'n siarad Cymraeg mor naturiol.

O'r diwedd cafodd Heledd gyfle i godi mater Gwern Seiri. Bu un anhawster yn ei phoeni. A wyddai Nain pwy oedd ei mam hi? Os gwyddai, byddai ei holi hi'n anodd. Byddai Nain yn gwybod ar unwaith beth oedd y tu ôl i'w chwestiynau. Ond rhaid oedd mentro. Rywsut, fe gredai Heledd mai Nain fyddai'r olaf i gael gwybod gan Miriam ac Eryl. Cyd-ddigwyddiad yn unig oedd i'w mam naturiol briodi rhywun o'r ardal.

'Oes gynnoch chi fap o'r ardal, Nain?'

'Nac oes, tad!' chwyrnodd honno. 'Be wnawn i efo map? Tydw i'n gwybod digon am y lle'n barod, wedi byw yma ar hyd f'oes?'

Mentrodd Heledd. 'Mae gen i ffrind sydd â pherthnase'n byw mewn lle o'r enw Gwern Seiri. Wyddoch chi am y lle?'

'Gwern Seiri? Gwn, debyg iawn. Fan'no bydden ni'n mynd i hel llus 'stalwm.'

'Pentre ydi o?'

'Naci, naci, ardal ydi hi, neb yn gwybod yn iawn lle mae'i dechre hi na'i diwedd.'

'Ydi hi'n bell o fa'ma?'

'Anodd deud yn union. Dibynnu lle bydd rhywun isio mynd. Mae hi mor wasgaredig. Pam? Wyt ti'n meddwl mynd yno?'

Oedodd Heledd ychydig cyn ateb. 'Wel, 'roedd fy ffrind yn deud fod 'na lefydd da i gerdded yno. 'Dwi'n hoff iawn o gerdded.'

''Tait ti am fynd yno mi fydde *raid* i ti gerdded, tithe heb gar na dim. 'Does dim iws iti feddwl am fws. Ble mae perthnase dy ffrind yn byw?'

Atebodd Heledd yn ofalus. 'Lle o'r enw Pant Llwynog neu rywbeth.'

'Pant Llwynog?' Sgriwiodd Nain ei llygaid yn fach y tu ôl i'w sbectol. 'Pwy 'di dy ffrind 'lly? Edwart Lewis sy'n byw yno, ac wedi byw yno rioed.'

'O, 'dach chi'n gwybod am y tŷ, felly?' Ni allai Heledd reoli'r cynnwrf yn ei llais. 'Dach chi'n gwybod am y teulu?'

'Hen sinach o ddyn 'di Edwart Lewis. 'Roedd o yn 'r ysgol 'run pryd â fi. Dim llawer felly yn 'i ben o. Ond rwystrodd hynny mono fo i wneud pres, chwaith.'

'Oes . . . oes gynno fo wraig?'

'Roedd y cwestiwn wedi ei ofyn. Os oedd Nain yn gwybod y gwir, byddai ei hateb yn bradychu hynny. Ond rhoddodd yr hen wraig chwyrnad bach byr.

'Oes, tad. Rhyw ddynes o ochr Machynlleth, flynyddoedd yn iau na fo. Priodi 'i bres, wrth gwrs.'

Mentrodd Heledd eto. ''Dwi'n meddwl mai iddi hi mae fy ffrind yn perthyn.'

'Hy!' oedd sylw sgornllyd Nain. ''Does neb byth yn gweld honno.'

'Roedd hyn yn rhoi taw ar y cwestiwn nesa yn ei meddwl, sef, 'Sut un ydi hi?' Yn sydyn, p'un bynnag, 'roedd arni ofn yr ateb.

Torrwyd ar y distawrwydd a ddilynodd hyn gan guro ar y drws allan.

'Dos i ateb, wnei di?' ebe Nain. 'Os mai'r hen Dystion Jehofa 'na sy 'na, paid â gwastraffu d'amser yn dal pen rheswm â nhw. Dwed dy fod ti'n Roman Catholig neu rywbeth, a rho glep ar y drws yn eu gwynebe nhw.'

Ond un o gymdogion Mrs. Ellis oedd yno, wedi galw i edrych amdani, a bu'r sgwrsio wedyn am bethe fel pris cig a sosial y capel y noson cynt. Manteisiodd Heledd ar hyn i ddengid allan i brynu map o'r ardal, ac yn ei llofft agorodd y plygiadau i graffu am enw Gwern Seiri. Daeth o hyd iddo'n

52

weddol hawdd, wedi'i wasgaru'n fras ar draws tiroedd mynyddig go helaeth. Symudai ei bys i fyny ac ar draws, ac, o'r diwedd, daeth o hyd i'r enw arall, Pant Llwynog, yn gorwedd ynghanol y bryniau, mor unig â deilen olaf ar goeden yn yr hydref hwyr.

Ar ôl i'r gymdoges fynd o'r diwedd, gorfododd Heledd ei hun i eistedd i lawr yn dawel gyda'i nain a gwrando ar ei chwynion. Dyna beth ofnadwy oedd mynd yn hen, meddyliai, yn ymwybodol iawn o'r ên lac o'i blaen, y croen lliw pupur fel map tirwedd. Faint oedd ei hoed hi tybed? Tynnu at ei phedwar ugain, siŵr o fod. 'Roedd Miriam wedi dweud wrthi ei bod hi'n o hen yn ei chael hi. A dyna ryfedd. Dyna fyddai oed gŵr ei mam, felly.

Siarad am ei phethe ei hun drwy'r amser yr oedd hi, dim llawer o chwilfrydedd ynglŷn â theulu Caerdydd, ond 'roedd hyn yn rhyddhad i Heledd. Tynnai arni i siarad am ei phlentyndod yn y Bala, gan obeithio clywed mwy am Gwern Seiri a Phant Llwynog ac Edwart Lewis a'i deulu, ond heb ofyn iddi'n uniongyrchol rhag ofn i'w nain ddrwgdybio rhywbeth. Ond, wrth gwrs, i gyfeiriad llawer llai diddorol yr âi'r fonolog gwynfannus.

Ar ôl rhyw awr neu ragor o hyn dechreuodd Heledd deimlo eisiau bwyd.

'Beth am i mi wneud tamed o swper, Nain?' gofynnodd, gan dorri i mewn mor gwrtais ag y gallai.

Grwgnachai Nain nad oedd 'na ddim byd ffansi i'w gael, ond bod croeso iddi agor tun o ffa pob i'r ddwy ohonyn nhw.

''Fydda' i byth yn bwyta llawer ar ôl cinio canol dydd,' meddai'n hunan-gyfiawn. 'Mae'n iachach felly.'

Am eiliad, hiraethodd Heledd am goginio danteithiol Miriam, ond aeth yn ufudd i agor y tun a chrasu'r tost. Edrychodd ar ei wats. Tair neu bedair awr tan amser gwely. Yna câi fynd yn ôl i'w breuddwydion am yfory.

*   *   *

Bu'r noson yn annifyr o boeth. 'Roedd Nain wedi gofalu llwytho'r gwely â charthenni trwm, ac, yn raddol, o un i un, cawsant eu lluchio o'r neilltu gan adael un gynfas yn unig i orchuddio ei chorff noeth. Toc, bu raid i honno fynd hefyd. O'r diwedd syrthiodd i gysgu drwy sugno ei bawd.

Cysgodd tan hanner awr wedi wyth, a chodi'n flin iddi wastraffu cymaint o'r bore. Gwaith pum munud oedd 'molchi a tharo ei jîns arferol a blows glân nefi amdani, a chlymu cadach goch am ei gwddf. Syllodd arni ei hun yn y drych hir. Fyddai'r fam arall yn hoffi ei golwg? 'Doedd hi ddim yn edrych yn ddrwg o gwbl, meddyliai, a'i hyder yn dechrau codi. Dododd y map yn ei rycsac a gwnaeth yn siŵr o'i harian.

Gweddïai'n dawel na fyddai Nain yn ffeindio rheswm i'w chadw ar ôl brecwast, ond 'roedd honno'n disgwyl i'r ddynes drin gwallt ddod heibio. Ar wahân i ddatgan ei syndod fod hogan ifanc yn meiddio mynd i gerdded yn y wlad ar ei phen ei hun, a dynion drwg yn llechu'n barod i neidio arni, ni chododd rwystrau eraill. A dihangodd Heledd gydag ochenaid o ryddhad.

'Roedd yna chwa hyfryd yn yr awel yn argoeli na fyddai'r diwrnod yn rhy fwll. Crwydrai ymwelwyr yn araf ar hyd y ffordd fawr, gan gerdded ar draws ei gilydd yn freuddwydiol, eu hacenion Glannau Mersi yn ei tharo'n chwithig. Dim iws gofyn i un o'r rhain ble'r oedd Gwern Seiri, na lle'r oedd cael tacsi.

Ar fin troi i mewn i un o'r siopau bach i ofyn, fe dynnwyd ei sylw gan boster yn un o'r ffenestri: BEICIAU AR LOG. Wel, dyna syniad! Os nad oedd Pant Llwynog yn rhy ofnadwy o bell i fyny'r mynyddoedd. Gofidiai nawr nad oedd hi wedi gofyn i'w nain fod yn fwy manwl ei chyfarwyddiadau.

Aeth i mewn i'r siop i holi ynglŷn â llogi beic, ac anfonwyd hi at ryw fath o sied yn y cefn. 'Roedd dyn ifanc yno yn plygu i lawr dros un o'r chwe beic newydd sbon danlli a orffwysai yn erbyn ochr y sied. Cododd ei ben, ac o weld y corff siapus a'r wên ddisgwylgar, ymsythodd ar unwaith.

'Ydi'r beiciau yna ar log?'

'Ydyn, cariad. Pymtheg punt y dydd.'

Cydiodd Heledd yn un a'i lygadu'n ofalus. Pymtheg punt? Byddai tacsi'n rhatach. Gwelodd y dyn ei hansicrwydd.

'Beic mynydd ydi hwnna. Mae gen i feic rhatach draw fan'cw. Chwephunt y dydd.'

Aeth i nôl beic llawer mwy cyfarwydd ei olwg o gefn y sied. 'Mae hwn yn ddi-fai.'

'Doedd hi ddim yn siŵr. 'Ydi o'n gallu dringo rhiwie?'

Chwarddodd y dyn. 'Fel llewpard. Lle 'dach chi'n meddwl mynd?'

'Gwern Seiri. Ydi o'n bell o fa'ma?'

'Mae'n ardal go fawr. Dibynnu lle'n union 'dach chi isio mynd.'

''Dwi isio mynd i Bant Llwynog.'

Edrychodd y dyn arni o gornel ei lygad. 'Wel, ie, bydd gofyn i chi ddringo un rhiw go fawr. Ond i rywun â choesau da . . .' Winciodd arni. 'Dim problem.'

Ar ôl saib eto, dywedodd ei bod hi'n barod i'w gymryd. 'Ond 'dydw i ddim yn siŵr sut mae cyrraedd y lle.'

'Mi dynna' i ryw lun o fap i chi,' ebe'r dyn ac aeth i nôl papur a phensel. Cyn bo hir 'roedd ganddi gyfarwyddiadau yn ei llaw oedd yn llawer plaenach nag unrhyw fap printiedig.

'Pan ddowch chi at bont a thro ynddi . . . fa'ma . . .' Gwnaeth y dyn seren efo'i bensel, 'cerwch ymlaen am ryw ddwy neu dair milltir ac fe welwch ffordd go arw yn mynd i fyny o'r chwith. Bydd honno'n mynd â chi i Bant Llwynog.' Chwarddodd, ac ychwanegu, 'Yn hwyr neu'n hwyrach'.

Diolchodd Heledd iddo, talodd yr arian, ac, yn simsan braidd ar y dechrau, i ffwrdd â hi i lawr y stryd fawr ac allan i'r wlad.

6

'Roedd hi wedi anghofio'r wefr a'r pŵer sydd i'w gael o reidio beic yn y wlad. Dyna fu eu gwyliau yng Ngwlad Llŷn ers talwm cyn iddyn nhw gael blas ar fynd dros y môr. Llithrai'r olwynion ymlaen bron yn ddi-sŵn ar hyd ffordd oedd, hyd yn hyn, yn bur wastad. 'Roedd digon o awel i chwarae yn ei gwallt a'i chadw rhag teimlo'r gwres.

Gwibiai ceir heibio iddi, ac ambell un yn canu ei gorn arni yn chwareus. Gwenai'n ôl a chodi llaw, ond gallai edrych i lawr ei thrwyn ar fodurwyr diog.

Teimlai'n hapus ddiofal—ac yn rhydd. Yn nes ymlaen, wrth iddi nesáu at Bant Llwynog, mi fyddai nerfusrwydd wedi cnoi ei stumog yn rhacs, ond ddim eto. Ar ei phen ei hun roedd hi nawr, rhwng dau fyd, yn dywysoges ar ei march mewn gwlad brydferth. Am y tro cyntaf 'roedd yn falch o'i hunigrwydd.

Yn y pellter gwelai hwyliau gwyn ar y llyn, fel gwylanod llonydd. Ond nid i gyfeiriad y llyn 'roedd hi i fod i fynd. Yn llygad ei meddwl gwelai fap clir dyn y beic. Cymryd y fforch dde a dechrau dringo ychydig. Na, 'doedd dringo ddim yn rhy anodd, er mai beic henffasiwn oedd ganddi, a chyn bo hir 'roedd y ffordd yn weddol wastad unwaith eto, er yn gulach.

Yn y dyffryn llydan a oedd yn dod i'r golwg i'r chwith odditani troellai afon oedd bron yn ddi-symud, fel sarff arian yn yr haul, ac yn y pellter draw gwelai'r bryniau yn plygu i'w gilydd, yn borffor dan rug. Ond, yn sydyn, wrth iddi droi cornel arall, 'roedd y llun wedi newid, a choed trwchus yn cau amdani o'r ddwy ochr. Trwyddyn nhw gallai weld cip, yn awr ac yn y man, o afon fach, ond ychydig iawn o ddŵr oedd ynddi ar ôl y sychder mawr.

Dacw'r bont a'r tro ynddi, fel coes ci, wedyn 'roedd gofyn dringo eto. Sut oedd mesur dwy neu dair milltir? 'Doedd ganddi ond gobeithio y byddai arwydd o ryw fath yn dod i'r golwg.

Rhaid bod hwn yn lle unig iawn oherwydd 'doedd dim golwg am gar na dim arall yn mynd heibio, ac 'roedd yr ychydig dai a ymgasglai'n gymuned fach o gwmpas y bont wedi hen ddiflannu o'r golwg.

Meddyliodd yn sydyn am Menna. Ble 'roedd hi erbyn hyn? Bu'n dda ganddi rannu ei chyfrinach efo rhywun arall, ac 'roedd Menna gymaint yn haws siarad â hi na Miriam. Petai Menna wedi'i mabwysiadu . . . Taflodd y syniad o'r neilltu fel rhywbeth annheyrngar i ofal Miriam ar hyd y blynyddoedd. Ac, yn sicr, 'roedd yn well ganddi Eryl fel tad na'r Barnwr.

'Roedd y ffordd yn dechrau mynd yn undonog, a dyheai am iddi agor allan ryw gymaint. 'Roedd yn chwys diferu, oherwydd dal i ddringo 'roedd hi. Cyn bo hir byddai'n rhaid iddi aros am sbel fach. Un gornel eto, addawodd iddi ei hun, wedyn aros ennyd.

Rownd y gornel nesaf gwelodd fwthyn unig ar ochr y ffordd, tŷ glân yr olwg a chlamp o farf-hen-ŵr yn dringo i fyny un ochr i'r drws. Clywai sŵn nifer o gŵn yn cyfarth am y gorau.

Neidiodd i lawr oddi ar y beic a'i bwyso yn erbyn gwrych. 'Roedd y tu ôl i'w choesau'n teimlo fel plwm, a, chan symud braidd yn herciog, gwthiodd y llidiart fach haearn yn dwyn yr enw *Crud y Gwynt* yn agored. Ar unwaith daeth y sŵn cyfarth yn agos iawn a rhuthrodd Labrador mawr euraidd tuag ati. 'Roedd yn siglo ei gynffon yn gyffrous, ei lygaid mawr, deallus yn chwerthin. Plygodd Heledd i'w anwesu. Nid oedd ofn cŵn arni.

'Don! Don!' gwaeddodd llais o sied wrth ochr y tŷ, ond ni chymerai'r ci sylw. Daeth gŵr barfog a chanddo gnwd o wallt du i'r golwg.

'Allech chi fy helpu—?' dechreuodd hithau, ond torrodd y dyn ar ei thraws.

'Sorry, don't speak Welsh.' Yna gwenodd. *'Not well enough yet, anyway. Sorry about the dog. He's only being friendly.'*

'Yes, I know. I love dogs.' Mwythodd glustiau'r ci. Yna dywedodd wrth y dyn ei bod yn chwilio am Bant Llwynog. Oedd o'n bell?

'About a mile up the road, then turn left. It's a bit rough and steep.'
Llygadodd y beic. *'You'll have to wheel that one up, I'm afraid.'*

Sylwodd y dyn ar ei blinder a oedd wedi gwaethygu'n arw wrth iddi glywed ei eiriau. *'Would you like a glass of water? You look all-in.'*

Amneidiodd yn ddiolchgar, ac, ar ei wahoddiad, dilynodd ef, braidd yn betrus, i mewn i'r tŷ, y ci yn synhwyro wrth ei chwt. Ymddiheurodd y dyn am annibendod yr ystafell, er, i lygaid Heledd, edrychai'n ddigon cymen. Dim llawer o ddodrefn, ond y rheiny'n rhai hen a chadarn. A llyfrau, llyfrau, wedi gorlenwi'r silffoedd, yn aros eu lle ar lawr. Jam newydd ei botio—llus neu fafon duon neu rywbeth—yn sefyll yn rhesi milwrol ar y bwrdd. Ac uwchben y lle tân gwag crogai tusw o frwyn wedi eu plethu a'u clymu â ruban melyn.

Eglurodd y dyn fod ei wraig wedi mynd i'r dre i siopa. Dywedodd mai Alan King oedd ei enw, fel pe bai'n ei gwahodd i dalu'r pwyth yn ôl. Bu bron iddi chwerthin yn uchel. P'run oedd hi? Heledd Garmon? Ynteu Tracey Lloyd?

'Heledd,' meddai. 'Heledd Garmon.'

Braf, braf oedd cael eistedd ar gadair esmwyth a drachtio'r dŵr gloyw. 'Roedd y dyn yn edrych yn chwilfrydig arni.

'You related to them up there?'

'N—no. Not really.'

Sut fath o ateb oedd hynny? Pam oedd o wedi gofyn? Oedd o wedi gweld rhyw debygrwydd? Teimlai bod angen dweud rhywbeth arall. *'Do you know them?'*

Chwarddodd braidd yn gwta. *'You could say that, I suppose. They're not the most neighbourly around.'*

Yn sydyn, 'doedd arni ddim isio clywed rhagor. 'Doedd dim yn mynd i'w rhwystro rhag mynd i chwilio am Nina, a rhaid iddi gael meddwl clir i weld drosti 'i hun. 'Doedd hi ddim am glywed pethe cas. Ond 'roedd ei nerfusrwydd yn cynyddu.

'Roedd y dyn yn ddigon call i beidio â gofyn rhagor, a bu'r sgwrsio wedyn am gŵn, ac am ei waith yn eu magu ac yn gofalu amdanynt dros eu perchenogion. Teimlai'n gysurus

58

yno, ac yn amharod i symud, a Don yn gorwedd dros ei throed. Ond toc, fe'i gorfododd ei hun i godi.

Wedi cael ail-wynt 'roedd y filltir nesaf yn weddol rwydd. Nes iddi ddod at y ffordd arw yn troi i fyny o'r chwith. Gwir a ddywedodd Mr. King y byddai'n rhaid iddi wthio'r beic i fyny.

Ond o leiaf 'roedd hi'n codi allan o dywyllwch y coed, ac 'roedd hyn yn ysgafnhad i'w chorff a'i chalon. Llithrai cerrig o dan ei thraed, ac, unwaith, bu mewn perygl o droi migwrn. Ond o'r diwedd cyrhaeddodd fan gwastad, a chael hamdden i edrych o'i chwmpas.

'Roedd hi nawr ar weundir agored a llin y mynydd yn ei fritho fel plu eira rhwng creigiau mawr yma ac acw. I'r chwith, codai ffridd â'i llond o ddefaid, ac uwchben hedai adar mawr, na wyddai hi mo'u henwau, tuag at goed pîn yn ymestyn i fyny'r bryn tua'r nen. Ymlaen â hi eto, ac yn awr 'roedd y ffordd nad oedd llawer mwy na llwybr erbyn hyn, yn disgyn ychydig i lawr i gwm cul.

Ac ar flaen y cwm fe'i gwelai. Pant Llwynog. Ffermdy'n codi'n uwch na'r rhai 'roedd hi wedi sylwi arnyn nhw ar y ffordd yno, ei ffenestri'n fach fel llygaid adar ynghanol meini garw a wnaeth iddi feddwl am gastell Llanbleddian, ond heb fynd â'i ben iddo eto. Er bod yr haul yn dal yn danbaid a'r haf yn ei ogoniant, 'roedd rhywbeth bygythiol gaeafol yn yr adeilad unig. Yr ochr uchaf iddo tyfai clwstwr o ffynidwydd, eu canghennau'n gwyro tua'r tŷ.

Fel y nesâi, gwelai blentyn yn siglo ar un o'r canghennau isaf. 'Roedd hi'n methu dyfalu ar y dechrau p'un ai bachgen ynteu geneth oedd yno. Gwisgai lodrau clytiog a chrys-T, y gwallt tywyll, syth, wedi'i dorri'n anniben gwta.

Wrth weld Heledd a'i beic peidiodd y plentyn â'i siglo, a rhythu'n gegrwth ar yr ymwelydd. Yna, fel y symudai Heledd tuag ato, trodd a rhedeg nerth ei draed tua'r tŷ. Penderfynodd Heledd mai geneth oedd hi, ac fe'i dilynodd yn araf heibio ysgubor fawr yn llawn o wair newydd, heibio i feudai gwag a thywyll.

Yn sydyn, mae hi'n ymwybodol o rywun yn ei gwylio o'r tu ôl. Mae hi'n troi yn araf i wynebu gwraig yn ei llygadu'n chwilfrydig. Mae'r eneth fach yn hanner cuddio y tu ôl iddi, ei bys yn ei cheg. Gwraig dal yw hi, ond â'i chefn wedi crymu, hwyrach oherwydd y bwced trwm a garia. Mae hi'n gwisgo ffrog ddi-siâp a sgidie trwm. Mae ei choesau'n noeth. Mae ei gwallt brith wedi'i glymu'n ôl â chylch lastig, ac mae clytiau duon o dan lygaid anarferol o danbaid. Mae ei cheg yn llipa a'r wefus isa lawn yn rhoi golwg fygythiol iddi.

'Ie?'

Mae'r llais yn gryglyd fel pe na bai'n arfer siarad llawer, neu, yn nes at y gwir, efallai, am ei bod hi'n smocio gormod. 'Does dim croeso i ymwelwyr, mae hynny'n ddigon amlwg oddi wrth y cwestiwn cwta, di-wên.

Ai hon yw'r fam arall? O, na, na, gwaeddai ei holl enaid. Rhoisai'r byd am gael troi yn ei hunfan a gwthio'r beic allan o'r buarth ac allan o'r bryniau di-groeso hyn. Ond mae'r wraig yn disgwyl ateb o ryw fath, ac, wedi dod yr holl ffordd, mae'n rhaid iddi gael gwybod mwy amdani'i hun, waeth faint mor annymunol fydd y datgelu.

'Mrs. Lewis?'

Ar ôl saib. 'Ie?'

'Heledd ydw i. Heledd Garmon.'

'O, ie?' 'Dydi'r enw'n cyfleu dim iddi, mae hynny'n amlwg.

Mae Heledd yn edrych yn ansicr ar yr eneth fach gan frathu ei gwefus isaf. 'Ga' i siarad efo chi'n breifat?'

''Dan ni'n ddigon preifat fa'ma, dyn a ŵyr,' ebe'r wraig yn sarrug.

Mae Heledd yn llyncu'n galed. Amser mynd â'r maen i'r wal.

''Roedd gen i enw arall pan anwyd fi. Tracey. Tracey Lloyd.'

Peth rhyfedd ydi gweld pob mymryn o waed yn llifo o wyneb rhywun arall. Mae Heledd yn ofni bod ei mam yn mynd i lewygu. Mae'r bwced yn syrthio o'i gafael a'r carthion beudy yn cael eu tasgu ar hyd y buarth.

'Tracey!' Daw'r sibrwd drwy wefusau gwyn fel marmor.

'Mae'n ddrwg gen i roi sioc—' ebe Heledd, ond yn awr mae ei mam wedi troi ar yr eneth fach.

'Debora, sawl gwaith raid i mi ddeud wrthat ti? Dos i chwarae!' Ond 'dydi'r plentyn ddim yn symud fel pe bai'n synhwyro fod rhywbeth mawr ar droed. Mae'r wraig yn rhoi cletsian reit galed iddi gan weiddi eto, 'Dos!' Ac o'r diwedd mae'r eneth yn llusgo ychydig lathenni oddi wrthynt, dim pellach. Mae hi'n gwneud ati i chwarae efo cath fach sy'n croesi'r buarth, ond mae hi'n glustiau i gyd.

'Well i chi ddŵad i'r tŷ,' mwmia Nina.

Mae Heledd yn ei dilyn dros y rhiniog llechi i mewn i ystafell dywyll. Â'i llygaid yn ymgyfarwyddo ar ôl haul y prynhawn y tu allan, y peth cyntaf sy'n ei tharo yw blerwch y lle. Olion cinio wedi'i hen fwyta ar y bwrdd, dillad budron ar bron pob cadair, gorchudd llawn staeniau ar gefn soffa dreuliedig. Dim llawer o arwydd yma o dŷ ffermwr 'a hosan go dda ganddo'.

'Mae'n ddrwg gen i na sgwennais i atoch chi gynta.'

Mae Nina wedi rhuthro'n syth am baced o sigarennau ar y bwrdd, ac mae bysedd nerfus yn ceisio tanio un. Wedi llwyddo gyda'r ail fatsien, mae hi'n cymryd dogn go helaeth o fwg i'w hysgyfaint.

'Mae'n dda na 'naethoch chi ddim. Mae'r gŵr sy gen i'n darllen pob llythyr sy'n dod i'r tŷ 'ma.'

Mae Heledd yn gweld yn awr faint ei chamgymeriad. 'Doedd hi ddim wedi llawn ystyried embaras ei bodolaeth i'w mam a'i gŵr. Teimla hynny o hyder sydd ganddi yn dylifo o'i gwythiennau, yn rhoi lle i wacter ac unigrwydd affwysol. Mae'r fam arall yn ei gwrthod unwaith eto. Nid fel hyn 'roedd hi wedi dychmygu pethau.

'Mae'n ddrwg gen i—' Dyna'r cwbl y gallai ei ddweud. 'Mi a' i rŵan...'

Mae Nina'n dechrau dod ati'i hun. Mae ei llygaid rhyfedd yn llyncu pob modfedd o'r ferch o'i blaen.

'Na, na. Paid â mynd eto. Mi feddylia' i am rywbeth ...

DEBORA!' (Mae'r acen ar yr 'o' yn rhyfedd i glustiau Heledd.)

'Wyt ti isio chwip din gan dy dad?' Oherwydd mae'r plentyn wedi cripian i mewn, y gath yn ei chôl, ac yn gwrando'n astud ar bob gair.

Mae rhywbeth yn atal Heledd rhag gofyn ai ei hanner chwaer yw hon. Yn wir, 'dydi hi ddim yn edrych yn debyg iawn i Nina, ei llygaid bach fel llygaid mochyn, a'r gwlybaniaeth yn driflo o geg lac. Mae Heledd yn ceisio peidio edrych arni. Gydag ochenaid mae Nina'n cydio ynddi ac yn ei gwthio allan o'r stafell, gan gau'r drws yn glep ar ei hôl. Yna mae hi'n troi'n ôl i rythu ar ei hymwelydd annisgwyl.

'Rhaid i ni gael siarad. Tyrd i eistedd fa'ma ar y soffa i mi gael edrych arnat ti'n iawn. Mi fydd o, E.J., i mewn i nôl ei de cyn bo hir, a rhaid i ni feddwl be i'w ddeud wrtho fo.'

Mae hi'n tynnu'n galed ar ei sigarét. Mae pob symudiad o'i heiddo'n blyciog. Synna Heledd at y gwead o rychau ar ei harlais ac o gylch ei thrwyn.

Tua deugain oed! Ai fel hyn y byddai hi, Heledd, yn edrych yn yr oed yna? Ai dyma beth fydd yn digwydd i'w llygaid prydferth, sydd, fel y gwêl yn awr, mor debyg i lygaid ei mam?

Mae meddwl Nina'n gweithio'n galed. 'Gwranda, rŵan. 'Rwyt ti'n ferch i gyfnither i mi. Dyna be ddywedwn ni. O ble? O...o...?'

'O Gaerdydd? Fan'na 'dw i'n byw.' Teimlad rhyfedd ydi bod yn rhan o gynllwyn mor fuan yn eu perthynas.

'Dyna ti! O Gaerdydd. Cofia rŵan. Mae'r gŵr yn ddyn duwiol iawn, ti'n gweld.'

Mae ganddi ffordd o edrych o gornel ei llygad tua'r drws, tua'r ffenest, fel petai hi'n tragwyddol wrando am rywbeth. 'Mi fasa fo'n hanner yn lladd i, 'tai o'n gwybod.'

Ac, wedi setlo'r celwydd, mae hi'n ymlacio ychydig.

'Rŵan ta, dwêd di dy hanes. Sut doist ti ar 'y nhraws i? 'Dwyt ti ddim yn ddeunaw eto, yn nag wyt? 'Rown i'n meddwl fod gen i ddigon o amser i baratoi ar gyfer ymweliad fel hyn.'

Mae Heledd yn dweud wrthi, ond mae dweud yn anodd am fod Nina'n mynnu torri ar ei thraws â chwestiynau newydd. Sut rai ydi'r pâr oedd wedi ei mabwysiadu? Be 'di 'i waith o? Twrnai? Reit dda ei fyd felly? Mae rhywbeth yn ei llais sydd a thinc gwasaidd ynddo, ac eto'n barod iawn i'w beirniadu nhw y cyfle cynta. Teimla Heledd ei hanniddigrwydd yn cynyddu. Ac mae hi'n sâl eisio bwyd erbyn hyn. Tebyg y bydd yn rhaid iddi aros i'r E.J. bondigrybwyll ddod i nôl ei de. Mae hi'n mentro torri ar draws y llif o eiriau.

'Tybed allwn i gael diod o ddŵr, os gwelwch chi'n dda?'

'Dŵr?' Mae'r llall yn rhythu arni fel petai'r cwestiwn y tu hwnt i'w hamgyffred. Yna mae'n codi ei hysgwyddau yn ei ffordd nerfus ac yn neidio ar ei thraed. 'Mi wna' i baned i ti.'

O'r gegin fach yn ymyl mae hi'n galw dros ei hysgwydd: ''Dwn i ddim be wyt ti'n feddwl o'r lle 'ma. Mae o fel tasa fo ar gychwyn, yn tydi? Rhaid bod gynnoch chi gartre crand tua Caerdydd acw.'

Mae rhywbeth trioglyd yn ei llais yn awr sy'n fwy anghynnes hyd yn oed na'r brathu swta cynt. Mae Heledd yn difaru'i henaid iddi ddweud wrth hon pwy oedd hi. Fe ddylai fod wedi bod yn ddigon ganddi cael golwg yn unig ar ei mam, a gwneud esgus o ryw fath dros ei phresenoldeb heb ddatgelu dim. Ond mae'n rhy hwyr rŵan.

Mae'r drws yn agor yn araf, a Debora'n gweld ei bod hi wedi cael cefn Nina am ychydig. Daw i sefyll o flaen Heledd a rhythu arni'n llonydd ac annymunol. Ar ôl munud neu ddau o hyn, i geisio tynnu ei sylw at rywbeth arall, mae Heledd yn gofyn:

'Be 'di enw'r gath fach?'

Dim ateb. Yr unig beth sy'n symud yw'r poer yn diferu i lawr o'i cheg. Am ei bod hi'n teimlo mor annifyr mae Heledd yn codi ac yn symud at y ffenest a syllu'n anesmwyth allan ar y defaid a'r coed yn y pellter.

Daw llais ei mam ati. 'Dyma ti. Mi gei di ŵy neu rywbeth pan ddaw E.J. i mewn.'

63

Mae'r te mewn mẁg yn hyfryd, a'r darn cacen, er yn fach, yn syndod o dda. Mae'r niwl o ddigalondid yn dechrau codi ychydig bach, ac yn awr mae hi'n ysu am gael gofyn cwestiynau i'w mam cyn i'w gŵr ddod i'r tŷ. Ond ym mhle mae dechrau?

Daw Debora i eistedd wrth ei thraed, yn union fel y gwnaeth Don y ci, gynnau. Mae'r plentyn yn ceisio datod sandalau Heledd. Mae honno'n gwingo'n sydyn wrth deimlo crafiad ewinedd hir ar ei chroen.

'Damia di'r cythrel bach! Gad lonydd i Tracey.'

Ond 'dydi Heledd ddim yn hoffi'r enw yna nawr. Mae hi'n cywiro ei mam. 'Heledd.'

'Heledd 'ta,' ebe honno'n ddiamynedd.

'Mae Debora'n enw anghyffredin.' Hyn er mwyn troi'r sgwrs.

'Dewis y gŵr. Enw Beiblaidd, hy!'

'Mae hi yn ferch i chi felly?'

'Ydi, gwaetha'r modd.'

'Ac yn hanner chwaer i mi?' Rhaid oedd ei gorfodi ei hun i ofyn y cwestiwn.

Saib fer. 'Ydi.' Ac mae Nina'n tanio sigarét arall. 'O leia mae hon yn gyfreithlon, 'tydi? Ond mae pethe wedi troi allan yn well i ti. Diolch byth, 'rwyt ti'n debycach i mi nag ydi hi. Cofia di, 'dydi hi ddim mor dwp ag y mae hi'n edrych. Nag wyt, cariad?'

'Dydi'r eneth ddim yn cymryd sylw o'r newid goslef yn y llais. Rhaid ei bod hi wedi arfer â'r siglo o'r naill dymer i'r llall.

'Faint ydi'i hoed hi?'

'Wyth.'

'Wyth a hanner.' Dyna'r tro cyntaf i Heledd glywed llais y plentyn, sy'n llais syndod o ddwfn. O leiaf mae'r ebychiad yn cadarnhau honiad ei mam nad ydi hi ddim mor dwp ag y mae'n edrych.

''Drycha, Deb,' ebe'r fam. 'Os ei di allan i chware y funud yma mi gei di bunten i' roid yn dy gadw-mi-gei.'

Daw gwên farus i ledu ar draws wyneb y ferch fach, a gwthia ei llaw allan.

'Wedyn,' ebe'r fam.

'Rwân,' gan ddal y llaw allan o hyd.

'O—Iesral Dafydd!' ochneidia Nina'n ddiamynedd a mynd i nôl yr arian o focs ar y mamplis. Mae Debora'n bachu'r bunt ac yn rhedeg allan.

'Mae honna mor awff am arian â'i thad.'

Ond nid am Debora mae ar Heledd eisio sôn.

'Pwy oedd fy nhad i?'

Rhyfedd fel nad oedd y cwestiwn wedi poeni fawr ddim arni o'r blaen. Ei mam oedd yr un a lenwai ei breuddwydion ar hyd y blynyddoedd. Ond yn awr mae'n bwysig iddi gael gwybod. Mae syniad annymunol iawn yn fflachio drwy ei meddwl wrth syllu ar y wraig o'i blaen. Hwyrach na wyddai hi ddim. Hwyrach y gallai ei thad fod wedi bod yn un o nifer o ddynion.

'Pwy oedd o?'

''Fyddi di ddim elwach o wybod.'

'Mae gen i hawl.'

Mae Nina'n hwtian chwerthin yn annaturiol o uchel.

'O, mae hi'n dechre siarad am ei hawlie rŵan, ydi? Gwranda di, 'merch i. Wyt ti'n meddwl mai peth hawdd oedd rhoi dy blentyn i deulu arall i'w fagu? 'Rydw i wedi cael bywyd caled iawn, 'ngeneth i, ac yn dal i fod felly. 'Dydw i fawr mwy na slaf i'r gŵr 'cw, fel cei di weld pan ddaw o i'r tŷ.'

Ond 'dydi hi ddim wedi ateb ei chwestiwn, dim ond ei droi at rywbeth arall mewn ffordd gyfrwys. Wel, 'dydi hi ddim i gael dengid felly.

'Pam na ddaru chi briodi 'nhad?'

Mae Nina'n sgriwio'i llygaid yn fach, fel pe bai'n ceisio cofio rhywbeth a ddigwyddodd ymhell, bell yn ôl yn niwloedd amser.

'Pam? Am y rheswm arferol, siŵr iawn. 'Roedd o wedi priodi'n barod.'

'Sut un oedd o?'

'Diawl mewn croen!'

Mae hi'n pwyso'n ôl ar gefn y soffa ac yn cau ei llygaid. Mae'r mwg o'r sigarét rhwng ei bysedd yn treiglo i fyny yn ddi-sut. Yna mae'r llygaid treiddgar hynny'n agor i edrych yn herfeiddiol ar ei merch.

'Ond 'rown i mor gaeth iddo fo â gast i'w meistr. 'Roedd o'n mynd ac yn dod yn ôl, a mynd ac yn dod yn ôl. A finne fel ffŵl yn y gwynt yn cael fy chwythu lle'r oedd o'n mynnu.'

Am y tro cyntaf mae Heledd yn teimlo rhywbeth tebyg i dosturi dros hon. Ac eto mae hi'n methu deall. Sut fath o ddynes sy'n gadael i ddyn chwarae efo hi fel hyn? Fydd *hi* ddim, mae hynny'n ddigon siŵr. Eto mae'r geiriau, sy'n swnio'n ddiffuant, wedi taro tant ynddi, ac mae hi ar fin estyn ei llaw allan i gyffwrdd yn llaw ei mam pan yw honno'n neidio ar ei thraed eto, fel pe bai wedi'i saethu.

'Dyma fo, E.J. A'i de fo ddim yn barod.'

'Dydi Heledd ddim wedi clywed dim, ond mae antennae'r wraig i ddyfodiad ei gŵr wedi eu miniogi ar hyd y blynyddoedd. Mae hi yn y gegin yn awr, a chlecian llestri i'w glywed yn bwysig drwy'r lle.

Sŵn crafu sgidie ar y rhiniog y tu allan, sŵn gweiddi ar gi neu gŵn, sŵn camau trymion yn nesáu, sŵn drws yn agor, a daw E.J. Lewis i mewn.

7

'Roedd croen ei wyneb wedi ei losgi a'i grasu'n felyn tywyll gan flynyddoedd o haul a gwynt. Gwthiai ei ben ymlaen fel pe bai'n chwilio am rywbeth. 'Roedd ganddo drwyn mawr, hir fel anifail yn s'nwyro o gwmpas yn ddrwgdybus. Er gwaetha'r gwres gwisgai grys gwlân a llodrau melfaréd.

Ni welodd Heledd ar unwaith, oherwydd 'roedd hi wedi mynd i swatio mewn cornel dywyll o'r simdde fawr. Er syndod iddi, neidiodd Debora ar ei thraed a'i thaflu ei hun i freichiau'r hen ŵr. Edrychai ef i lawr arni a'i wyneb hagr yn toddi ychydig.

'Hei, be 'di hyn? Be 'di hyn?'

Gan ddal ei gafael ynddo, trodd y plentyn ei phen ac amneidio i gyfeiriad Heledd. Crychodd talcen y ffarmwr yn ôl i'w ddrwgdybiaeth arferol.

'O? Pobol ddiarth?'

Cododd Heledd yn araf o'i chuddfan. Dyheai am i Nina ddod allan o'r gegin fach, am na wyddai beth i'w ddweud, ond 'roedd honno'n cymryd ei hamser, p'un ai'n fwriadol neu ddim, anodd dweud. Daliai'r ddau i rythu ar ei gilydd heb ddweud gair. Debora oedd yr un i dorri ar y distawrwydd.

'Tracey!' 'Roedd y cyflwyniad annisgwyl yn glir. 'Tracey, Tada.'

Cochodd Heledd. 'Na . . . Heledd. Heledd Garmon.'

Barnodd Nina ei bod hi'n bryd iddi ddod i'r fei. Daeth i mewn i'r gegin, ac, heb edrych ar ei gŵr, croesodd at y bwrdd, gan ddweud yn ffwr-bwt:

'Merch i gyfnither i mi o Gaerdydd.'

'O . . .' oedd unig gydnabyddiaeth ei gŵr. Syllai yn llym ar y gadair y bu Heledd yn eistedd arni gynnau, a sylweddolodd hithau mai ei gadair ef oedd hi, a'i bod hi'n sefyll rhyngddo a hi.

'Mae'n ddrwg gen i . . .' murmurodd, a symud i un ochr. Aeth yntau i eistedd i lawr gydag ochenaid grydcymalaidd. Ar unwaith daeth Debora i gwtsio wrth ei draed fel ci bach. Teimlai Heledd ei bod hi'n anweledig, nes iddo droi ei lygaid arni.

''Ddaru chi 'rioed seiclo o Gaerdydd?'

'Roedd Nina'n gwneud sŵn mawr yn gosod llestri ar y bwrdd. Edrychai Heledd arni am help, ond ni ddaeth dim.

'Na, 'dwi'n aros yn y Bala.'

'Hy . . .' 'Roedd y sgwrs ar ben. Aeth Nina'n ôl i'r gegin fach, a mentrodd Heledd ei dilyn.

''Drychwch . . . y . . . Mrs. Lewis, mae'n well i mi fynd,' sibrydodd. 'Mae'n ddrwg gen i dorri ar eich traws chi.'

'Twt, twt,' mwmiodd Nina'n ddiamynedd. 'Gan i ti ddod yr holl ffordd cystal i ti aros ychydig. 'Does wybod be gei di ddysgu gen i. Ac mae gen i lond gwlad o bethe i'w gofyn i ti.'

Ac ychwanegodd yn uchel er mwyn i'w gŵr gael clywed. 'Am Jini a'r teulu yng Nghaerdydd.'

Cydiodd mewn tebot anferth a'i gludo i mewn at y bwrdd lle'r oedd hi eisoes wedi gosod platiaid o fara menyn gwyn a jam a chacen gri. 'Roedd dyfodiad y tebot yn arwydd i E.J. godi ac ymlwybro at y bwrdd. Ni chafodd Heledd wahoddiad i eistedd nes bod Nina wedi tywallt ei de iddo a'i wylio'n dechrau claddu ei fwyd. Yna amneidiodd at gadair, heb ddweud gair, a dyfalodd Heledd mai yno yr oedd hi i eistedd. Rhoddodd Nina ŵy wedi'i ferwi o'i blaen, a dechreuodd y ferch arno'n awchus.

'Fi isio ŵy hefyd!'

'Roedd Debora'n llygadrythu ar y plât o flaen Heledd fel pe bai'n ewyllysio i'r ŵy gerdded tuag ati.

'Paid â lolian,' ebe ei mam, ''dwyt ti ddim yn licio wyau.'

'Fi isio un heddiw.'

Ceisiai Heledd ei hanwybyddu am fod cymaint o awydd bwyd arni, ac 'roedd aroglau arbennig o dda ar yr ŵy ffres. Dechreuodd Debora dynnu gwefiau, ac mewn dim 'roedd hi'n strancio'n fyddarol. Cyfarthodd E.J.:

'O, cer i ferwi ŵy iddi, ddynes, bendith y nefoedd i ti!'

Cododd Nina ar unwaith ac yn ôl â hi i'r gegin fach. Peidiodd y strancio, ond daliai Debora i rythu. Ac o'r diwedd cododd E.J. yntau ei ben ac ymuno yn y rhythu.

''Chlywes i ddim am y perthnase 'ma yng Nghaerdydd. Pwy 'dach chi, felly?'

O'r mawredd! Be oedd hi'n mynd i'w ddweud rŵan? 'Roedd hi ar agor ei cheg i ddweud rhywbeth pan ddaeth llais Nina o'r gegin gefn.

'Ddeudes i wrthat ti'n do? Merch Jini, 'nghyfnither yng Nghaerdydd. 'Roedd hi'n gweithio yn y siop fawr 'na, 'n doedd? Beth oedd ei henw hi hefyd?' Saib. 'Ti'n gwbod. Y siop grand 'na 'roedd dy fam yn gweithio ynddi?'

'Howells?' sibrydodd Heledd yn wan.

'Dyna hi. Howells. Wyt ti'n mynd allan eto?'

Cwestiwn i'w gŵr er mwyn troi'r sgwrs, yn ddigon amlwg.

Pan na ddaeth ateb ganddo, daeth i mewn i'r stafell fymryn, y cwpan ŵy gwag yn ei llaw.

'Lle mae Rick? Mae o'n hwyr yn dod i nôl ei de.'

'Gwneud ei waith fel y dyle fo.' Daeth yr ateb fel chwyrniad o waelod stumog. 'Hel ŵyn ar gyfer y mart yfory.'

Distawrwydd eto ar ôl hyn. Toc daeth Nina â'r ŵy, a'i osod o flaen Debora, a thorri ei ben iddi. Cymerodd honno un gegaid a'i boeri allan ar unwaith. Ni ddywedodd neb air, dim ond gadael iddi fod.

Er gwaethaf hyn i gyd 'roedd Heledd wedi mwynhau ei the, unwaith y bu iddi benderfynu ymdoddi i'r distawrwydd. Gwthiodd E.J. ei gwpan gwag tuag at ei wraig, a neidiodd honno ar unwaith i'w ail-lenwi. Mae hi'n ufuddhau iddo bob cynnig, meddyliodd Heledd. Oes arni hi ei ofn o?'

O'r diwedd, mentrodd wneud symudiad i godi. 'Roedd yr ŵy yna'n flasus dros ben. Diolch yn fawr.'

'Wel, 'dwyt ti ddim yn gwastraffu bwyd, 'run fath â rhai pobol,' ebe Nina'n awgrymog.

'Bydd yn rhaid i mi fynd cyn bo hir neu mi fydd Nain yn dechre—'

Stopiodd a gwrido at fôn ei gwallt. Cododd E.J. ei ben yn sydyn.

'Nain?'

'Ie. Nain yr ochr arall,' ebe Nina fel fflach. 'Mi glywest ti Heledd yn deud 'u bod nhw'n aros yn y Bala am ychydig.'

Rhyfeddai Heledd at ddawn ei mam i ddweud celwyddau. Ai byw efo rhywun fel E.J. oedd wedi meithrin hyn ynddi, neu a oedd hi'n gynhenid gelwyddog? Gyda syndod newydd cofiodd ei chelwyddau hi ei hun wrth ei nain ddoe.

Gwagiodd E.J. ei gwpan, yna cododd yn boenus o'i gadair ac estyn yn ddiolchgar am ei ffon. Yna, heb edrych ar Heledd, meddai dros ei ysgwydd: 'Fasech chi'n licio dwad i weld y lloi?'

'Roedd Nina ar ganol tywallt te iddi ei hun, a thasgodd ei hanner dros y bwrdd. 'O, 'does gynni hi ddim amser . . .' dechreuodd. Ond 'roedd Heledd wedi neidio ar ei thraed.

'O, hoffwn i'n fawr.'

Taflodd Nina olwg rybuddiol arni, cystal â gofyn oedd hi ddim yn sylweddoli mai'r amcan oedd i E.J. ei holi ar ei phen ei hun. Ond rhyddhad oedd yr unig beth a deimlai'r ferch ifanc y munud hwnnw. 'Roedd y stafell dywyll hon wedi dechrau cau amdani. Byddai wrth ei bodd yn cael gweld y lloi bach, ac yna byddai'n rhydd i fynd.

Herciodd E.J. at y drws allan. Ar unwaith, daeth ei gi defaid i'r golwg lle bu'n aros am ei feistr. Dechreuodd Heledd ei ddilyn, ond gafaelodd Nina yn ei braich a sibrwd: 'Bydd yn ofalus. Mae o'n siŵr o dy holi di'n racs.'

''Wna' i ddim deud dim byd. 'Sdim isio i chi boeni, wir.' Ond dal i edrych yn bryderus a wnâi Nina wrth ei gwylio yn dilyn y ffarmwr allan i'r awyr iach.

'Roedd yr haul yn awr yn suddo rhwng dau fryncyn, a'r aur a fu'n llenwi'r wybren yn dechrau toddi'n goch. Yn y pellter clywid sŵn anifail yn brefu'n ddi-baid. Cerddasant, heb siarad ar y dechrau, tua'r cae agosaf at y ffermdy, lle'r oedd buches o wartheg a'u lloi. Wrth iddynt nesáu at y llidiart i'r cae, trodd E.J. at ei gi.

'Sa' fan'na, 'rhen gi, sa' fan'na!'

Synnai Heledd at y ffeindrwydd yn ei lais.

''Dydi buchod yn magu ddim yn rhy hoff o gŵn o gwmpas.'

Ufuddhaodd yr anifail ar unwaith gan bwyso ar ei bawennau blaen, a'i lygaid wedi eu hoelio ar ei feistr. Dilynodd Heledd y ffarmwr i mewn i'r cae. Cerddai hwnnw yn araf o gam i gam at fuwch ddu foliog oedd yn brysur yn ymlyfu. Daliai ei law allan dan fwmian dan ei lais: 'Hŵ, bach! Hŵ-w, Sioned fach!' Yna cosai hi ar ei chefn ag un llaw a theimlo'i phwrs efo'r llaw arall.

'Mae hon ar fin dŵad â llo. Ei hesgyrn wedi llacio tipyn ers ddoe.'

Ymhen tipyn, meddai Heledd dan wenu, 'Sioned . . . Oes gynnoch chi enw ar bob un?'

Gwenodd yr hen ŵr nes i'w wyneb droi'n graciau mân i gyd. 'Na, dim ond y rhai pedigri. Mae'n ofynnol cael enw ar rheiny, yn ogystal â blaen enw megis enw'r ffarm, neu

70

fynydd, neu afon yn y gymdogaeth, ac enw'r fuwch yn dilyn. Pant Llwynog Sioned ydi hon.'

'Roedd Heledd wrth ei bodd. Edrychai o'r naill fuwch i'r llall, gan sylwi ar un llo yn arbennig.

'O, dyna lo bach tlws. Y pen gwyn yna. 'Dydi o ddim mor wyllt â'r lleill.'

'Llo wedi'i brynu ydi hwnna. Hon 'di'r fam. Mi gollodd ei llo ei hun ar ei fwriad. Anferth o lo. Mae hi'n dal braidd yn stiff, welwch chi? Felly llo mabwysiedig ydi'r penwyn, wedi cychwyn ei fagu efo bwced ar fferm werthu llaeth. 'Roedd o'n ddigon drud hefyd.'

'Roedd Heledd wedi rhyfeddu. Dyn gwahanol iawn oedd hwn gyda hi yn y caeau. Siaradai efo hi bron fel rhywun cydradd, fel pe bai'n gwybod, heb iddi ddweud dim, am ei hoffter o anifeiliaid. Wrth sôn am ei greaduriaid 'roedd llawer mwy o dynerwch yn ei lais na phan siaradai â'i wraig.

'Welwch chi honna efo'i llo du? Llo fenyw. Ddydd Iau y cafodd honna ei geni. Fory mi fydd hi a'i mam yn cael symud i'r cae nesa i fyny.'

'I chi fedru cadw llygad arnyn nhw?'

'Dyna chi, 'ngeneth i.' 'Roedd yn amlwg ei fod wedi synnu at ei diddordeb. ''Dach chi'n gwybod rhywbeth am wartheg?'

'Nag 'dw i. Ond mi fûm i'n meddwl mynd yn fet unwaith.'

Am y tro cyntaf clywodd E.J. yn chwerthin. 'Ffariar, ie? Dim llawer o wartheg yn y Caerdydd 'na. 'Dydi fet tre'n dda i ddim.'

'Roedd o wedi troi oddi wrth yr anifeiliaid i edrych yn graff arni.

'Sut oeddech chi'n deud eich bod chi'n blyngied i'r wraig 'cw?'

Suddodd calon Heledd. Bu'n ei mwynhau ei hun gymaint, am ychydig 'roedd hi wedi anghofio am y twyll.

Dechreuodd yn ffwndrus. 'Mae Mam yn gyfnither i—'

Ond yn wyrthiol fe'i harbedwyd rhag gorffen y celwydd gan waedd o ben pella cae arall lle'r oedd brefu'r fuwch yn parhau. Brasgamai llanc ifanc i lawr atynt â'i wynt yn ei

71

ddwrn. Ac yntau tua hanner canllath i ffwrdd, dechreuodd weiddi ei neges.

''Does 'na ddim llawer o siâp ar y llo 'cw draw fan'cw. Ddewch chi i fyny ato fo tra bydda' i'n nôl chwistrell o'r tŷ?'

Amneidiodd y ffarmwr yn ufudd, ac ar unwaith dechreuodd gymryd camau breision i'w ryfeddu drwy'r ail gae at waelod y ffridd, ei gi'n carlamu o'i flaen, a Heledd wrth ei gwt. Rhedodd y llanc i lawr heibio iddyn nhw heb ddweud gair. Safai'r fuwch yn ymyl y ffens a'i llo yn gorwedd ar lawr, ei lygaid mawr dolurus yn syllu'n erfyniol arnynt.

'Be sy'n bod arno fo?' sibrydodd Heledd. 'Roedd y fuwch wedi ymdawelu erbyn hyn, ond yn dal i hofran yn bryderus o gwmpas. Pwysai E.J. i lawr i gael golwg iawn ar y llo, ac, yn sydyn, fe gafodd Heledd ei hun yn penlinio wrth ochr yr anifail yn ceisio ei gysuro. 'Roedd rhywbeth yn y llygaid mwyn yn dwyn ymateb rhyfedd ynddi. Mentrodd roi ei llaw ar ei drwyn. 'Roedd yn oer iawn.

'Ydi o'n mynd i farw?'

Symudai dwylo geirwon E.J. drosto mor dyner a chelfydd â dwylo llawfeddyg.

'Mi fydd os na bydd y dili-do acw'n brysio efo'i chwistrell.'

Ond 'roedd y llanc i'w weld yn y pellter, yn rhedeg yn ei ôl i'r cae cyntaf.

'Pwy ydi o?' gofynnodd Heledd.

'Pwy?' Dim ond hanner gwrando 'roedd E.J.

'Y bachgen yna.'

'O . . . Rick.' Edrychai'n rhyfedd arni. ''Dach chi ddim yn ei nabod o?'

'Ydi o'n gweithio yma?'

Chwarddodd E.J. eto. 'Hy! Fo 'di'r unig was sy gen i erbyn hyn. Faint mae o'n debyg o aros, 'dwn i ddim.'

Ond 'doedd ei ddiddordeb o ar hyn o bryd ddim mewn bodau dynol. Y creaduriaid oedd yn mynd â'i sylw i gyd. 'Doedd dim amser iddi ofyn rhagor, ond chwyddai ei chwilfrydedd ynghylch y llanc tal, tywyll, yn ei jîns budron, tyllog, a'i grys yn agored at ei ganol, ei frest yn dangos tyfiant ysgafn o flew du.

'Doedd o ddim wedi cymryd sylw ohoni hi. Fel y ffermwr, angen y llo a ddôi gyntaf. Estynnodd y chwistrell i'w feistr.

'Chi sy am wneud, ie?'

'Well i mi. 'Fydd dy law di ddim yn sad ar ôl yr holl redeg 'na.'

Cydiodd yn y llo, a rhoi blaen y chwistrell ym mhlygiad ei gesail. Daliodd Heledd ei hanadl. Mewn ychydig amser, tybiai fod yr anifail yn edrych fymryn yn fwy bywus.

'Mi a' i i nôl y landrofer,' ebe Rick, ac i ffwrdd ag ef ar unwaith, heb edrych ar Heledd unwaith. Drwy gydol yr amser, bu'r hen fuwch yn stwyrian o gwmpas yn aflonydd.

'Fydd o'n iawn rŵan?' gofynnodd Heledd yn bryderus gan ddal ar ei gliniau wrth ochr yr anifail.

Teimlai iddi gael profiad ysgytwol a fyddai gyda hi am byth. Syllai ar fam y llo yn gryndod i gyd dros ei phlentyn, a daeth dagrau sydyn i'w llygaid am reswm na fynnai ei arddel.

Hanner awr yn ddiweddarach mae hi'n ôl yn y ffermdy, a dim golwg ymadael arni. Mae E.J. wedi mynd allan, Debora yn ei ddilyn, ac felly mae hi'n rhydd i eistedd yn ei gadair o dan y simdde fawr, yn gwylio Rick yn bwyta ei de gohiriedig.

'Does neb wedi'i chyflwyno eto. 'Dydi gwas, mae'n debyg, ddim yn cael ei gyflwyno i bobl ddiarth. Ac mewn fformdd mae hi'n falch o hyn. Oherwydd swildod, ie, ond yn bennaf oherwydd ei bod hi am gael llonydd i edrych arno heb orfod siarad. Mae hyn yn haws am fod ei sylw ef i gyd ar ei fwyd. Mae ei wallt crychiog yn disgyn yn isel ar ei wegil fel cwt hwyaden, ac mae ganddo gylch bach aur yn hongian o un glust. Ysgwyddau llydain o dan grys lle mae'r chwys yn dechrau sychu. Ond, yn wahanol i'r bechgyn ysgol, 'dydi aroglau ei chwys ddim yn annifyr.

Hwyrach fod ei ên braidd yn blentynnaidd gyda'r pant bach yn y canol, ond mae hi'n methu gweld yn iawn am fod ei ben yn isel uwch ei fwyd.

Mae Nina yn hofran o'i gwmpas gyda'r tebot, ac, wrth fynd heibio iddo, mae hi'n rhoi ei llaw ar ei ysgwydd, ac yn ei chadw yno'n hir, yn rhyfeddol o hir, meddylia Heledd.

'Ti wedi cael digon?'

Mae ei llais hi'n addfwynach na phan yw'n siarad â'i gŵr. Yna, fel petai hi newydd gofio am ei hymwelydd, mae hi'n cynnig rhagor o de iddi. Er mwyn cael esgus i oedi ymhellach, mae honno'n derbyn. 'Dydi hi ddim am ei throi hi am y Bala eto.

Am eiliad mae'r gwas yn codi ei ben i edrych arni fel pe bai'n ymwybodol o'r diwedd fod rhywun arall yn rhythu arno. Mae ei lygaid fel bisgedi cochion, meddylia efo chwerthin mewnol, a daw awydd cryf drosti i'w gael o i wenu arni, ond mae ei ben yn mynd i lawr eto.

'Faint 'dach chi am aros yn y cyffinie 'ma?'

Mae rhywbeth bwriadus gofalus yng nghwestiwn Nina, fel pe na bai am ddweud llawer o flaen y gwas. Awr yn ôl mi fyddai'r ateb wedi bod yn hawdd: ''Rydw i'n mynd yn ôl i Gaerdydd yfory'. Ond ateb gwahanol sy ganddi nawr.

'Rhyw ychydig ddyddie eto, ella.'

Ac er syndod iddi ei hun mae hi'n ychwanegu. 'Ga' i ddod eto fory?'

Dros wyneb Nina daw cymysgedd o ymateb. Mae hi'n awyddus i wybod mwy am y ferch yma, ac yn enwedig am deulu Caerdydd, a hyd yn hyn ni bu cyfle iddi holi rhyw lawer. Ar y llaw arall, mae hi'n synhwyro nad yw E.J. am ryw reswm wedi llyncu'r stori am 'ferch 'y nghnither' ac y byddai ef yn chwilio am gyfle eto i'w holi ymhellach. Ond, o leiaf, 'roedd o, E.J., wedi cymryd at hon.

'Cei, mae'n debyg.'

Mae Heledd yn edrych ar ei wats. Wedi sicrhau ei chroeso yfory, haws gadael rŵan. Mae hi'n codi o'i chornel. Mae Rick hefyd yn codi. Am y tro cyntaf mae ei llygaid hi a'i lygaid o yn cyd-gyfarfod yn iawn. Ydyn, mae ei lygaid o'n frown tywyll, a'r amrannau trymion yn rhoi golwg dioglyd iddo, nes iddo eu hagor nhw'n sydyn fel pe bai syniad cyffrous newydd ei daro. Ac y mae, hefyd.

''Rydw inne'n mynd lawr i'r Bala. 'Tase chi'n licio rhoi'r beic yn y landrofer, mi gewch chi bás gen i.'

74

Mae hi'n clywed Nina'n tynnu ei hanadl ati, a llifa rhyw gynhesrwydd dieithr drosti. Mae o wedi sylwi arni, felly.

'Wyt ti'n siŵr y bydd E.J. yn fodlon i ti fynd â'r landrofer?' Mae'r hen grygni yn ôl yn llais Nina.

'Mynd ar neges drosto fo 'rydw i.' Mae o'n troi at Heledd. 'Rhowch bum munud i mi.'

Mae hi'n fodlon rhoi pum awr iddo. 'Dydi hi erioed o'r blaen wedi teimlo'r fath gynnwrf.

Tra bu E.J. yn y tŷ, ni bu sigarét yn y golwg, ond yn awr mae Nina'n tanio un yn gyflym. Mae hi'n aros i Rick fynd allan, heb ddweud dim, ond, wedi cael ei gefn, mae hi'n cydio yn y ferch.

'Bydd yn ofalus be wyt ti'n 'i ddeud wrth hwnna, hefyd. Cofia. 'Dydw i ddim am i E.J. glywed smic o hyn. Mae bywyd yn ddigon anodd fel y mae. 'Does gen ti ddim syniad . . .'

Mae Heledd yn medru gwenu arni. Digon iddi fydd cael eistedd wrth ei ochr yn y landrofer. 'Fydd dim angen siarad.

Mae o'n gyrru'n llawer rhy gyflym ganddi. Mae arni eisio i'r daith barhau am oriau, ond, wrth rasio fel hyn, mi fydden nhw wedi cyrraedd y Bala ymhen rhyw ddeng munud.

Yn y 'pum munud' mae o wedi newid ei ddillad, yn dal i wisgo jîns, ond mae'r rhain yn lân, ac mae ganddo grys khaki a llewis byr. 'Fedar hi ddim tynnu ei llygaid oddi ar ei ddwylo ar yr olwyn, a'r blewiach yn tyfu drwy'r llosg haul. Bob hyn a hyn bydd yn troi i wenu arni, er nad yw eto wedi dweud fawr ddim. Ond mae hi'n nofio yn y cynhesrwydd a'r agosatrwydd anghyfarwydd rhyngddynt. Toc mae o'n dweud:

'Gan Ifan Tŷ'n Ddôl y llogest ti'r beic 'na, ie?'

Rhywsut mae'r 'ti' cartrefol ganddo yn naturiol ac yn reit. Yr un genhedlaeth ydyn nhw.

'Hwyrach. 'Dydw i ddim yn gwybod ei enw. Mae gynno fo sied y tu ôl i ryw siop.' Mae hi'n oedi fymryn cyn mentro defnyddio'r 'ti' yn ôl. 'Wyt ti'n 'i nabod o?'

''Dan ni'n dipyn o fêts, 'sti.'

Mae ganddo ffordd sydyn o edrych o gornel y llygaid diog hynny sy'n ymylu ar fod yn slei. Beth ydi ei hanes o, tybed?

'Un o ffor'ma wyt ti?'

'Na, ond 'dan ni yma ers rhyw ddeng mlynedd bellach.'

'Dydi hi ddim yn licio holi rhagor, ac nid un siaradus ydi o, mae hynny'n amlwg. Pwy ydi'r 'ni' yma tybed? 'Di o rioed wedi priodi? Faint ydi'i oed o? Ugain? Un ar hugain? Llifa cwestiynau nad oes modd eu gofyn drwy ei phen.

Mae yna lwydni min nos o'u cwmpas, ac, ar unwaith, daw'r llyn i'r golwg. Rhy fuan, rhy fuan. Rhyfedd y gwacter yn ei stumog nad oes a wnelo ddim â bwyd. Daw ei llais o rywle.

'O! Y llyn 'na! Wnei di aros am funud i mi gael ei weld yn iawn?'

Yr edrychiad o gornel ei lygad eto, yn union fel pe bai wedi gweld trwy ei chais, ond mae'n ufuddhau ac yn dod â'r landrofer i aros wrth fin y llyn. Nid yw'r un o'r ddau'n symud, dim ond edrych allan dros yr esmwythder o ddŵr tywyll sy'n awr yn dechrau cael ei ariannu gan y lleuad.

Mae Heledd yn llawn rhyw gyffro na phrofodd erioed o'r blaen. Mae'r olygfa o'u blaen mor ogoneddus, a'r llawenydd rhyfedd ynddi bron â'i thagu. Dyhea yn fwy na dim am gael rhoi ei llaw ar y llaw flewog honno, ond mae arni ofn tarfu ar y munud hud.

'Wyt ti am i ni fynd allan i ti gael gweld yn well?'

Mae'r ddau'n gwenu ar ei gilydd eto. Wrth ei helpu hi i lawr o'r landrofer mae ei ddwylo i'w clywed yn galed ac yn gryf. Nid yw'n gollwng ei llaw wrth iddyn nhw nesáu at y dŵr.

Maen nhw'n sefyll yno—am ba hyd, tybed? Am ddeng munud neu am ddau funud? 'Dydi hi ddim yn gwybod nac yn malio. Mae hi'n mwynhau'r saethau bach o ofn a phleser sy'n mynd drwyddi wrth feddwl beth oedd yn mynd i ddigwydd nesa. Ac yn ei dychymyg mae o'n cydio ynddi ac yn ei chusanu'n ffyrnig. Dyna fyddai'n naturiol. Mae ei holl osgo yn ei wahodd i wneud hynny. Ydi o ddim yn gallu darllen ei meddwl?

Ond, yn sydyn, mae o'n edrych ar ei wats. Hithau'n

gwrido mewn cywilydd a siom. Edrych ar ei wats! Dyna ddangos yn blaen ei fod o wedi blino ar ei chwmni.

Ond mae'n gwenu'n gellweirus. 'Oeddet ti wedi meddwl cadw'r beic tan yfory?'

'Wel . . . nag oeddwn i.'

'Mae gen i syniad y bydd Ifan yn cau'r siop ymhen rhyw ddeng munud. Rhaid i ni frysio felly.'

Mae ei chalon yn llamu unwaith eto. Meddwl amdani hi 'roedd o, wedi'r cwbl. 'Roedd hi wedi anghofio'n llwyr am y beic, ond, gwaeth na hynny, 'roedd hi wedi anghofio am ei nain. Byddai honno'n wyllt o'i cho. Mae'r awr hud wedi dod i ben ac mae hi'n troi'n ôl at y landrofer.

8

'Gallet ti fod wedi ffonio o leia.'

'Roedd llygaid Nain fel pe bai gwydrau ei sbectol wedi torri'n deilchion.

''Wnes i ddim meddwl.'

'Naddo, m'wn. Dyna chi bobol ifanc bob gafael. 'Rown i ar fin ffonio'r polîs.'

'Mae'n ddrwg gen i. Dim ond wyth o'r gloch 'di hi.'

'Dim ond! Pwy oedd yn y landrofer 'na?'

'Gwas Pant Llwynog. 'Roedd o'n dod lawr i'r Bala ac mi ges i bás gynno fo.'

O leia ni bu raid iddi ddweud celwydd hyd yma.

''Rwyt ti wedi bwyta, decini?'

'Do.'

Ers orie maith. Hwyrach y gallai hi ddwyn rhywbeth o'r rhewgell ar ôl i Nain fynd i'w gwely. 'Roedd hi ei hun am fynd i glwydo cyn gynted ag y gallai wneud hynny heb ymddangos yn anghwrtais. 'Roedd arni isio ail-fyw'r dydd drwyddo draw.

'Roedd Rick wedi cynnig mynd â'r beic yn ôl i dŷ Ifan drosti. Byddai'n rhaid iddi ei ail-logi i fynd yn ôl i Bant

77

Llwynog bore fory. Ond sut oedd dweud wrth Nain? Penderfynodd adael y broblem tan yfory. Yn y cyfamser rhaid iro tipyn ar yr hen wraig. Cofiodd fod y ddynes trin gwallt wedi galw.

'Mae'ch gwallt chi'n edrych yn neis, Nain.'

Gwên anfodlon ar yr hen wefusau'n troi'n wên hunanfodlon.

''Rown i'n gallu ista ar 'y ngwallt pan own i'n hogan, 'sti.'

Mae'r awyrgylch wedi cynhesu. Sgwrsio nawr am hyn a'r llall tan ddeg o'r gloch pan yw Nain yn mynd i'w gwely. Ar ôl dod o hyd i ychydig o gaws a darn go dda o fara, Heledd yn ei dilyn hi.

Amhosib gorwedd yn llonydd. Mae ei choesau mor aflonydd â mwnci ar ben pric. Phrofodd hi erioed o'r blaen deimladau mor gymysg o fewn un diwrnod, ac mae ei phen yn troi fel chwrligwgan. Ceisio hoelio ei meddwl ar un ar y tro o'r lluniau. Y fam arall, i ddechrau. Hi sydd i fod y bwysicaf, yndê? Ydi hi'n falch iddi fynd yno i'w gweld? Ydi. A nag ydi. O leia mae hi wedi cael gwared â'r ysfa a fu'n ei gyrru ers rhai blynyddoedd bellach. Mae'r darlun hud wedi'i chwalu. 'Fydd y wraig yn ei gŵn sidan a'r aroglau lafant yn mynd a dod rhwng y plygiadau byth yn dod i'w chysuro hi eto.

Oes yna rywbeth yn debyg rhyngdda i a'r wraig arall sy'n fam imi? Mae'r ddwy ohonon ni'n dal, mae ganddi hi lygaid anghyffredin er gwaetha'r rhychau a'r clytiau duon odanynt. Fues i heddiw yn edrych arna' i fy hun ymhen rhyw bum mlynedd ar hugain? Ias oer yn cerdded drwyddi. A'r celwyddau hynny? Ai dyna pam y byddai hi ei hun yn ei chael hi'n hawdd dweud celwydd er mwyn medru cofleidio ei bywyd bach dirgel ei hun, neu er mwyn ei chael ei hun allan o dwll? Sut un yw ei thad? Y cwestiwn hwn yn dod yn ôl o hyd ac o hyd, ond niwlog iawn yw'r darlun.

'Roedd hi'n licio E.J. er gwaetha ei arthio a'i ffordd amrwd. 'Roedd o wedi rhoi cyfle iddi dendio ar y lle, ac mae hi'n cofio ei ddwylo cnodiog yn symud yn araf dros yr anifail. Ond mae'r ddau yna'n casáu ei gilydd, mae hynny'n ddigon amlwg. Pam mae ar Nina gymaint o'i ofn o? 'Does ar Debora

78

mo'i ofn o. Pan yw o'n agos bydd hi'n ei ddilyn o gwmpas fel oen swci. Cario clecs iddo hefyd debyg. Mae hi'n cofio fel y bu'r fechan yn glustiau i gyd yn gwrando ar ei sgwrs gynta hi a'i mam.

O'r diwedd mae hi'n gadael iddi'i hun feddwl am Rick. O ble y daeth yr enw ffansi yna, tybed? Mae golwg debycach arno i ryw Richard neu Dic. Ond 'dydi hi erioed wedi cyfarfod neb tebyg iddo o'r blaen. O'r tro cynta i'w llygaid gydgyfarfod, bu rhyw gysylltiad annisgrifiadwy o glòs rhyngddynt. Neu ai dychmygu pethau y mae hi? Na, mae hi'n siŵr ei fod yntau'n teimlo'r un fath. Mae yna rywbeth newydd syfrdanol yn ei gylch, fel petai o'n ei chreu hi i fod yn rhywun newydd, yn rhan annatod ohono fo. Dyhea am i'r bore ddod a hithau'n cael mynd i fyny i Bant Llwynog unwaith eto a bod yn agos ato. Mae yna gynifer o bethau mae hi am ofyn iddo. O ble'r oedd o wedi dod? Oes gynno fo frodyr a chwiorydd? Sut rai ydi ei dad a'i fam?

Mae hi'n hanner cysgu erbyn hyn a wyneb Rick yn toddi'n llun o wyneb Nina. Yn sydyn mae hi'n effro ac yn chwys domen. Lluchio dillad y gwely ymaith, a phasio'i dwylo'n araf dros ei chorff, yn union fel petai hi'n llo o dan ddwylo cnodiog, caled . . .

Rhaid ei bod hi wedi cysgu'n fuan ar ôl hynny. Y peth nesa 'roedd hi'n ymwybodol ohono oedd clywed sŵn radio ar ei uchaf yn dod o'r ystafell odditani. 'Roedd Nain wedi codi, felly. Rhoddodd ei llaw allan yn ddryslyd am ei wats a gweld ei bod hi'n hanner awr wedi wyth. O, am wastraff amser! Fe ddylai fod wedi deffro awr ynghynt!

Neidiodd o'r gwely a rhuthro am y bathrwm. 'Doedd hi ddim wedi meddwl gofyn i Nain a gâi hi fath. Bydde gorfod twymo'r dŵr yn cymryd gormod o amser rŵan, debyg, felly bodlonodd ar ymolchi yn y basn.

''Dwyt ti rioed yn mynd i gerdded eto heddiw?' ebe ei nain ar ôl brecwast, yn sylwi arni'n tacluso pethe yn ei rycsac.

'Na, ddim cerdded. 'Dwi'n mynd i ofalu am lo bach.'

'Be?'

'Ie, Nain. Mi ges i wneud gennyn nhw ddoe. 'Roedd y llo'n sâl, ac mi gymrais i o yn 'y mreichia, a dyma nhw'n deud fod gen i ffordd dda efo anifeiliaid, ac maen nhw am i mi fynd i fyny eto. 'Di o ddim o bwys gynnoch chi, nag'di, Nain?'

''Fydde fawr o wahaniaeth taswn i'n deud bod,' ebe'r hen wraig yn sych. 'Am Edwart Lewis wyt ti'n sôn? Fo sy am i ti fynd?' 'Roedd anghrediniaeth yn ei llais.

''Roedd o'n glên iawn efo mi, Nain. Ac 'roedd o'n anfon ei gofion atoch chi.'

Celwydd noeth, wrth gwrs, ond byddai'n ddigon hawdd iddi wneud y peth yn iawn drwy sôn wrtho am Nain heddiw. Yna cofiodd nad oedd hi i fod i ddweud pwy oedd ei nain. Dario'r twyll 'ma! O, wel, 'doedden nhw ddim yn debyg o weld ei gilydd am sbel, os o gwbl.

Ond 'roedd y celwydd wedi gweithio, a Nain wedi meirioli unwaith eto.

'Cystal i ti fod yn fan'no am wn i, lle 'dwi'n gwbod lle'r wyt ti, na bod yn jolihoitian ar dy ben dy hun ar hyd y mynyddoedd 'na.'

Rhoddodd Heledd ei breichiau am yr hen wraig a'i chofleidio.

*   *   *

'Roedd y tywydd yn fwy mwll heddiw, ac yn annifyr o boeth yn yr haul. Teimlai braidd yn swil yn mynd i weithdy Ifan. Gobeithiai na chafodd Rick anhawster i ddychwelyd y beic neithiwr.

Trodd y dyn ifanc wrth iddi gerdded i mewn yn betrus. Edrychodd arni a rhyw wên gam ar ei wyneb a wnaeth iddi gochi at ei chlustiau.

'Ha! Mae'r ferch afradlon wedi dŵad i'r golwg.'

'Mae'n—mae'n ddrwg gen i. Fe aeth yr amser heb i mi sylwi.'

'Do, m'wn.' 'Roedd ei lais o mor awgrymog â phe bai hi wedi bod allan drwy'r nos. Aeth y cochi'n ddyfnach, a daeth syniad annifyr iddi. A fu Rick yn gwneud sbort am ei phen hefo'r dyn yma? Â'i cheg yn sych, gofynnodd:

'Fe gaethoch chi'r beic yn ôl?'

Amneidiodd yntau ato. 'Reit saff.'

Goleuodd ei llygaid fel petai hi'n edrych ar hen ffrind.

'Ga' i 'i logi o eto heddiw?'

''Roedd Rick yn deud y byddech chi'n debyg o ofyn. Ond, gwrandwch, y fach, beth am gymryd beic mynydd heddiw? Dipyn llai o straen i fyny'r rhiwie ene.'

Edrychai Heledd yn ansicr. ''Dydw i ddim yn siŵr alla' i fforddio...'

'Twt! Mae Rick a fi'n hen ffrindie. Mi gewch o am bris y llall.'

'O, 'dach chi'n siŵr?'

Yn lle ateb aeth Ifan i nôl beic mynydd o'r cefn, a dangosodd iddi sut i'w ddefnyddio. Fe gymerodd hyn dipyn o amser, oherwydd nid merch i ddysgu tricie newydd yn sydyn oedd Heledd. Ond, o'r diwedd, 'roedd hi'n barod i gychwyn.

''Fydda' i ddim mor hwyr heno,' meddai gan godi llaw arno.

'Peidiwch â bod yn rhy siŵr!'

'Roedd popeth cymaint yn haws heddiw. Mewn dim amser 'roedd hi wedi cyrraedd Crud y Gwynt, bwthyn y Sais. Yn union fel pe bai hwnnw'n gwybod ei bod hi ar y ffordd, daeth allan at y llidiart.

'Hello, there. You must like it this way.'

'Yes, I do.'

'How did you get on up there?'

'Fine. I nursed a sick calf.'

'I knew you had a good way with animals. Want a job?'

'What?'

'Only joking. Well, only half. Would you like some coffee?'

Ond 'doedd hi ddim am golli hanner awr werthfawr a gwrthododd yn gwrtais. 'Roedd hi'n licio'r dyn yma, hyd yn oed os oedd o'n Sais wedi meddiannu bwthyn yng Nghymru. Hwyrach y byddai hi'n galw eto rywbryd i gael ei farn go iawn am bobl Pant Llwynog.

Wrth nesáu at y fferm, bu ei llygaid yn prysur chwilio'r gweundir a draw at y ffriddoedd o dan y coedwigoedd, ond nid oedd neb i'w weld. Na neb ar y buarth. 'Roedd drws y tŷ'n agored. Ble'r oedd pawb?

Pwysodd ei beic yn erbyn y wal a churodd ar y drws. Daeth aroglau sigaréts i'w ffroenau cyn iddi glywed llais bloesg yn gweiddi:'Ie? Pwy sy 'na?'

'Fi, Heledd.'

'O.' Sŵn cadair yn symud, ac yna'r llais eto.'Wel, ty'd i mewn.'

'Roedd hi'n edrych yn flerach hyd yn oed nag o'r blaen, ac wedi taro blows yn frysiog amdani, ac wrthi'n cau'r botymau yn igam ogam. Ai newydd godi'r oedd hi? Edrychai fel pe bai heb gael fawr o gwsg drwy'r nos. Sylwodd Heledd ar wydr gwin gwag ar y bwrdd.

''Dach chi'n oreit?' gofynnodd.

'Yndw. Pam?' 'Roedd yr ateb yn finiog.

Nid atebodd y ferch. 'Wyddai hi ddim a ddylai hi dynnu sylw ei mam at y ffaith fod ei blows wedi'i gau'n gam. Penderfynodd beidio. Dim ond E.J. a Debora a hithe fyddai'n debyg o'i gweld. A Rick, wrth gwrs.

'Lle mae pawb?'

'E.J. allan ar y mynydd. 'Welwn ni mono *fo* am sbel. Cyfle i ni'n dwy gael siarad yn iawn.'

'Lle mae Debora? holodd yn betrus. Cofiai'r mochyn bach â'r clustiau mawr.

'Efo'i thad, am wn i.'

'A—a Rick?'

'Wedi mynd â defaid i'r mart.'

Dario! 'Roedd hi wedi anghofio am y mart. Gallasai fod wedi gohirio'i hymweliad tan yfory.'Pryd fydd o'n ôl?'

'Roedd y cwestiwn allan cyn y gallai'i rhwystro'i hun. Cafodd edrychiad rhyfedd gan Nina.

'Pwy, Rick? Rywbryd pnawn 'ma, ella. Neu heno. 'Does wybod pryd.'

Cafodd Heledd y teimlad nad oedd hi i fod i holi rhagor am Rick. Mae hi'n ei ffansïo fo hefyd, meddyliai. Ond mae hi'n

82

rhy hen iddo fo. Ond yn nes at ei oed o nag at oed ei gŵr, hefyd. Edrychodd gyda diddordeb newydd ar ei mam. Fydd E.J. a hi'n cysgu hefo'i gilydd? Go brin. 'Roedd y syniad yn gwneud iddi eisio chwerthin.

Stwyriodd Nina ddigon arni'i hun i fynd i wneud paned, ac eisteddai'r ddwy bob ochr i'r bwrdd yn gwylio'i gilydd.

'Heledd . . .'

Dywedodd Nina yr enw'n araf, gan ei droi rownd a rownd ar ei thafod. 'Sut fath o enw 'di hwnna?'

'Enw hanesyddol Gymreig. Chwaer Cynddylan a gafodd ei ladd gan y Saeson yn y nawfed ganrif.' 'Roedd hi'n dyfynnu ei thad.

'O, Welsh Nash 'dyn nhw, ie?' Ac ar ôl saib: 'Well gen i Tracey. Enw modern.'

'Peidiwch â 'ngalw i'n Tracey . . . plîs.'

Cododd Nina ei haeliau ond ni wnaeth sylw. Cosodd ei braich yn feddylgar.

'Debyg dy fod ti'n gweld bai ofnadwy arna' i.'

'Pam?'

'Am dy roi di i rywun arall.'

Dyma fuasai'r cyfle iddi sôn am ei breuddwydion am y fam arall, ac fel y bu hyn yn gysur iddi ar hyd y blynyddoedd. Byddai hynny, hwyrach, wedi tynnu ymaith rai o'r llinellau ar yr wyneb blin gyferbyn â hi. Ond, ni allai, dros ei chrogi. 'Roedd y fam honno wedi diflannu'n llwyr.

'Wyt ti'n hapus efo nhw yng Nghaerdydd?'

'Yndw.'

'Pam doist ti i chwilio amdana' i, 'ta?'

Oedd hi ddim yn deall? Sut oedd rhoi ei dyheadau am deulu mewn geiriau?

''Rown i isio gwbod pwy oeddwn i.'

Chwarddodd Nina ei chwerthiniad caled. 'Wel, 'rwyt ti'n gwbod rŵan. Ac yn difaru, siŵr Dduw.'

''Dwi isio gwybod mwy. Am eich teulu i gyd, am eich tad a'ch mam—fy nhaid a nain. Oes gen i fodryb neu ewythr yn rhywle? Pam na ddeudwch chi rywbeth wrtha i am 'y nhad?'

'Roedd arni isio ysgwyd ateb allan o'r ddynes gyferbyn. 'Mae'n bwysig i mi. Fedrwch chi ddim *gweld*?'

Ni allai rwystro'r dagrau a fu'n cronni ers meityn. Syllodd Nina arni mewn distawrwydd am ychydig. Yna taniodd sigarét arall.

'Oreit,' meddai o'r diwedd. Dechreuodd siarad mewn llais fflat heb ddim cynhesrwydd ynddo.

'Postman oedd 'nhad cyn iddo fo golli'i waith. Am ddwyn. Ar ôl iddo fo ddŵad allan o'r jêl, mi fuo'n gweithio ar y ffordd. Mi fuo farw pan own i'n bymtheg oed, ac 'rown i'n meddwl y byd o'r gwalch.

'Pump o blant oedden ni, dwy chwaer a thri brawd. 'Dydw i'n gweld fawr ddim ar y rheiny. Mae teulu tlawd yn chwalu'n fuan . . . pawb drosto'i hun. Mae Mam wedi marw ers deng mlynedd. 'Roedd hi'n orweddiog yn hir. Dynes dlws yn ei dydd, medden nhw. Mawr dda fu hynny iddi. Felly 'does gen ti ddim taid na nain.'

'A 'nhad?'

Daliodd ei gwynt. 'Roedd yn rhaid i Nina ddweud rŵan, wedi dweud cymaint.

'Be' oedd ei enw fo?'

Tyniad hir ar y sigarét eto. Ofnai Heledd ei bod hi'n mynd i roi taw ar ei sgwrs fel o'r blaen. Ond gan godi ei hysgwyddau, ystum oedd yn dod yn gyfarwydd i'r ferch, meddai:

'Richard. Richard Daniels.'

'Roedd hyd yn oed dweud yr enw yn anodd iddi. Richard Daniels. 'Roedd hi'n licio sŵn yr enw hwnnw.

'Dwedwch fwy, Nina. Ga' i eich galw chi'n Nina?'

'Roedd fel pe bai'r llall heb glywed. 'Saer oedd o.'

'Oes gynnoch chi lun ohono fo?'

Y chwerthiniad di-hiwmor yna eto. 'Dim peryg. Un gofalus iawn oedd o i guddio pob smic o'n perthynas.'

'Ydi o'n dal yn fyw?'

'Ydi, am wn i. Os nag ydi o wedi'i ladd ei hun efo cwrw. Ond paid ti â meddwl mynd i chwilio amdano fo. Chait ti ddim croeso o gwbl. Mwy nag y cest ti ar dy eni.'

Syllodd Heledd ar wallt tynn ei mam a'i hysgwyddau crwn. O ble'r oedd hi, Heledd, wedi cael ei phrydferthwch?

'Oedd o'n olygus?'

'Oedd. Ac yn gwybod hynny.'

''Roedd o'n yfed, felly?'

'Fel ych. Yna dŵad draw ata' i i sobri.'

Aeth gwefr o ffieidd-dod drwy Heledd. Oedd ni wedi'i chenhedlu ar ôl caru meddw?

'A 'dydi E.J. yn gwybod dim?'

'Amdanat ti? Tydw i wedi deud wrthat ti? Nag ydi. Mi fuo fo'n holi ac yn holi neithiwr, 'ches i ddim llonydd. Cythrel drwgdybus ydi o.'

Meddyliodd Heledd yn dawel bach fod ganddo fo le i fod yn ddrwgdybus, yn enwedig os oedd o wedi sylwi ar ei wraig yn ffwdanu o gwmpas y gwas golygus.

Tynnodd ar ei mam i siarad mwy am ei phlentyndod a'i bywyd cartref, ac yn raddol ymlaciodd y wraig hŷn. Clywodd fel y bu'n gweithio mewn caffi yn y dre ar ôl gadael ysgol yn bymtheg oed, ac yna mynd o un gwaith i'r llall. Fel yr ieuengaf o'r teulu, hi oedd yr unig un erbyn hyn oedd yn byw gartre ac yn edrych ar ôl ei mam. Rhyw ddarlun o fywyd llwm a diflas a gâi wrth wrando ar Nina, ac, eto, teimlai fod yna rywbeth yn ffals yn y darlun. 'Fyddai hi byth yn mynd allan i'w mwynhau ei hun? Beth am ddiscos, er enghraifft? Neu hyd yn oed bingo? Fel mam Dilys.

Yn sydyn 'roedd Nina wedi tynhau drwyddi.

'Argoel! E.J.! Amser cinio!'

'Doedd Heledd ddim wedi clywed unrhyw arwydd fod gŵr y tŷ wrth law. 'Roedd Nina wedi diflannu i'r gegin fach cyn iddi glywed y sgidiau trymion yn croesi'r trothwy.

Yr oedd yn union fel pe bai dod i mewn i'r tŷ tywyll yn newid E.J. yn ôl i'r dyn surbwch, dywedwst a welsai hi gyntaf. Rhochiad isel oedd ei unig gyfarchiad iddi heddiw, ac aeth yn syth i'w ollwng ei hun i lawr wrth y bwrdd. 'Dydi o ddim hyd yn oed wedi golchi'i ddwylo, sylwodd Heledd yn ddiflas.

Mentrodd ofyn: 'Ydi'r llo'n well?'

85

'Y? Mi wnaiff y tro.' A dyna'r cwbl.

Aeth Heledd i eistedd yn y gadair wrth y simdde fawr a rhyw syniad gwirion ganddi y byddai hynny'n ei gwneud hi'n anweledig. Ond fe ddaeth Debora i mewn o rywle a dod i sefyll o'i blaen yn ei ffordd ryfedd. Wedi syllu ar Heledd am dipyn, tynnodd ei bys o'i cheg a meddai yn ei llais dwfn: 'Tracey!'

Cuchiodd E.J. ond ni ddywedodd ddim. Daeth Nina i mewn ar ei hyll, gan roi hergwd i'r eneth fach fel y bu bron iddi fynd ar ei hyd. Gwaeddodd ei mam: 'Cer i molchi, y mochyn grôt i ti!'

Rhythodd Heledd arni mewn syndod. 'Doedd y peth bach ddim wedi gwneud dim o'i le, dim ond ei galw hi'n Tracey, er bod yr enw'n wrthun ganddi erbyn hyn. Ac yn sydyn fe wawriodd y rheswm arni. 'Roedd y clustiau bach wedi clywed popeth rhyngddi hi a'i mam, ac wedi ailadrodd y cwbl wrth E.J. Dyna pam y bu hwnnw'n 'holi ac yn holi' Nina neithiwr.

Ni wnaeth y ffarmwr sylw o hyn i gyd, dim ond mynd ymlaen efo'i fwyta. Ymhen hanner awr 'roedd o wedi mynd, a heb fod wedi torri gair â hi. Dim ond wedyn y cafodd hi ei galw at y bwrdd gan Nina.

Ond erbyn hyn 'roedd honno wedi mynd mor dawedog â'i gŵr, ac, er ei bod hi'n dyheu am wneud ei 'holi a holi' ei hun, 'roedd yn amlwg na fyddai dim rhagor i'w gael ganddi yn yr hwyl bresennol. Ar ôl gorffen bwyta, trodd at ei mam a gofyn:

'Fydd o bwys gynnoch chi os a' i am dro, Nina?'

Ysgydwodd honno ei phen, ei meddwl ymhell.

Cododd Heledd yn ddiolchgar. 'A' i ddim yn bell iawn.'

Anadlodd yn ddwfn wedi cael croesi'r buarth ac allan i'r caeau, ei hysgyfaint yn cael eu gwagio o'r mwg drewllyd yn y tŷ. Pam 'roedd hi'n dal i aros yma? Pam na fyddai hi wedi neidio ar ei beic a'i throi hi'n ôl am y Bala, ac yn ôl i Gaerdydd? Gwyddai'n iawn pam. 'Roedd yn rhaid iddi ei weld o eto. 'Roedd hyn yn gorbwyso'r holl anniddigrwydd yn y tŷ a phopeth arall.

86

'Roedd yr haul wedi diflannu fel y cerddai draw at y ffridd y bu hi wrth ei godre ddoe, ac 'roedd yna ryw gochni yn yr awyr a oedd mewn rhai mannau yn wyrdd. Penderfynodd ddringo'r ffridd ac i fyny drwy'r coed. Gallai weld ymhell oddi yno.

Yn fwy na dim arall 'roedd arni isio cael llonydd i grio. 'Doedd y teulu oedd ganddi'n dda i ddim. 'Roedd hi wedi creu embaras i'w mam drwy ddod yma. 'Roedd ei hanner chwaer yn hanner-pan, ei thaid wedi bod yn jêl, a'i thad yn feddwyn. Er ei bod hi wedi dweud wrthi'i hun dro ar ôl tro na fyddai o bwys ganddi beth fyddai hi'n ei ddarganfod, 'roedd hyn i gyd yn brifo. Ond yr hyn oedd yn brifo fwyaf oedd y diffyg cariad yn y tŷ acw.

Meddyliodd â hiraeth sydyn am Lys Madog ac am Miriam ac Eryl ac ie, a Dewi hefyd. Byd arall. Byd tawel. Ond i ba fyd yr oedd hi, Heledd, yn perthyn go iawn? Teimlai fel deilen yn y gwynt yn cael ei chwythu yma a thraw.

'Roedd dringo drwy'r coed yn waith caled, ac, am iddi golli golwg ar y gorwel, ni allai fod yn siŵr nad oedd hi'n crwydro i'r cyfeiriad anghywir. 'Roedd yna rywbeth bygythiol yn unffurfiaeth y coed conwydd trwchus, yn cau amdani fel milwyr. Fe ddylai hi fod wedi chwilio am lwybr agored yn lle ymbalfalu rhwng y coed fel hyn, yn gobeithio'r gorau.

Teimlai'n affwysol o unig. 'Roedd hyd yn oed yr adar yn brin eu cwmni, a'r rheiny oedd yno yn rhai mud. Byddai iddi fod wedi clywed un wedi torri ar ei hunigrwydd ryw gymaint, ond 'roedd hi'n rhy hwyr yn yr haf i'r adar ganu. Dywedai synnwyr cyffredin wrthi am droi'n ôl y ffordd y daethai, ond daeth pwt o ofergoeledd drosti. Byddai troi'n ôl yn anlwcus. Ac ymlaen â hi.

Yna, o'r diwedd, cafodd gip ar awyr las, ac yn sydyn 'roedd hi allan o'i charchar. Ychydig rhagor o waith dringo ac 'roedd hi wedi cyrraedd y brig, yn edrych i lawr ar yr ochr arall i'r bryn.

Odditani gallai weld trac yn ymdroelli i fyny o'r ffordd fawr. Y trac yn arwain i Bant Llwynog. Pe gallai ddisgyn i lawr i fan'no 'fydde dim rhaid iddi fynd yn ôl drwy'r coed, ond cerdded i fyny i Bant Llwynog fel y daethai gynnau.

Clywai ryddhad yn rhoi egni newydd iddi, ac, er bod yn rhaid iddi ddisgyn yn raddol, o leia 'roedd hi'n gallu gweld i ble'r oedd hi'n anelu. Wedi cyrraedd hanner ffordd i lawr gallai weld rhywbeth arall hefyd. 'Roedd landrofer yn dod ar hyd y ffordd fawr. Cyn bo hir byddai wedi troi i mewn i'r trac ac allan o'r golwg. A hithau ond hanner y ffordd i lawr!

Rhedodd a llithrodd i lawr gweddill y llethr gan weiddi a chwifio'i breichiau.

'Rick! Rick!'

Ond ymlaen yr aeth y landrofer. Dechreuodd grio yn ei rhwystredigaeth, a gollyngwyd holl siom a gofidiau'r dydd yn ei dagrau. 'Châi hi ddim cyfle rŵan i siarad efo fo ar ei ben ei hun. Rhythai'n ddi-obaith ar y cerbyd yn mynd yn llai, ac yn troi'r gornel allan o'r golwg. 'Roedd ei chrio nid yn unig am golli Rick, ond am golli ei mam a'i breuddwydion.

Ac, yna, yn wyrthiol, mae'r landrofer yn y golwg unwaith eto, yn bacio'n ôl yn araf. Gydag igian yn ei gwddf mae hi'n rhuthro ymlaen ato wrth i Rick stopio'r cerbyd a neidio i lawr.

'Meddwl 'mod i wedi gweld rhywbeth. Dod i 'nghyfarfod i ddaru ti?' Mae o'n ei herian â gwên.

Mae hi'n gwybod yn awr mai dyna'n union fu ei hamcan a'i gobaith wrth gychwyn am dro yn y lle cyntaf. A bu bron iddi ei golli!

'O, 'dwi'n falch o dy weld ti, Rick.'

Mae o wedi sylwi ar gochni ei llygaid, ac ôl dagrau ar ei gruddiau.

'Fuost ti'n crio? Be sy'n bod?'

Rhaid iddi ofalu peidio â dweud dim rhag ofn iddi ddweud gormod. Ac mae hi'n gallu gwenu'n ddiofal yn awr.

'Dim byd. O, dim byd rŵan.'

'Hei, ydyn nhw wedi d'ypsetio di i fyny fan'cw?'

'Nag ydyn. Sut gallen nhw?'

''Di'r awyrgylch ddim yn sbesial acw.'

'Nag ydi, nag 'di.'

Mae ei gofid a'i hunigrwydd wedi diflannu. Mae ei eiriau'n selio'r agosrwydd rhyfedd rhyngddynt.

'Diolch am fynd â'r beic yn ôl drosta i. Oedd Ifan o'i go?'

'Nag oedd'n tad. Un digon hamddenol ydi o. Gest ti feic mynydd gynno fo heddiw?'

'Do. 'Roedd o'n grêt!'

Y ddau yn chwerthin yn uchel nawr er nad oes dim byd doniol wedi'i ddweud. Edrycha yntau arni gan edmygu llinellau ei hysgwyddau a'r ffordd y caria ei hun. Mae yna rywbeth ffres a diniwed ynddi. Bron na allech chi weld ei meddyliau'n symud yn ôl ac ymlaen fel cysgodion ar ei hwyneb.

'Wyt ti am ragor o gerdded, neu ddoi di'n ôl efo fi yn y landrofer?'

'Efo chdi, plîs.'

Cydia yn ei llaw yn gyfeillgar a'i harwain at y cerbyd. Wrth iddo gychwyn y peiriant, mae o'n synnu'i glywed ei hun yn dweud: 'Mi fydda' i lawr yn y Bala eto heno. Wyt ti am i mi ddangos rhyfeddodau'r ddinas i ti?'

Ceisia hithau gadw'r cryndod o'i llais wrth ateb: 'Byddai hynny'n neis.'

Mae o'n dawel am ychydig cyn dweud: 'Cyfarfod wrth y llyn lle buon ni neithiwr? Am saith? Reit?'

Felly 'dydi hi ddim yn cael mynd i lawr hefo fo yn y landrofer heno. Pam, tybed? Wel, dim ots. Bydd y beic mynydd yn hedfan i lawr, ac, o leiaf gallai fynd adre at Nain gynta a chadw'r hen wraig yn hapus.

Mae hi'n mentro rhoi gwasgiad i'w fraich. 'Am saith.'

9

'Roedd Nina'n hongian dillad ar lein rhwng dwy goeden, y sigarét dragwyddol rhwng ei gwefusau. Fe'i tynnodd pan welodd y landrofer yn ysgytio i mewn i'r buarth, ond, wrth weld Rick yn helpu Heledd allan, trodd yn ôl at ei phegio.

'O, dyna lle'r wyt ti,' meddai'n sychlyd.

'Roedd Rick wedi dringo'n ôl i'r landrofer ar unwaith a'i gyrru ymlaen i'w chadw.

'Mynd i'w gwarfod o ddaru ti, felly?'

Cochodd Heledd. Ond pam 'roedd yn rhaid iddi wadu'r peth? Er hynny, 'roedd ei hateb yn ofalus.

'Digwydd cyrraedd y lôn pan oedd y landrofer yn dwad rownd y gornel.'

Nid atebodd Nina ond cododd y fasged ddillad wag a chychwyn am y tŷ.

'Oes yna rywbeth alla' i wneud i'ch helpu chi?'

'Roedd arni awydd gwneud rhywbeth, unrhyw beth i gael esgus i aros am ychydig eto, hyd yn oed carthu beudy pe bai raid.

'Dim diolch. Be all dwylo Caerdydd 'i wneud ar fferm?'

'Mi wnes i helpu efo'r llo ddoe.'

Edifarhaodd ar unwaith iddi edliw hyn, ond 'roedd goslef sarrug Nina wedi'i phigo. Chwerthiniad byr oedd unig ateb honno.

'Roedd hi wedi cael digon. O aros, ei sarhau yn unig a gâi hi. Ond 'roedd ganddi rywbeth gwell i edrych ymlaen ato. 'Doedd yna ddim i'w chadw yma weddill y pnawn, oherwydd go brin y byddai cyfle i siarad â Rick ar ei ben ei hun. Dilynodd Nina at ddrws y tŷ, ond, y tro hwn, aeth hi ddim dros y rhiniog. Cydiodd yn ei beic.

'Wel, mi a' i rŵan, Nina. Diolch am y croeso. Fydd o bwys gynnoch chi os galwa' i eto fory?'

Edrychai ei mam braidd yn amheus arni a theimladau cymysg yn rhyfela oddi mewn iddi. Yn amlwg 'doedd hi ddim wedi disgwyl cael ymweliad bob dydd fel hyn. Ond yna cododd ei hysgwyddau a thaflu ei geiriau'n ôl wrth fynd i mewn i'r tŷ.

'Tyrd os wyt ti am. Ond gofala gau dy drap.'

'Roedd Heledd am weiddi: ''Does arna' i ddim isio'ch gweld chi eto, yr hen ddynes flin! Na neb arall yn y lle anhapus yma. Dim ond un.'

Ond y cwbl a alwodd drwy'r drws oedd: 'Reit. Fe'ch gwela' i chi fory.'

Os oedd ei nain wedi synnu ei gweld hi'n ôl am hanner awr wedi pedwar, ni ddangosodd hynny. 'Roedd ganddi neges i Heledd.

'Mae Mrs. Austin wedi ffonio. Isio i ti ffonio'n ôl.'

'Ddywedodd hi pam?'

Ei theimlad cyntaf oedd pleser o glywed gan ei ffrind. Byddai'n dda medru rhannu ei chyffro a'i siom. Ond ar unwaith dilynwyd hyn gan bryder. Oedd Menna am gychwyn yn ôl i Gaerdydd ar unwaith? Ac os oedd hi, hwyrach y byddai'n anodd ei darbwyllo i adael iddi aros ymlaen hebddi.

'Na, 'ddywedodd hi ddim. 'Roedd hi'n swnio ar frys.'

Gwenodd Heledd ychydig. Gallai ddychmygu Nain yn ceisio dal Menna mewn sgwrs hir ar y ffôn, fel y bydd pobl unig. Cychwynnodd am y ffôn.

'Gwell i ti aros tan wedi chwech. Mi fydd yn rhatach ar ôl hynny.'

Ceisiodd reoli ei diffyg amynedd, a threuliodd yr holl amser yn sgwrsio hefo'i nain dros de a barodd yn hir. Yna, yn union ar y awr, aeth at y ffôn.

'Menna?'

'A, Heledd! Shwd ma' pethe'n mynd?'

'O, Menna, mae gen i lond gwlad o bethe i'w dweud wrthoch chi.'

'Mae'n siŵr bod. Ond clywch. Y'ch chi ar frys ofnadw i fynd 'nôl i Gaerdydd?'

Bu bron iddi weiddi i lawr y lein. 'Nagdw. Pam?'

'Wel, mae rhywbeth wedi troi lan yma, ac fe hoffwn i aros mlân tan ddydd Mercher. Os gallwch chi odde aros pedwar diwrnod 'to, fe ddo' i draw acw i'ch moyn chi ddydd Mercher.'

'Menna, mae hynny'n fy siwtio i'r dim.' Trodd i weld ei nain yn sefyll gerllaw yn gwrando. 'Hynny 'di, os ydi o'n iawn gan Nain. Ga' i aros tan ddydd Mercher, Nain?'

Heb aros am ateb, diolchodd i Menna a rhoi'r derbynnydd i lawr rhag ofn i Nain roi rhwystrau ar ei ffordd.

*   *   *

Mae o yno o'i blaen hi. 'Doedd hi ddim wedi ystyried faint o amser a gymerai iddi gerdded i'w llecyn nhw, oherwydd mae hi wedi mynd â'r beic yn ôl mewn da bryd heddiw. Saif yntau â'i gefn ati, ac mae hi'n rhyfeddu at ei lonyddwch. Am beth y mae o'n meddwl? Crys gwyn sydd amdano heddiw, ac mae'n ei phlesio i feddwl ei fod o'n trafferthu i newid ei ddillad i rywbeth gwahanol bob tro y byddan nhw'n cwrdd. Mae o'n sefyll yn ymyl hen gar digon siabi ei olwg. Wel, wrth gwrs, byddai'n rhaid iddo fo gael car iddo'i hun i fyny fan'na, gwas neu beidio.

Mae hi bron yn ei ymyl cyn iddo droi i'w hwynebu. 'Dydi hi ddim wedi sylwi o'r blaen mor fain yw ei wyneb, bron fel petai'n newynog, meddylia. Mae yntau'n gwenu ei wên araf.

'Helô 'na.'

'Helô. Ddrwg gen i 'mod i'n hwyr.'

Am ychydig mae yna saib. Bydd hi bob amser yn teimlo'n annifyr ac yn swil efo saib rhy hir, ond mae hi'n dechrau deall fod seibiau yn y sgwrs yn naturiol iddo fo. Dyna beth ydi bod yn wladwr, mae'n debyg, meddylia. 'Does dim rhaid llenwi pob munud efo sŵn.

'Faset ti'n licio cerdded ychydig?'

Mae hi'n cytuno'n eiddgar. A nawr eu bod nhw'n symud, 'dydi eu tawelwch ddim mor anghysurus ganddi, ac mae ei llygaid yn gwirioni ar yr olygfa o'u cwmpas. Y meysydd gwyrdd yr ochr draw i'r llyn efo dim ond ychydig o dai yma ac acw. Y coed yr ochr yma, a'r meillion yn tyfu ar lethrau'r caeau, ac, ar y llyn, adar aflonydd yn ysgwyd eu hadenydd yn ffyslyd.

'Mae'n well gen i lyn na môr,' ebe Heledd. 'Mae yna gymaint mwy i'w weld yma.'

Yn sydyn mae hi'n rhoi ei llaw yn ei law ef am fod arni eisio ei dynnu'n agos ati. Ar unwaith mae hi'n difaru ei byrbwylltra. 'Dydi merched ddim i fod i gymryd y cam cyntaf. Ond teimla'n well wrth iddo wasgu ei llaw yn dynn.

'Yng Nghaerdydd 'rwyt ti'n byw, yntê? Fyddi di'n licio yno?'

'Mae'n oreit. Well gen i'r wlad.'

'Ie, mae hynny'n ddigon amlwg fel oeddet ti efo'r llo. Beth fyddi di'n wneud efo ti dy hun yno?'

Mae hi'n cochi ychydig. 'Newydd adael 'r ysgol 'dwi. Bydd yn rhaid i mi chwilio am waith.'

Ond 'does arni ddim eisio sôn am Gaerdydd rhag ofn iddi ollwng rhyw gath o gwd a pheri trafferth i Nina. 'Yn y wlad 'rwyt tithe wedi byw erioed, ie?'

'Ie.'

Ond 'dydi yntau chwaith ddim am ymhelaethu. Hwyrach fod gynno fo bethau i'w cuddio, 'run fath â hi. Erbyn hyn mae o wedi'i harwain hi dros y glaswellt i lawr at y gro ym min y dŵr. Yno maen nhw'n sefyll, yn ymwybodol iawn o'i gilydd. Ond yn sydyn mae o'n sibrwd, 'Sbia!' Mae hi'n troi i edrych i gyfeiriad ei law. Allan o'r hesg yn ymyl y lan ymlithra alarch ar hyd y dŵr. Mae'r ddau'n syllu'n fud arno am funud neu ddau. Symuda fel llong Arthur i gyfeiriad canol y llyn. Yna mae'n plymio ei ben i'r dŵr yn sydyn. Daw llais Rick yn isel:

'Yn araf yr âi, yna i'r awyr fry
A thyn enaid o'i annwyd a than ei adenydd.'

Mae hi'n edrych arno mewn syndod. 'Barddoniaeth?'

'Euros Bowen. 'Roedd o'n arfer byw heb fod yn bell o fa'ma.'

Mae hi wedi rhyfeddu. Nid rhyw hulpyn di-ddysg o was fferm ydi hwn, felly. 'Doedd hi ddim wedi meddwl hynny mewn gwirionedd, ond 'roedd yn dda cael cadarnhad.

'Fyddi di'n barddoni dy hunan?'

'Íesgob! Na fydda'. Dim digon o frêns.'

Ar unwaith mae hi'n teimlo'n agosach ato hyd yn oed nag o'r blaen. 'Roedden nhw mor debyg i'w gilydd.

93

'Fues i'n aelod o barti Cerdd Dant ar ôl dod yma. Maen nhw mor gomon â brain ffor'ma. Ond mae'n ffordd dda o ddysgu barddoniaeth.' Ar ôl saib . . . 'Wyt ti isio clywed rhagor?'

'Ydw, plîs.'

Mae ei lais yn swnio'n swil wrth adrodd -

> 'Y ferch dawel wallt felen
> Eurwyd y baich ar dy ben.'

Mae hi'n clywed ei law ar ei gwallt a'i fysedd yn ei gribo'n ysgafn. ''Rwyt ti'n rhyfeddol o dlws, wsti.'

Mae ei llygaid yn disgleirio. ''Dwyt ti ddim yn ddrwg dy hun. Euros Bowen bia'r geiriau yna?'

'Na. Dafydd ap Gwilym. Bardd cariadon.' Â ei fraich am ei chanol. Mae'r gusan sy'n dilyn yn hir ac yn wahanol i ddim mae hi wedi'i brofi o'r blaen, ar unwaith yn dyner ac yn ffyrnig. Ar ôl iddyn nhw ymryddhau mae hi bron marw eisio dweud wrtho be ddaeth â hi yno. Mae'n rhaid iddi rannu peth o'i hanes. Er mawr syndod mae hi'n ei chlywed ei hun yn dweud:

''Dwi'n blentyn siawns, Rick.'

Mae o'n chwerthin a'i lygaid yn pefrio.

'Wy'st ti be? 'Dw inne hefyd.'

Mae hi'n ymuno yn y chwerthin sy'n atsain ar draws y dŵr. Dyna gyd-ddigwyddiad rhyfedd. Ond rhaid iddi beidio â dweud rhagor. Ac, fel o'r blaen, 'dydi yntau chwaith ddim yn dangos awydd i ymhelaethu.

'Wyt ti am ddod i Bant Llwynog fory?' Gofyn rhwng eu cusanau.

'Ydw.'

'Mi fydda' i'n mynd i fyny'r mynydd ar ôl cinio. Ddoi di efo mi?'

'Dof.'

'Elli di fod yno erbyn un ar ddeg?'

'Medraf.'

Mae hi wedi hen ddechrau tywyllu erbyn hyn ac aroglau'r nos i'w glywed o'u cwmpas. Rick ydi'r un sy'n gwneud y symudiad cyntaf i ddod â'r noson i ben. Mae hi wedi colli pob synnwyr amser.

'Mi a' i â chdi adre yn yr hen siandri, os wyt ti'n fodlon mentro.'

*   *   *

Wrth droi a throsi yn ei gwely yn methu cysgu, mae hi'n gweld y pedwar diwrnod nesaf yn rhy fyr o lawer, a hwythau ond yn dechrau dod i adnabod ei gilydd. Sut mae gwneud yn siŵr y bydd y peth yn para ar ôl i'r dyddiau hyn ddod i ben? Llythyrau, ie. Ond mae hi am fod yn agos ato yn y cnawd. Annhebyg iawn y bydd Rick yn dod i Gaerdydd, felly mae'n ofynnol iddi hi ddod o hyd i ffordd i gadw'r gyfathrach felys yma'n fyw. Ond sut? 'Dydi hi ddim yn gweld Nina'n estyn croeso parhaol iddi, ac mae'r gwrthdro rhyfedd yn agwedd E.J. tuag ati yn siom fawr. Rhaid meddwl am rywbeth, rhaid, rhaid, rhaid . . .

Erbyn iddi ddeffro yn y bore mae'r ateb cyffrous ganddi.

Wrth iddi ddisgyn oddi ar ei beic yn ymyl Crud y Gwynt gwelai wraig yn glanhau'r tu allan i'r ffenestri isaf. Gwisgai drowsus marchogaeth a chrys gwyn llac drosto. Clymwyd sgarff goch am ei phen yn null sipsi. O gefn y tŷ deuai sŵn cŵn yn cyfarth am y gorau. Trodd y wraig wrth i Heledd nesáu at y llidiart, a golwg gwestiyngar arni. Ar hyn dyma gi bach du, nid y Labrador, yn rhuthro allan i'r ffordd ar ôl gwiwer lwyd.

'Fflos! Tyrd yma!' gwaeddodd y wraig.

Dringodd y wiwer i fyny coeden bron mewn un llam, a'r ast yn y gwaelod yn cyfarth yn rhwystredig. O'r diwedd ufuddhaodd i'r alwad a throdd yn ôl, linc-di-lonc.

Chwarddodd Heledd. 'Dyna beth *yw* siom.' Aeth yn nes at y wraig. 'Ydi Mr. King i mewn os gwelwch yn dda?'

'Ydi, ond mae'n bwydo'r cŵn ar hyn o bryd. Mrs. King ydw i. Ga' i'ch helpu chi?'

Edrychai Heledd yn amheus. Mi fyddai'n anodd egluro'i chais wrth rywun arall. Gwelodd y wraig ei phetruster.

95

''Dach chi am ddod â chi yma neu rywbeth?'

'O na, 'does gen i ddim ci. Ar fy ffordd i Bant Llwynog ydw i.'

'A, wela' i. Mi wn i pwy ydych chi rŵan. Mi fu Alan yn sôn amdanoch chi.'

Gwenodd Heledd, gan deimlo'n esmwythach yn awr. ''Wyddwn i ddim ei fod o wedi priodi Cymraes.'

''Dydw i ddim yn Gymraes. Dysgwr ydw i. Mae Alan yn dysgu hefyd, ond mae'n swil o siarad. Sylvia ydw i.'

'Roedd hi wedi cymryd at y wraig hon ar unwaith. 'Roedd rhywbeth agored a gonest yn yr wyneb crwn a'r bochau cochion. Gwelai'n awr ei bod hi'n feichiog. Gâi hi fentro trafod ei syniad gyda hon? Falle y byddai Alan yn hwyr yn dod i'r tŷ, a 'doedd hi ddim am dreulio gormod o amser yma a bod yn hwyr i'w hoed â Rick.

'Pan fues i'n siarad efo Mr. King ddoe, mi ofynnodd i mi, bron fel jôc yn wir, oedd arna' i isio job yma. Wel, 'dwi'n meddwl mai jôc oedd o, ond, os oedd o o ddifri, mi 'rydw i'n chwilio am waith—ddim ar unwaith, ond ymhen rhyw dair wythnos neu fis falle. Mi fyswn i wrth fy modd yn dod yma i weithio.'

'Well i chi ddod i'r tŷ,' ebe Sylvia a oedd yn syllu ar Heledd gyda diddordeb mawr. 'Fe gawn ni siarad uwchben paned o goffi.'

Erbyn i'r coffi fod yn barod, yr oedd Alan i'w glywed yn y gegin gefn. Clustfeiniai Heledd i geisio clywed y sgwrs rhyngddo fo a'i wraig, ond nid oeddynt yn siarad yn uwch na rhyw hanner sibrwd. Yna daeth ef i mewn i'r stafell lle'r eisteddai hi, a'i wraig yn ei ddilyn gyda'r coffi.

'Nice to see you again.' 'Roedd ei wên gyfeillgar hyd yn oed yn lletach nag o'r blaen. Daeth hyder yn ôl i Heledd.

'Mrs. King told you? I'm sure you were joking, but I've been thinking a lot about it.'

'Half-joking. In fact we could do with help, only temporary, I'm afraid. You'll have noticed that my wife is pregnant, and she's finding it more and more difficult to cope with the dogs. We couldn't pay you very much, that's the trouble.'

96

'Oh, that doesn't matter. It would be experience.'

'Would you be living at Pant Llwynog?'

''Doedd hi ddim wedi meddwl am hynny, a chlywai rywbeth y tu mewn iddi'n llamu. Ar wahân i bopeth arall, mi fyddai hynny'n gyfleus. Ond go brin y byddai Nina'n cytuno.

'I don't think so. I'd stay with my grandmother in Bala.'

'How soon?'

Rhaid iddi gymryd pwyll yn awr. 'Roedd yn amlwg y byddai ei hangen hi ar unwaith, ond 'roedd yn rhaid iddi aros i'w rhieni ddod adre.

'I'm afraid I can't come for about three weeks.'

Edrychai'r ddau yn siomedig. Eglurodd bod ei rhieni ar wyliau, a thoc derbyniwyd ei rhesymau ganddynt. Ond gan y byddai o gwmpas tan ddydd Mercher, cytunodd i ddod am y tri diwrnod nesaf 'i gael ei llaw i mewn'.

Aeth ymlaen i Bant Llwynog â'i chalon yn canu.

Mae hi mewn gwlad wahanol.

Wedi croesi'r gweundir mawnog a mynd heibio i bob coeden, eithin a drain, maent yn awr ar un o lethrau uchaf y mynydd, yn edrych i lawr ar y defaid, gydag awyr uwchben, dim ond awyr, ac un bwncath yn hedfan yn ddiog. I'r chwith iddynt sudda craig o'r golwg i lawr rhyw geudod dwfn, ond fan hyn ymwthia clytiau o laswellt byr o ganol y sgri, ac oddi tanynt wyrddni haf yn doreithiog ym mhobman.

Ond mae'n rhy wyrdd. Mae'r tywydd yn dechrau newid. Tua'r dwyrain mae cymylau wedi crynhoi a rhyw gochni bygythiol ynddynt. 'Roedd Rick wedi rhagweld hyn. Dyna pam y bu'n awyddus i ddod i archwilio'r ffensiau terfyn cyn i'r storm dorri.

Dim eto. Rhyfedd mor wahanol y teimla rhywun ar ben mynydd—mor bitw, mor ofer ei dymuniadau a'i hen hiraethau. Clyw ynddi ei hun ryw serenedd cwbl ddieithr iddi. Wrth ddringo mynydd mae hi wedi codi uwchben anhapusrwydd Nina a surni E.J. Gallai aros yma am byth. Rhyfedd.

O rywle daw hen eiriau a ddysgwyd ganddi'n blentyn yn yr ysgol i'w chof. 'Gwnawn yma dair pabell . . .' Mae hi wedi anghofio i bwy, ond fe ŵyr ei fod yn y Beibl yn rhywle.

Mae'n chwerthin yn ysgafn. Gallai rhywun deimlo'n grefyddol yma. Ond 'dydi hi erioed wedi teimlo'n grefyddol. 'Roedd Miriam wedi'i danfon hi i'r Ysgol Sul am ychydig pan oedd yn blentyn, ond, wrth i gred hiwmanistaidd ei mam gynyddu, fe ddaeth terfyn buan ar hynny. Iawn i blentyn ddysgu chwedlau i'w gwneud yn gybyddus â rhan o ddiwylliant y genedl, ac er mwyn dysgu elfennau'r gwahaniaeth rhwng da a drwg, ond 'roedd aeddfedrwydd, meddai Miriam, yn golygu rhoi heibio pethau bachgennaidd. Pam 'bachgennaidd' a hithau'n ferch? 'Dydi Heledd erioed wedi deall hyn. Bu llawer o sôn am grefydd o gwmpas y bwrdd bwyd gan Miriam, Eryl a Dewi, ond tawedog fu hi bob amser. 'Fu ganddi fawr o ddiddordeb yn y pethau hyn. A byddai'n synnu at y ffordd frwd y byddai'r tri wrthi'n trafod crefydd a hwythau heb fod yn credu ynddi. Bron fel pe bai crefydd yn methu gadael llonydd iddyn nhw. Ar adegau fel hyn y teimlai ei harwahanrwydd i'r byw.

Ond hwyrach nad Duw na'r mynydd sy'n gyfrifol am ei llawenydd tawel heddiw, ond agosrwydd Rick. Mae hi'n codi ar ei phenelin i edrych arno wrthi'n trwsio un o'r cloddiau rhyw hanner canllath oddi wrthi. Mae hi'n ei wylio yn gosod y cerrig sych yn ôl yn ofalus lle bu dringwyr esgeulus, a rhyfedda fel y gallai ymgolli yng ngwaith y foment gan anghofio, dros dro, beth bynnag, amdani hi. Ond dyna'n union beth y mae hi'n ei hoffi ynddo, ei annibyniaeth, ei ddiwydrwydd, ei ddirgeledd.

Ryw awr ynghynt 'roedd hi wedi cyrraedd y ffordd yn arwain i Bant Llwynog, a dyna lle'r oedd o yn y landrofer ar waelod y lôn, yn amlwg yn aros amdani cyn cychwyn am y mynydd. Wrth iddyn nhw gyfarch ei gilydd 'roedden nhw wedi dechrau chwerthin fel plant direidus yn rhannu cyfrinach.

''Ro'n i'n meddwl y bydde'n well gen ti beidio â mynd i'r tŷ gynta.'

'Roedd hi wedi gwenu ei diolch, heb fod am i neb ddifetha'r dydd cyn iddo gychwyn.

''Dydi hi ddim yn bell, ond bod gwaith dringo. Rho dy feic i mewn ac mi barciwn ni ar waelod y mynydd.'

A dyna lle mae hi yn ei pharadwys. Gydag ochenaid hapus ymestyna ar y glaswellt, ei chorff yn ymlacio, a chau eu llygaid. 'Doedd hi ddim wedi dweud wrtho am ei chynlluniau. Gallai'r rheiny aros nes byddai hi'n llai swil o ddweud.

Toc, daw cysgod dros ei llygaid caeëdig, ac, wrth eu hagor, gwêl Rick yn pwyso drosti. Mae'n rhoi cusan chwareus ar ei thalcen. Dyna ffrindie ydan ni, meddylia. Teimla ei hun yn boddi yn ei hapusrwydd.

'Wedi gorffen dy waith?'

'Do. Dim ond ymlacio sydd ar ôl.'

''Rown i'n meddwl dy fod ti wedi anghofio amdana' i.' Ond 'dydi hi ddim yn credu hynny.

''Dwyt ti byth allan o'm meddwl i. Faint sydd ers pan 'dan ni'n nabod ein gilydd. Tridie? Tair blynedd . . .?'

Mae o'n ymestyn wrth ei hochr, ond yn troi i edrych arni fel pe bai am ddrachtio i mewn bob troad yn ei chorff. Yn torri ar eu llonyddwch rhwygir yr awyr gan awyren fel anghenfil barus. Saetha dwy rugiar i fyny o'r rhedyn is-law iddynt, a'u cec-cec-cec i'w glywed ar draws y mynydd. Fel petai'r sŵn newydd wedi ei symbylu, mae o'n rhoi ei fraich drosti ac yn ei thynnu ato, yn wyllt ac yn arw yn awr, yn gwthio ei dafod rhwng ei gwefusau parod. Mae hi'n meddwl: mae llawer o fechgyn wedi treio gwneud hyn i mi o'r blaen, a minne wedi'u rhwystro bob tro a chau 'ngheg yn dynn. Yn awr mae hi'n agor gwefusau llac iddo a'r ddau dafod yn chwyldroi'n wefreiddiol am ei gilydd. Yna, fel petaen nhw am gael orig o ryddhad o'r nwyd oedd wedi dechrau eu dychryn, maen nhw'n troi ar wastad eu cefnau, yn cydio'n dynn law yn llaw.

'Cyrff yn bethe rhyfedd, yntydyn nhw?' ebe Rick toc. ''Rydw i'n teimlo'r munud yma 'mod i ynot ti a thithe ynof fi, er nad ydan ni ddim ond yn gorwedd fel hyn.'

'Wn i. Wn i. Fel petaen ni'n rhan o'n gilydd erioed.'

Ond 'allan nhw ddim peidio â throi i edrych ar ei gilydd, ac, o edrych ar ei gilydd, mae'r nwyd yn eu cyffroi o'r newydd. Mae ei fysedd yn chwarae efo botymau ei chrys, a 'dydi hi ddim am ei rwystro. Mae hi'n teimlo ei law ar ei bron, yn cynhyrfu pob rhan o'i chorff. Mae hi'n ei dynnu i lawr ati fel ei bod hi'n medru clywed chwydd ei nwyd yn ei gorff. Yna troi a throsi fel pe baen nhw'n cwffio, chwerthin yn uchel a chusanu o hyd.

'O, Rick! Dyma 'di bod mewn cariad?'

Rywle yn ei phen mae llais Dilys yn ei rhybuddio i beidio byth â dweud wrth fachgen ei bod hi'n ei garu, ond 'dydi rheolau felly ddim yn cyfri'n awr. Mae hi am gadarnhau'r teimlad rhwng y ddau ohonyn nhw. Yn araf mae hi'n ymryddhau oddi wrtho ac yn codi ar ei heistedd.

'Rick . . . ?'

'Mm?'

O, fel mae arni isio dweud wrtho. Isio bod yn onest, ac yn agored efo fo, heb gelu dim. A pham lai? Yntydi hi'n rhan ohono fo? Faint o deyrngarwch sydd arni hi i Nina, wedi'r cwbl?

'Rick . . . 'dydw i ddim am i gelwydd ddod rhyngon ni.'

'Celwydd? Am be wyt ti'n sôn?'

'Os dyweda' i wrthat ti, 'wnei di ddim deud wrth neb? Gaddo?'

Yntau'n chwerthin yn gariadus. 'Gaddo.'

'Wyt ti isio gwbod pam y dois i yma?'

Na, 'ddylai hi ddim dweud. Ond mae'n rhy hwyr i dynnu'n ôl rŵan. Ac mae'r awydd i rannu ei chyfrinach yn rheidrwydd diymwad.

'Dod yma i weld fy mam wnes i.'

Distawrwydd am ennyd. 'Dy fam?'

'Ie. Nina. 'Oeddet ti ddim wedi gesio? Hi ydi fy mam iawn. Mi ddeudis i mai plentyn siawns 'own i, on'd do?'

Mae ei ddistawrwydd yn ei synnu. Mae yntau wedi codi ar ei eistedd yn awr. 'All hi ddim gweld ei wyneb, oherwydd mae o wedi'i droi oddi wrthi, ac nid yw'n dweud dim. Mae hi'n siarad yn wyllt yn awr, unrhyw beth i dorri ar y distawrwydd.

'Mae'n ddrwg gen i os oedd hynna'n sioc, ond 'rown i'n meddwl y baset ti'n dallt, fel plentyn siawns arall, 'lly. Mi ges i fy mabwysiadu, ti'n gweld, a newydd gael gwybod ydw i pwy oedd fy mam. 'Roedd yn rhaid i mi ddod i chwilio amdani . . . Rick!'

Mae hi'n arllwys cusanau arno, ei bronnau noeth yn pwyso arno. Yna mae hi'n dechrau crio am nad oes yna ddim ymateb. Ydi hi wedi colli Rick hefyd rŵan? O, pam yr agorodd ei cheg?

Yn sydyn, mae o fel rhywbeth yn dadebru. Mae o'n cydio ynddi, yn ei throi ar ei chefn ac yn ei chusanu'n wyllt, yn ei brifo â'i gusanau. Yna, yn ei gollwng yn araf, a chyda rhyw dynerwch rhyfedd yn cau botymau ei chrys.

'Amser i ni fynd, Heledd.'

'O, Rick, ddim eto . . .'

Mae o'n edrych i lawr arni a'i lygaid brown tywyll bron wedi eu gorchuddio gan ei amrannau.

'Mae'n well i ni fynd, cyn i ni wneud rhywbeth na ddylen ni ddim.'

Ond dyna be ydw i isio, Rick, mae ei chorff yn gweiddi. Mae arna' i d'eisio di yn fwy na dim arall yn y byd. Ond ei thro hi yw bod yn fud yn awr. Mae ei siom yn ei thagu.

Daw ei ddwylo allan i'w helpu i godi. Mae o'n tacluso ei dillad fel pe bai hi'n blentyn. Ond 'dydi hi ddim am ollwng gafael yn y dwylo hynny, ac mae hi'n ceisio eu harwain yn ôl i ddirgelion ei chorff. Ysgwyd ei ben wna yntau, a chydio'n dynn yn ei braich i gychwyn i lawr o'r mynydd.

'Be sy'n bod, Rick?' Mae ei llais yn gryg. 'Pam wyt ti wedi newid?'

Ar ôl saib mae o'n dweud: ''Dydw i ddim wedi newid, y fach. Cofia hynny. Ond 'fedra' i ddim egluro rŵan.'

Ac mae'n rhaid i'w phenbleth a'i hanhapusrwydd fodloni ar hynny.

10

'Roedd hi hyd yn oed yn dywyllach yn y tŷ nag o'r blaen oherwydd 'roedd yr awyr wedi duo, ac, yn y pellter, clywid ychydig o drwst taranau. Ers wythnosau bu'r tywydd mor braf, anodd credu y gallai ddod i ben.

'Doedd Rick ddim wedi dod gyda hi i'r tŷ. Unwaith iddo ddadlwytho'r beic o'r landrofer 'roedd o wedi mynd i gadw'r cerbyd ac nid oedd golwg ohono wedyn. 'Roedd Nina wrthi'n golchi llestri a Radio Dau ymlaen yn uchel ganddi. Bu raid i Heledd gamu i mewn i'r tŷ heb ei gwadd.

'O, ti sy 'na. 'Rown i'n dechre meddwl nag oeddet ti ddim am ddŵad heddiw,' meddai ei mam dros ei hysgwydd, ond anodd dweud oddi wrth oslef ei llais p'run ai da ynteu drwg oedd hyn iddi.

'Mi weles i Rick wrth i mi ddŵad. 'Roedd o ar ei ffordd i fyny'r mynydd i edrych ar y cloddie. Mi es i efo fo.'

'Doedd ganddi ddim rheswm dros gelu'r peth, nac oedd? Ond fe'i clywai ei hun yn siarad fel petai hi'n herio ei mam.

'Ga' i sychu?'

Amneidiodd Nina i gyfeiriad y lliain sychu, a 'fu dim sgwrs rhwng y ddwy fel y cliriwyd y llestri budron, dim ond llais Daniel O'Connell yn haeru *My Feet Keep Walking Back To You*. Ond boddwyd hyd yn oed hwnnw gan glep sydyn o daranau.

'Mae hi'n codi'n storm, yntydi?' ebe Heledd yn anesmwyth.

'Hen bryd i ni gael glaw.'

Ond 'roedd y glaw yn hir yn dod. Yn lle hynny deuai'r taranau yn nes a fflachiadau o fellt yn goleuo'r ystafell.

'Oes arnat ti ofn?'

'Dim . . . dim felly.'

'Bydd E.J. yn siŵr o ddeud mai barn Duw sy arnon ni.'

Edrychodd Heledd arni mewn syndod. Oedd hi'n jocian neu'n lled-awgrymu rhywbeth? Ond chwerthin 'roedd hi, ac, am unwaith, edrychai bron yn garedig.

'Paid â phoeni. 'Pharith hi ddim yn hir. Mae'n siŵr fod chwant bwyd arnat ti ar ôl yr holl ddringo 'na?'

'Ble . . . ble mae'r lleill?'

'O, mae E.J. a Debora wedi cael eu cinio ers meityn, ac wedi mynd i rywle.'

Aeth â'r llestri glân allan o'r gegin fach i'r stafell fyw, gan ddal i siarad. 'Mae o'n credu yn y diafol hefyd, wy'st ti. Yn fwy, goelia i, nag yn ei Dduw. Tebyg at ei debyg.'

Dilynodd Heledd hi a sefyll wrth y drws yn ei gwylio.

'Nina . . . fydd o'n greulon efo chi?'

Chwarddodd y wraig arall ei chwerthiniad sych. 'Yn 'y nghuro i, wyt ti'n feddwl?'

'Wel, ie.'

'Mae'n debyg y bydd pob gŵr yn curo'i wraig o bryd i'w gilydd.'

Ni allai gelu'r sioc a gafodd wrth glywed geiriau a oedd, hwyrach eto, yn jôc. Ond 'doedd ei mam ddim wedi ateb ei chwestiwn.

'Pam ddaru chi'i briodi o, Nina?'

'Roedd ei mam wrthi'n torri tafell drwchus o ham iddi, yna fara menyn, ac ni ddaeth ateb ar unwaith.

'Rhaid i hyn wneud y tro iti am heddiw. Mi gymra i baned efo chdi.'

Ar ôl eistedd wrth y bwrdd, 'roedd Nina'n barotach i siarad.

'Dod yma'n howscipar wnes i. Wedi clywed 'i fod o'n graig o arian, deud y gwir. Ond ddywedodd neb wrtha i mai dyn sobor o ewin-gyrraedd oedd o. 'Roedd cadw gwraig yn rhatach i'r hen ddyn na chadw howscipar. 'Does dim rhaid talu i wraig, ti'n gweld.'

Syllai Heledd ar y flows staenllyd o'i blaen a'r sgidie tyllog treuliedig. A fu hon yn ddynes smart unwaith? Neu ai slwt fuo hi erioed?

'Ie, ond be wnaeth i chi gytuno?'

'Roedd y llwch yn crynhoi ar ei sigarét ac yn bygwth disgyn i'w the. Dim ond mewn pryd y daliodd Nina'r llwch yn y llaw arall, gydag ystum hen gyfarwydd iddi.

'On'd o'wn i'n disgwyl Debora?'

103

Ceisiai Heledd guddio effaith yr ysgytiad newydd hwn arni, ond heb lwyddo fawr. Chwarddodd Nina eto.

'Ie, sioc i ti 'nde? Ddim yn disgwyl i ddyn mor dduwiol . . .' 'Orffennodd hi mo'r frawddeg. Ond dyna fo. Dyna ddigwyddodd. 'Roedden ni'n dau mewn twll, on'd oedden? Taswn i'n cael 'y ngyrru o'ma efo bol mawr, mi fydde'n beryg i mi floeddio drwy'r wlad pwy oedd yn gyfrifol. A beth am ben blaenor y capel wedyn? O'm rhan fy hun, o leia mi fydde gen i do uwch 'y mhen.'

Gwenodd wên gam. 'Mi ddweda' i hyn am yr hen gena. Mae euogrwydd yn ei flingo byth, a'i gasineb ata' i wedi'i smentio am byth. Arna' i 'roedd y bai, medda fo, yn ei hudo. O, ie. Wrth gwrs.'

Newidiodd ei thôn ychydig. 'Ond, o leia, 'dydi'r casineb hwnnw ddim yn rhwystr iddo fo garu Debora'n angerddol.'

Llifodd rhyw deimlad newydd dros Heledd ac aeddfedodd ychydig yn y munudau hynny. Hwyrach oherwydd y boen a oedd yn ei chnoi hithau, a'i hanallu i ddeall adwaith Rick i'w chyffes, fe'i llanwyd hi â thosturi dros y wraig yma a oedd yn fam iddi. Bu ffawd yn greulon wrthi, a dynion yn greulonach. Mor gysgodol y bu ei bywyd hi, Heledd, o'i gymharu â hon.

'Mam,' sibrydodd, gan ddweud y gair am y tro cyntaf. 'Mae'n ddrwg gen i.'

Collodd llygaid Nina eu golwg ddrwgdybus, ac, yn ei gwên sydyn, gwelai Heledd y ddynes y gallai hi fod wedi bod. Cafodd bigiad o gydwybod am iddi fradychu ei chyfrinach i Rick, a chododd o'i chadair a mynd rownd ati, penlinio wrth ei chadair a rhoi cusan iddi. Cusan Jiwdas, meddyliodd yn sydyn, ond gwthiai'r peth o'i meddwl yr un mor gyflym. Fel y gwnaeth, daeth fflach o fellten a tharanau bron ar unwaith, a'r awyr yn hollti. Cydiodd Heledd yn dynn yn ei mam.

'Dyna ni, dyna ni . . .' cysurodd Nina hi, gan anwesu ei gwallt. Sythodd toc. 'Dywed wrtha i am bobl Caerdydd. Sut rai ydyn nhw go iawn?'

Ac am yr awr nesaf bu'r ddwy'n siarad ac yn gwrando y naill ar y llall. Na, 'doedd y fam arall ddim wedi dod yn ôl, ond 'roedd cysylltiad newydd wedi egino rhwng y wraig hon a'i merch.

*   *   *

'Doedd yr awyrgylch gysurlon ddim i barhau. Torrodd y cymylau'n ffrydlif o law, yn curo i lawr ar y to ac yn dallu'r ffenest. Ble'r oedd Rick yn y storm? Nid oedd wedi dod i mewn i gael ei ginio. Mi fyddai wedi gwlychu at ei groen. A sut oedd hi am fynd yn ôl i'r Bala? Tybed fyddai'r landrofer ar gael unwaith eto? Daeth fflach o obaith iddi. 'Fyddai neb am adael iddi seiclo'n ôl drwy'r glaw, 'doedd bosib. Clywyd y drws allan yn agor ac yn cau'n glep ar ruthriad o wynt a glaw, a'r esgidiau trymion yn nesáu. 'Roedd corff Nina wedi tynhau yn union fel pe bai rhywun wedi gwthio polyn drwyddi.

'Dyma nhw! Rhaid iddo fo beidio'n gweld ni'n eistedd o gwmpas.'

Neidiodd ar ei thraed ac aeth i agor drws y gegin iddyn nhw. Safai E.J. yno a Debora wrth ei gwt, y ddau fel pe baen nhw wedi nofio drwy afon. Heb ddweud gair, helpodd Nina E.J. i dynnu ei got, ac aeth i estyn tywel, crys a throwsus sych iddo. Aeth yntau i eistedd yn y gadair, ac ôl ei esgidiau'n dwyno'r llawr. Aeth hithau i benlinio o'i flaen a thynnu'r esgidiau a'r hosanau gwlyb diferyd oddi am ei draed, eu sychu a rhoi rhai glân amdanynt. Dim ond wedyn y trodd hi at Debora.

'Tyn dy ddillad.'

Safai'r fechan yn wlyb domen dail, yn edrych fel brân yn ysgwyd ei phlu.

'Brysia! Ti ddim isio niwmonia, nag wyt ti?'

'Mi helpa i hi,' ebe Heledd.

'Doedd dim llawer o waith tynnu dillad Debora, ond ni wnaeth y fechan ddim i'w helpu. Safai yno'n noethlymun yn rhythu ar Heledd â'i cheg yn agored.

'Oes 'na dywel i mi gael ei rhwbio'n sych?'

Aeth Nina i nôl un. Erbyn hyn 'roedd ei gŵr wedi tynnu ei grys, a dechreuodd Nina rwbio'i gefn. Ciledrychai yntau'n

105

amheus ar Heledd, yna rhaid ei fod wedi penderfynu fod y sefyllfa'n rhy ddrwg i fursendod. Trodd oddi wrthi a dechrau tynnu ei drowsus.

'Mi dorrodd yn sydyn,' ebe Nina o'r diwedd.

'Hy!' oedd unig ateb ei gŵr.

'Oes gan Debora ddillad glân?'

Cleciodd Nina ei thafod. ''Ches i ddim amser. Mae ei dillad budron yn y fasged acw. Rhaid iddi wisgo'r rheini.'

Ceisiodd Heledd guddio ei diflastod wrth godi'r nicars bach drewllyd a'r ffrog fudr, ond, o'r diwedd 'roedden nhw amdani.

'Roedd y dillad glân wedi ystwytho tipyn ar hwyliau E.J. Cododd ei ben i ddweud rhywbeth wrth Heledd am y tro cynta.

'Well i Rick fynd â chdi'n ôl i'r Bala yn y landrofer eto heno.'

Goleuodd ei llygaid. Gallai fod wedi ei gusanu. 'O, mi fyddwn i'n ddiolchgar iawn.'

Anadlodd yn rhydd, a diolchodd am y storm. Rhoddodd bwt bach cariadus i Debora.

'Rŵan 'ta, cariad. Teimlo'n well?'

Amneidiodd y plentyn, a gwenodd am y tro cynta.

'Tracey . . .' meddai.

Crychodd Heledd ei thalcen ac ysgydwodd ei phen. Teimlai ei bod hi'n dweud hyn am y canfed tro. 'Heledd . . .'

Yna clywodd y geiriau a barodd i'w chalon droi drosodd.

'Oedd Rick yn gorfadd ar Tracey. Weles i. Oedd Rick yn cael didi gan Tracey . . .'

'Roedd y llais dwfn yn glir, a'r geiriau wedi troi'r tri arall yn farmor. Gwenai arnynt, wrth ei bodd gyda'r effaith a gafodd.

'BE DDWEDAIST TI?'

'Roedd llais Nina'n waeth nag unrhyw daran a fu y pnawn yna. Edrychai Debora'n ansicr yn awr, a dechreuodd ei gweflau grynu.

''Roedden nhw'n cusanu . . .'

'Dyna ddigon!'

'Roedd E.J. wedi codi. Gwaeddodd: 'Cer i dy wely!'

Dechreuodd y plentyn grio. 'Na 'na . . .'

Dywedodd E.J. yn isel y tro hwn. 'Mae'n oreit, mae'n oreit. Ond well i ti fynd i dy lofft.' Ac ychwanegodd yn fileinig: 'Allan o oglau puteindra, neu rywbeth gwaeth.'

Clywodd Heledd ei hun yn gwylltio. Ar ôl y pethe 'roedd hi wedi eu clywed amdano fo, pwy oedd o i'w beirniadu? A ph'run bynnag 'doedd hi a Rick ddim wedi. . .

''Dach chi ddim yn mynd i wrando ar stori wneud plentyn bach, Mr. Lewis?'

''Dydi Debora ddim yn dweud celwyddau, Miss-pwy-bynnag-ydach-chi. Gan y gwirion y ceir y gwir. Mi welodd hi be welodd hi.'

'Roedd y plentyn yn crio'n enbyd erbyn hyn, ac yn edrych yn gymysglyd iawn. Cydiodd E.J. ynddi a'i hysgwyd. 'Taw'r sŵn 'na!'

Cafodd Heledd y teimlad mai hi mewn gwirionedd oedd yn cael ei hysgwyd. Yna, mewn llais isel, a godai fwy o ofn arni na'i arthio cynt, meddai:

''Dydi o ddim o 'musnes i be wnewch chi efo'ch corff na'ch enaid, ond 'chewch chi mo'i wneud o ar 'y nhir i mewn lle agored lle gall plentyn bach diniwed ych gweld chi. Tyrd, Debora!'

Cydiodd yn ei ffon, ac, am rai eiliadau, 'roedd hi'n ofni ei fod o'n mynd i'w tharo. 'Roedd hi'n siŵr mai dyna hoffai ei wneud. Ond mynd yn drystfawr o'r ystafell a wnaeth, gan lusgo'r fechan sgrechlyd ar ei ôl.

Trodd Heledd yn erfyniol ar Nina. ''Ddaru ni ddim, wir. Dim ond cusanu ac ati. Be sy o'i le mewn cusan?'

Teimla'n fudr drosti i gyd, yn fudr, yn ddig ac yn drist. Mae'r peth gogoneddus rhwng Rick a hi'n cael ei faeddu a'i wneud yn aflan. A ble mae Rick, p'un bynnag? Fe ddylai fod yno i egluro ac i'w hamddiffyn.

Mae Nina wedi codi'n araf o'r lle y bu'n penlinio wrth gadair E.J., ei hwyneb mor wyn â charlwm. Mae ias newydd o siom yn saethu drwy Heledd. Diflannodd yr agosrwydd a fu rhyngddyn nhw gynnau. Disgleiria llygaid y llall fel darnau o iâ.

'Mam . . .' yn hanner sibrwd, ond mae cyllell llais Nina yn torri ar ei thraws.

'Wyt ti'n sylweddoli be fuost ti'n neud?'

Sylla Heledd arni heb ddeall. Poera ei mam y geiriau—

'Mi gest ti dy sgriwio gan dy frawd!'

Mae pob defnyn o waed wedi diflannu o'i chorff. Beth oedd Nina'n ei ddweud? Bod Rick yn frawd iddi? Yn *frawd*? Pwnia'r gair yn ei phen fel morthwyl.

'Ie. Mae Rick yn fab i mi. Dyna jôc, yntê?'

'O na . . . na . . .'

'Dydi'r peth ddim yn bosib. Teimla ei bod hi'n mynd i lewygu a chydia'n dynn mewn cefn cadair. Rick . . . Yna mae hi'n deall llawer mwy. Dyna oedd achos ei ymateb rhyfedd pan ddywedodd hi wrtho pwy oedd ei mam. Dyna pryd y cafodd o wybod.

Mae arni isio taro'i mam efo'i dyrnau a'i gorfodi i ddweud nad ydi o'n wir. Mae arni isio gweiddi fod bywyd yn annheg, ei bod hi wedi cael rhywun i'w garu am y tro cynta erioed, a bod hyn eto'n cael ei rwygo oddi arni.

''Dydi o ddim yn wir! Dywedwch nag ydi o ddim yn wir!'

Mae Nina'n cau ei llygaid, hwyrach i gau allan yr alaeth ar wyneb ei merch.

'Mae o yn wir oreit. A waeth i ti wybod rŵan, yr un tad sy gynnoch chi'ch dau. 'Doeddwn i ddim yn hwren yn cysgu efo hwn a'r llall. Un dyn fu gen i erioed o flaen hwn sy gen i rŵan. Mae Rick yn frawd cyfa i ti. Mi ges i o pan own i d'oed di.'

Mae arni isio cyfogi, ond fedr hi ddim symud, dim ond rhythu ar ei mam fel cwningen wedi'i dal yng ngolau car.

'Pam . . . pam na fasech chi wedi deud ynghynt?'

Mae ceg Nina wedi'i phletio'n un llinell hir, galed. 'Pam oedd raid i mi? Fe gyrhaeddest ti yma fel rhith ac fel rhith y byddet ti'n diflannu. Pam oedd raid i mi ddeud fy hanes i gyd? Ond pwy oedd i wybod y byddech chi'ch dau'n dechra mocha efo'ch gilydd?'

'Nina—!'

'O, oreit, 'ddaru chi ddim. Ond mae'n rhaid eich bod chi wedi mynd yn o bell i Debora ddeud be ddwedodd hi.'

Mae Nina wedi dechrau ei hailfeddiannu ei hun ac yn estyn am y paced sigarennau. Mae hi'n eistedd i lawr ac yn llygadu Heledd yn dawelach yn awr. Daw chwythiad o fwg i gyfeiriad y ferch gan beri i'w llygaid ddyfrio.

Yn raddol mae Heledd yn dechrau gweld trwy niwl yr hyn a ddigwyddodd iddi. Mae ganddi frawd. Mae hi'n caru'r brawd hwnnw â'r holl angerdd sydd ynddi. Mae ei brawd yn ei charu hi. Beth y mae hynny'n eu gwneud nhw? Mae hi'n edrych mewn syndod ar y wraig gyferbyn. Cafodd hon ddau blentyn anghyfreithlon, tri os oeddech chi'n cyfri Debora. Sut fath o ddynes oedd hi? Mor hael efo'i chorff. Daw'r ateb iddi fel fflach. Dynes yn caru'n wirion ddifeddwl, 'run fath â hi. On'd oedd hithe wedi dyheu am fynd i'r pen efo Rick? Caru'n wirion, ddifeddwl. 'Doedd ganddi ddim help. Merch ei mam oedd hi wedi'r cwbl.

A Rick—beth amdano fo? 'Roedd yna gymaint i'w wybod o'r newydd. 'Oedd E.J. yn gwybod?'

'Amdanat ti? Mae o wedi amau, fel y cest ti awgrym gynnau. 'Dydi o ddim yn cymryd llawer i'w wneud o'n ddrwgdybus. Am Rick, 'roeddwn i wedi deud wrtho fo mai plentyn chwaer i mi a fu farw oedd o. Ond, ar ôl i ni briodi, mi gafodd wybod y gwir, wrth gwrs, gan ryw fisibodi o Fachynlleth.'

Mae blinder mawr i'w weld ar wyneb Nina. ''Sgen ti ddim syniad be 'di byw efo rhywun sy'n edliw'r peth i ti fel tôn gron o hyd ac o hyd.'

Ond problemau Rick, yn hytrach na phroblem Nina sydd uchaf ym meddwl Heledd. 'Fydd E. J. mor gas efo Rick ag yr oedd o efo mi?'

Daw cysgod o wên fingam i wefusau'r llall. ''Dwi'n amau hynny'n fawr. Mae'r hen ddyn yn gwybod lle mae ei ffon fara. 'Fydde 'na ddim llawer o siâp ar y lle 'ma hebddo fo. Stori wahanol oedd hi ar y dechre, cofia. Mi gafodd yr hogyn amser caled gynno fo. Ond mae hyd yn oed E.J. yn cydnabod ei fod o wedi tyfu i fod yn ffarmwr da. Na . . . Merched sydd odani gan ddynion fel y fo, bob cynnig. Ar wahân i Debora. Honna ydi cannwyll ei lygad o.'

Mae'r ddwy yn troi eu pennau tua'r drws wrth glywed rhywbeth yn symud yn y cysgodion. Rick sy'n sefyll yno, y dŵr yn diferu o'i ddillad ar hyd y llawr. Ar unwaith, mae Nina yn codi.

'Mi ddoist ti o'r diwedd. Dyna olwg sy arnat ti! Cer i newid dy ddillad ac mi wna' i damed i ti.'

Ond camu i mewn i'r gegin a wna, ei lygaid ar Heledd. Mae ei wallt yn disgyn yn gudynnau gwlyb ar ei dalcen a'r dŵr ar ei ruddiau'n peri iddo edrych fel un yn llefain yn ddistaw. Mae'n amlwg ei fod wedi clywed y rhan olaf, o leiaf, o'u sgwrs.

''Rwyt ti'n gwybod rŵan, Heledd.'

'All hi ond syllu arno, gan ddyheu am iddo roi ei freichiau amdani.

'Be ddigwyddodd yma?'

Nina sy'n ei ateb.

'Debora welodd chi'ch dau'n cyboli efo'ch gilydd, ac mae E.J. yn gandryll.'

Daw cysgod dros ei wyneb. Er bod ei fam yn ei wylio'n rhybuddiol mae'n estyn ei law i gydio yn llaw Heledd.

'Mae'n ddrwg gen i, y fach. 'Wyddwn i ddim nes i ti ddeud pwy oedd dy fam. Mi ges i dipyn o ysgytwad.'

Mae hi'n codi ei law i'w grudd, yn teimlo ei gerwinder.

''Dydi hyn ddim yn mynd i wneud gwahaniaeth i ni, yn nag 'di, Rick?'

Beth oedd hi'n 'i ddweud? Wrth *gwrs* ei fod yn gwneud gwahaniaeth. Mae'r ddau arall yn edrych yn rhyfedd arni.

'Cer i newid allan o'r dillad gwlyb yna,' ebe Nina'n frysiog. Yn araf, mae'n gollwng gafael yn llaw Heledd ac yn mynd.

Yn sydyn daw iddi lun ohoni ei hun yn blentyn, wedi bod wrthi'n araf ac yn ddyfal drwy'r prynhawn yn gosod bricsen ar fricsen i wneud castell, a Dewi'n dod yno a rhoi cic i'r gwaelod, fel bod ei gwaith yn chwilfriw mewn eiliad. Mae hi'n cofio syllu'n fud ac yn ddiymadferth ar y dinistr fel rhywun ar y teledu'n gwylio ei gartre ar ôl i fom ddisgyn arno. Dyna'r math o deimlad sy ganddi'n awr. Y gwacter, yr anobaith—yn fwy na dim yr annhegwch. 'Doedd hi ddim i fod i gael ei geni.

'Nina, rhaid i mi fynd.'

Fel pe bai'n ei gwatwar, daw gwynt mawr i hyrddio'r glaw o'r newydd yn erbyn y ffenest. Mae Nina'n syllu allan ar y storm.

''Elli di ddim reidio beic i'r Bala yn hwn. Aros i Rick ddŵad i lawr ac mi gaiff fynd â chdi yn y landrofer. 'Roedd E.J. wedi cynnig, wedi'r cwbwl.'

Mae'r cwmwl sydd ynddi yn codi ychydig. Yn fwy na dim mae arni isio i'r ddau ohonyn nhw gael siarad heb i neb arall fod yno, heb iddi orfod teimlo fel plentyn wedi gwneud rhyw ddrwg. Mae hi'n gofyn yn betrus: 'Ydi hyn yn golygu na cha' i ddim dod yma eto?'

Oes gan hon amgyffred o beth y mae hi'n ei ofyn? meddylia Nina. I guddio ei dryswch mae hi'n troi i ddiffodd ei sigarét. 'Well i ti adael i bethe fod am y tro. Hwyrach, yn nes ymlaen, y bydd o wedi anghofio.' Ond mae ei llygaid yn dweud nad ydi hi'n credu hynny am funud.

''Dwi wedi gaddo eu helpu nhw yng Nghrud y Gwynt am dipyn.'

Mae Nina'n sbio'n frwnt. 'Paid â deud wrth y rheini, bendith y nefoedd i ti! Rhaid i ti feddwl am esgus i dynnu'n ôl.'

Tynnu'n ôl? Mae Heledd yn ei chlywed ei hun yn dechrau ffromi. Pam y mae'n rhaid iddi dynnu'n ôl? Busnes rhyngddi hi a Chrud y Gwynt ydi hyn, ac nid neb arall. Mae hi'n penderfynu peidio â dadlau efo'i mam, ond mae hi'n sicr ynddi ei hun beth mae hi'n mynd i'w wneud.

O'r diwedd, daw Rick yn ei ôl, a dillad sych amdano. Nid yw Nina'n edrych arno wrth ddweud: 'Roedd E.J. wedi deud . . . cyn i hyn oll ddigwydd . . . y cait ti fynd â hi'n ôl yn y landrofer. Gwell i ti gymryd rhywbeth i'w fwyta cyn mynd.'

''Does arna' i ddim isio dim. Gorau po gynta i ni fynd.'

Yn sydyn, ac yn annisgwyl, mae Nina'n cydio yn Heledd ac yn ei chusanu. Rhyw deimlad rhyfedd ydi cael cusan gan fam ddieithr, ac mae hi'n teimlo'n od o annifyr. Ond rhyw Nina arall ydi hon, bron yn methu dal at ei hen reolaeth galed arni ei hun.

''Dwi am i ti wybod . . . 'dwi *yn* falch dy fod ti wedi dod . . . mae'n ddrwg gen i am yr holl stomp. . .'

Mae hi'n troi i ffwrdd ac yn esgus ffwdanu efo rhywbeth ar y bwrdd. Mae'r ddau arall yn symud at y drws heb ddweud gair. Fel maen nhw'n gadael, daw llais Nina ar eu hôl, mor gras ag erioed:

'Peidiwch â loetran ar y ffordd. Cofiwch mai brawd a chwaer 'dach chi.'

Cofio? Sut gallen nhw beidio? Am rai munudau ar ôl llwytho'r beic i gefn y landrofer a chychwyn i lawr am y Bala, mae distawrwydd swil rhyngddyn nhw. Ond ni all Heledd fod yn dawel yn hir.

'Dyna pam 'rown i'n cael y teimlad o'r dechre ein bod ni'n debyg iawn i'n gilydd.'

'Ie, yntê?'

Mae'r tensiwn rhyngddynt yn dechrau diflannu.

'Mae lliw ein llygaid ni'n wahanol. Llygaid gwyrddlas sy gen ti. Fel y môr.'

'A dy rai di yn frown tywyll. Ti'n gwybod be wnes i feddwl am dy lygaid di?'

'Na wn i.'

'Lliw sgedins cochion!'

Y rhyddhad o fedru chwerthin ychydig.

''Oeddet ti ddim wedi gesio dim? Pwy oeddet ti'n 'i feddwl own i?'

''Dwn i ddim. Gwas . . . Fues i'n treio meddwl pwy oedd dy fam. 'Wnes i ddim breuddwydio . . .'

''Down i ddim yn cael galw 'Mam' ar Nina. Nina fuo hi i mi erioed. 'Doedd hi ddim am gydnabod. Mi fuo E.J. fel y cythrel o gas efo hi ar ôl ffeindio allan. Mae o'n ŵr parchus yn yr ardal, ti'n gweld.'

'Does dim cysgod o eironi yn ei lais wrth ddweud hyn. Ond

'doedd o ddim yn rhy barchus i roi bod i Debora, meddylia Heledd, nac i roi ambell gweir i'w wraig.

'Maen nhw'n cael bywyd rhyfedd gyda'i gilydd.'

'Dychrynllyd. Bai ar bob ochr, cofia. Mae Nina'n gallu bod yn rêl jadan weithiau, ac maen nhw'n tynnu'r gwaetha allan o'i gilydd. Ond mae 'na rywbeth yn yr hen ddyn fel na fedra' i ddim peidio â'i edmygu. Mae o'n ffarmwr da. Mi welest ti o efo'r creaduriaid. Pan own i'n iau 'roedd o'n ofnadwy o galed efo mi, yn 'y nghuro i am y peth lleia, ond erbyn hyn mae o wedi dod i ddibynnu arna' i, a 'dw inne wedi dysgu peth wmbredd gynno fo.'

'Sut bydd o efo ti rŵan, ar ôl . . . hyn?'

'Amser a ddengys. Y fferm sy'n bwysig iddo, yn y pen draw. Hwyrach yn fwy felly na phethe fel moesau. Un peth sy'n siŵr. 'Wnaiff o mo 'ngyrru i o'ma.'

Daw nodyn ychydig yn chwerw i lais Heledd. 'Ar y ferch mae'r bai bob amser gynno fo, ie?'

'Mae'n rhaid iddo roi'r bai ar rywun.'

'Ond 'naethon ni ddim byd, Rick, dyna sy'n annheg. Dim byd mawr, beth bynnag.'

Mae Rick yn troi ei ben i wenu arni ychydig. 'Wel, 'rwyt ti'n dal yn forwyn, ella. . .'

'Ydw.' Yn wahanol iawn i'r genod eraill yn ei dosbarth, pe bydde modd eu coelio nhw. 'Ydi hi mor anodd gen ti 'nghredu i? Yn wir 'dw i'n methu deall pam yr holl ffys.'

'Wel, mi fuo bron i ni wneud rhywbeth anghyfreithlon, 'sti.'

'Mi allen ni fynd i'r jêl, wyt ti'n feddwl?'

''Dwn i ddim. Mae'n bosib.'

Mae distawrwydd yn dod drostyn nhw wrth ystyried hyn. 'Dydi'r un o'r ddau wedi crybwyll enw'r un sy'n gyfrifol am eu hanhapusrwydd, eu hanner chwaer, Debora.

'Wnei di aros wrth y llyn am funud?'

Peth peryglus i'w wneud, ond 'all o mo'i gwrthod hi. Nid ydynt yn cyffwrdd â'i gilydd y tro hwn, dim ond syllu allan drwy'r glaw sydd yn taro gwydr blaen y cerbyd.

'Wyt ti'n . . . wyt ti'n teimlo'n wahanol? Tuag ata' i 'dw i'n feddwl.' 'All hi ddim cadw'r cryndod o'i llais. Mae hi'n meddwl bod yr ateb braidd yn hir yn dod.

'Ydw, yn wahanol.' Yna wrth synhwyro ei siom—'Ond yn nes, rywsut. O, daria! 'Dydw i ddim wedi cael amser i feddwl be 'dwi'n ei deimlo'n iawn.'

Brathiad o ddicter. Mae hithau *yn* gwybod.

'Mi fydda' i'n dy garu di am byth, Rick.'

Am byth! Dim ond yr ifanc iawn sy'n gallu bod mor ffyddiog. Ond dim ond yr ifanc iawn sy'n dioddef briwiau eithaf cariad cyntaf. Bu Heledd yn cadw disgyblaeth ar ei dagrau tan rŵan, ond 'all hi ddim dal bellach.

''Alla' i mo dy golli di.'

'Rhaid i ni fod yn ddewr.' Ond geiriau ydi'r rhain. 'Does dim argyhoeddiad yn ei lais.

'Gawn ni ddim cusanu o gwbl?'

'Dydi o ddim am wrthod hyn iddi chwaith, ac maen nhw ym mreichiau ei gilydd unwaith eto. Mae'r cusanau'n wahanol y tro hwn, nid yn wyllt fel o'r blaen, ond yn dyner ac yn ofalus.

'Cusanau brawd a chwaer,' ebe Heledd a thinc o'r chwerwedd yn dal yn ei llais.

Ond y mae yntau'n fwy cysurus yn awr. 'Mae'n braf cael chwaer gyfa' i mi fy hun,' mwmia gan gusanu ei chlust.

'Rick, 'dw i wedi cael gwaith yma.'

'Gwaith?'

'Ie. Dim ond dros dro. Helpu Alan King yn Crud y Gwynt.'

Saib. Ac yna, yn ofalus: 'Ti ddim yn deud.'

Unwaith eto mae siom yn ei llenwi, a rhyw wres anniddig yn codi ynddi. ''Wyt ti ddim yn falch?'

'Ydi hyn yn ddoeth?'

'O, doeth, doeth . . .! Pwy sy isio bod yn ddoeth? P'run bynnag, 'does dim o'i le ar i frawd a chwaer gyfarfod.'

'Nag oes, debyg.' Ond 'doedd hi ddim yn hoffi'r tinc gochelgar yn ei lais.

Yna daw cusan arall i feirioli ychydig ar ei siom. O'r diwedd mae o'n sythu ac yn troi at yr olwyn.

'Amser i ni fynd.'

'Ydi, debyg.' Mae sŵn y taniad fel rhyw fath o gnul, ond mae o ar frys rŵan.

'Mi a' i â'r beic yn ôl i ti.'

'Cofia ddeud wrth Ifan y bydd arna' i angen beic yfory. A dydd Iau. 'Dwi'n mynd yn ôl dydd Gwener.'

Daw ei amrannau i lawr dros ei lygaid wrth glywed hyn, ond y cwbl mae o'n ei ddweud ydi:

'Mi ddweda' i wrtho fo.'

'Does dim rhagor i'w ddweud. Mewn distawrwydd, maen nhw'n gyrru i'r Bala, ac i dŷ Nain.

11

Yn ôl yn Pant Llwynog 'roedd y distawrwydd fel sgrech fud, a'r tri yn ceisio peidio ag edrych y naill ar y llall. Ni allai Rick ond dyfalu beth a fu rhwng ei fam ac E.J. ar ôl iddo fynd i ddanfon Heledd. Edrychai hi fel gast wedi'i chwipio, ac eisteddai wrth y bwrdd yn troi a throi ei bysedd. Eisteddai E.J. yntau yn ei gadair arferol, y Beibl yn or-amlwg agored o'i flaen. 'Roedd ei wefusau'n symud, ond synhwyrai Rick ei fod yn llawer mwy ymwybodol ohonyn nhw nag yr oedd o'r geiriau a ddarllenai.

A fyddai ef ei hun o dan fflangell ei dafod ar ôl i E.J. orffen ei osber? Nid oedd wedi torri gair ag ef wedi iddo ddod i'r tŷ. 'Allai hynny ddim para'n hir, ac ymwregysodd ar gyfer yr ymosodiad i ddod.

Ond ni ddaeth dim. Caewyd y Beibl toc, yn araf ac yn ddefosiynol, a chododd yr hen ŵr a mynd allan heb ddweud gair o'i ben.

Edrychai'r fam a'i mab ar ei gilydd, eu llygaid yn deall ei gilydd, heb angen geiriau. O'r diwedd meddai hi:

'Sut oedd hi?'

'Digon bethma,'

'Mae hi'n ifanc. Mi ddaw ati ei hun ar ôl mynd adre.'

'Mae hi'n mynd i weithio efo'r Kings.'

'Be?'

'Dechre fory. Mynd yn ôl i Gaerdydd ddydd Gwener, wedyn dod yn ôl, a dechre o ddifri ymhen rhyw bythefnos neu dair wythnos. Tra bydd gwraig King yn cael ei babi.'

Cododd Nina ei llais mewn hanner sgrech. 'Ond *'all* hi ddim. Mi fydd E.J. yn codi'r to!'

'Be fedar o 'i wneud? Ei busnes hi 'di hynny.'

'Rhaid i ti ei rhwystro hi.'

'Pam?'

''Dydw i ddim am i ti fynd i helynt.'

Cliciodd ei dafod. ''Rwyt ti'n fy nabod i'n well na hynny. Chwaer i mi ydi hi, a chwaer fydd hi.'

Ochneidiodd Nina mewn rhyddhad. 'Wel, diolch i Dduw am hynny. 'Rown i'n ofni y bydde hi wedi stwffio dy ben â rhyw hen syniadau rhamantus.' Yna daeth ei llais yn finiog eto. ''Chaiff hi ddim dod yma. 'Rwyt ti'n deall hynny?'

'Ydw'n iawn.'

''Dydw i ddim am i E.J. newid ei feddwl ynglŷn â'r fferm.'

''Dydw inne ddim chwaith.'

Unwaith eto edrychodd y ddau ym myw llygaid ei gilydd, eu cyd-ddealltwriaeth yn berffaith.

*   *   *

'You don't have to bring that bike tomorrow. Hiring is expensive. I'll come and fetch you, and take you home.'

'Roedd hi'n cael cinio canol dydd efo Alan a Sylvia, ar ôl bore o waith caled ond pleserus. Gwenodd ar Alan.

'That sounds as though I've passed my test.'

Gwenodd yntau'n ôl. *'Indeed you have. I only wish you didn't have to go on Friday.'*

'Me, too. But I must.'

Ac eto, 'doedd dim rhaid iddi fynd yn ôl efo Menna. Beth petai hi'n aros am wythnos arall? Byddai hynny'n rhoi amser

116

iddi dacluso ei chartre cyn i'r teulu ddod yn ôl. Trodd y syniad yn ôl ac ymlaen yn ei phen gan flasu ei felystra. Wel, 'doedd dim rhaid iddi benderfynu ar unwaith.

'Mae'n hyfryd peidio â gorfod mynd â'r cŵn am dro,' ebe Sylvia yn llawen gan symud at y soffa ac ymestyn ar ei hyd. 'Brysiwch yn ôl aton ni, Heledd.'

Edrychai'r ferch yn ddiolchgar. Am y tro cyntaf yn ei bywyd, gwyddai'r pleser o lwyddo. Gwir na fu hi yno ond un bore, ond bu'r ddau arall yn ei gwylio'n ddyfal, ac 'roedd yn amlwg eu bod nhw'n fwy na bodlon ar ei gwaith.

Y cwestiwn nawr oedd—ymhle a sut oedd hi'n mynd i weld Rick? 'Roedd Pant Llwynog allan o'i chyrraedd rŵan, ond 'allai hi ddim gadael yr ardal heb ei weld.

Y noson honno, wrth fynd â'r beic yn ôl at Ifan, magodd ddigon o hyfdra i ofyn iddo ffonio Rick drosti. Erbyn hyn, er iddi deimlo'n swil o ofyn, 'doedd dim yn mynd i'w rhwystro rhag ei weld.

Edrychai Ifan arni yn ei ffordd chwareus.

'Be wyt ti am i mi ddeud?'

'Deud y baswn i'n licio 'i weld o nos fory. I ddeud gwbei.'

''Rwyt ti'n ein gadael ni?'

'Dydd Gwener.'

'Roedd Ifan yn ddigon call i beidio â gofyn iddi pam na allai ffonio ei hun. Gwyddai am dymhestloedd bywyd Pant Llwynog.

'Wnei di ddeud wrtho fo y bydda' i wrth ein lle ni am saith?'

'Wyt ti am i mi drio rŵan?'

Goleuodd ei llygaid. 'Wnei di?'

Deialodd Ifan. Llais Nina a glywyd yn ateb, ond fe alwodd ar Rick yn ddiffwdan. Cadwodd Ifan ei lais yn isel wrth roi ei neges, ac ni allai Heledd glywed yr ateb y pen arall. Yn wir, 'roedd yr ateb yn hir yn dod, a dechreuodd hithau wrido o gywilydd am iddi ofyn. Ond, toc, rhoddodd Ifan y ffôn i lawr.

'Mi fydd o yno.'

'Roedd arni isio gweiddi ei rhyddhad. Hoffai fod wedi gofyn iddo ddisgrifio ymateb Rick yn fanwl, ond barnai mai gwell gadael pethau fel yr oeddynt. Digon iddi oedd ei fod am ddod.

*   *   *

Nid ffordd E.J. oedd ceryddu ei was yn agored. 'Roedd o'n rhy ymwybodol o'i ddibyniaeth arno, a ph'run bynnag 'roedd o wedi dod yn hoff ohono. Y peth olaf a ddymunai oedd dweud geiriau rhy hallt a pheri i'r bachgen ymadael â Phant Llwynog. Ond 'roedd y ffordd a ddewiswyd ganddo o ddatgan ei ddicter yn llawer mwy deifiol yn y pen draw.

Ar ôl i Rick orffen ei sgwrs brin-ei-eiriau ar y ffôn, ciledrychodd ei fam arno'n wyliadwrus, gan synhwyro rhyw aflonyddwch newydd ynddo. Gwyddai mai Ifan oedd wedi ffonio, ond bu ymateb ei mab i'w ffrind yn wahanol iawn i arfer, bron yn surbwch, yn wir. Ond 'roedd arni ofn ei holi. 'Roedd awyrgylch yr ystafell yn llawn drwgdybiaeth, a gallai unrhyw beth beri ffrwydrad.

'Roedd E.J. wedi agor ei Feibl. Nid oedd dim anarferol yn hyn. Darllenai ei Feibl am ddeng munud bob nos, nid yn ei lofft o olwg pawb, ond yn fwriadus yng ngŵydd ei wraig a'i mab. 'Roedden nhw wedi'u cyflyru ar hyd y blynyddoedd i aros yn llonydd nes byddai'r hen ddyn wedi cau'r llyfr.

Ond heno dechreuodd ddarllen yn uchel, peth anarferol iawn. 'Roedd ei lais yn syndod o gyfoethog o'i oed, a rhoddai'r urddas dyladwy i bob gair.

Llefarodd yr Arglwydd wrth Moses. 'Dywed wrth bobl Israel, 'Myfi yw'r Arglwydd eich Duw.'

Arhosodd am eiliad cyn mynd ymlaen, i roi pwyslais i'r geiriau. *'Nid ydych i wneud fel y gwneir yng ngwlad yr Aifft, lle buoch yn byw, nac fel y gwneir yng ngwlad Canaan, lle rwyf yn mynd â chwi. Peidiwch â dilyn eu harferion . . . '*

Eisteddai'r ddau arall fel petaent wedi eu rhewi. Aeth y llais ymlaen yn gryfach o hyd, fel petai'n farnwr mewn llys barn.

'Nid yw unrhyw ddyn i ddynesu at berthynas agos iddo i gael cyfathrach rywiol. Myfi yw'r Arglwydd.

Nid wyt i amharchu dy dad trwy gael cyfathrach rywiol â'th fam:
dy fam yw hi, ac nid wyt i gael cyfathrach â hi.

Nid wyt i gael cyfathrach rywiol â'th chwaer, boed yn ferch i'th dad
neu'n ferch i'th fam, ac wedi ei geni yn y cartref neu'r tu allan iddo . . .

Nid wyt i gael cyfathrach rywiol â merch i wraig dy dad sydd wedi
ei geni â'th dad: y mae'n chwaer i ti, ac nid wyt i gael cyfathrach â
hi . . .'

''Doedd gan y ddau arall ddim dewis ond gwrando, gwrando, gwrando, nes iddo dynnu at y terfyn. Yna, caeodd ei Feibl, cododd ei ben ac edrych yn uniongyrchol ar Rick, ei lygaid yn treiddio drwyddo.

'Rhywbeth i ti feddwl amdano, 'ngwas i.'

A dyna'r cwbl. Cododd ac aeth i'w lofft gan adael dau wyneb gwelw ar ei ôl.

*   *   *

Hi sydd yno gyntaf, y tro hwn. Cwyd awel go fain o'r llyn, a daw cryndod drosti. 'Does ganddi ddim digon o ddillad amdani heno i wynebu'r newid yn y tymheredd; yr hen jîns arferol, crys tenau a'r bolero bach lliwgar. Dim hanner digon. Ond unwaith y bydd Rick yno, mae hi'n ei chysuro ei hun, bydd ei chryndod yn diflannu.

Ond mae o'n hwyr. Hwyrach na ddaw o ddim. Hwyrach fod pobl Pant Llwynog wedi'i rwystro fo. Hwyrach pob math o bethau. Mae'r dyhead am ei weld yn ei gwneud hi'n gyfoglyd. Byddai iddyn nhw orfod ymwahanu rŵan fel colli braich neu goes. Tydi o'n rhan ohoni?

Mynd i bwyso ar y wal am ryw gymaint o gynhesrwydd, ond 'all hi ddim aros yn llonydd. Mae ei llygaid wedi eu hoelio ar y ffordd sy'n dod i lawr o Wern Seiri, ond erbyn hyn mae'r llwydnos yn dechrau pylu ei golwg. Ugain munud wedi saith. Lle mae o?

Rick, Rick . . . Teimla ei bod hi'n sgrechian ei enw, ond ni ddaw sŵn. Rhoi deng munud eto iddo, yna mynd. Ond sut mae wynebu mynd?

Ac yna, o'r diwedd yn y pellter, hymian swnllyd ei gar, a hithau bron llewygu o ryddhad. Daw'r hen siandri i'r golwg, ac i lawr tuag ati. Mae Rick yn neidio allan, yn llawn ymddiheuriad.

'Yr hen injian 'ma'n 'cáu tanio. Mae'n ddrwg gen i.'

'Dydi hi ddim yn gwybod ai gwir hyn ai peidio. Cael cusan ysgafn ganddo. 'Deun! Mae golwg wedi rhynnu arnat ti. Tyrd i mewn i'r car i gynhesu.'

'Dydi hi ddim wedi dweud gair eto, dim ond syllu arno'n angerddol a gadael iddo ei rhoi yn y car fel rhywun mewn breuddwyd.

Yntau'n dechrau siarad, yn ceisio swnio'n naturiol. Stori hir ganddo am un o gastiau Ben, y ci defaid, ond 'all hi ddim cymryd i mewn ystyr ei eiriau. Toc, wrth ffaelu cael sylw'n ôl ganddi, mae o'n troi i edrych arni, ac yn gweld dagrau mawr yn llifo i lawr ei gruddiau.

'Heledd . . . paid . . . paid. 'Dydi o ddim iws, 'nghariad i.'

'Ond 'dw i am i ti roi dy freichiau amdana' i a 'nal i'n dynn. Be sy o'i le yn hynny?'

''Rwyt ti'n gwybod yn iawn be sy' o'i le.'

'Y cwbl wn i, Rick, ydi 'mod i'n dy garu di, dy garu di, wyt ti'n clywed?'

Mae hi'n cydio ynddo, yn ceisio ei dynnu ati, ac yntau'n eistedd yn llonydd fel mul.

'Gwranda, Heledd,' meddai, toc, a'i lais yn isel, 'mi ddois i yma heno i ddeud wrthat ti . . .' Ond 'dydi'r geiriau ddim yn dod.

'Deud BE?' Pwy sy'n gweiddi?

'Rwyt ti'n deud dy fod ti'n 'y ngharu i . . .'

'Dydi o ddim yn cael gorffen. 'Ac roeddet tithe'n *deud* dy fod ti'n 'y ngharu i!'

''Rydw i'n dal i wneud. Ond fel brawd.'

'Ond pam, Rick? Be 'dan ni'n 'i wneud o'i le wrth gusanu'n gilydd, wrth ddal ein gilydd? 'Dydi teimladau rhywun ddim yn newid dros nos. Mae brawd a chwaer yn gallu dangos eu cariad, siawns?'

Mae yntau'n crynu erbyn hyn. Daw'r geiriau allan ohono fel rhyw wers wedi'i dysgu, heb lawn ddeall yr ystyr.

120

'Mae'n rong, Heledd. Mae'r Beibl yn deud 'i fod o'n rong.'

'E.J. sy'n deud, wyt ti'n feddwl.'

'Hwyrach, wir. Ond mae o'n gwybod ei Feibl.'

Yn sydyn mae o'n sylweddoli fod yr hen ddyn wedi cael mwy o effaith arno â'i ddarllen urddasol na phe bai wedi arthio a dweud y drefn.

'O'r arswyd!' Mae hi'n clicio'i thafod. 'Ac 'rwyt tithe'n credu rhyw hen bethe fel'na. Y Beibl ac ati?'

'Doedd hi erioed wedi teimlo'n gryf ynghylch y peth o'r blaen, ond y munud hwnnw 'roedd hi'n casáu'r Beibl, ac am ddweud pethe i'w frifo. Mae yntau'n edrych yn gymysglyd ac yn osgoi ei llygaid.

'Ydw.'

'Ond . . .' Mae ei llais yn codi'n wich annifyr: 'Rick, 'does neb call heddiw. Mae 'na gymaint o bethe yn y Beibl sy'n croes-ddweud ei gilydd. Llyfr hen Iddewon ydi o.'

Clywsai'r gosodiad hwnnw dro ar ôl tro fel clo ar bob dadl wrth y bwrdd bwyd. Ond ar unwaith mae hi'n gweld ei wefusau'n tynhau ac yn gwybod i'w geiriau osod pellter newydd rhyngddi hi a Rick. Mae hi'n closio ato.

''Doeddwn i ddim yn meddwl dy frifo di, Rick. Rywsut, efo'r cylch 'na yn dy glust ac ati, 'rown i'n meddwl dy fod ti'n fwy modern.'

Dweud y peth rong eto. Mae hi'n ei ysgwyd o, i geisio'i gael o'n ôl i'r Rick cariadus arferol.

''Does yna neb i wybod be sy rhyngthon ni. 'Dwi'n *mynd* fory, Rick. Rho dy freichie amdana' i am y tro ola. 'Fydd neb yn gwybod ond y ni.'

Fydd neb yn gwybod . . . 'Roedd hynny'n wir. 'Fyddai E.J. ddim yn gwybod. Ac eto mae ganddo ryw ffordd annirnad o wybod pethe. Yn fwy na dim y munud hwnnw mae o am anwesu ei bronnau a'i chluniau, pob rhan ohoni. Ond rhaid iddi beidio â chael gwybod. Mae o'n rhoi ei ddwylo ar yr olwyn fel pe bai hynny'n mynd i'w clymu nhw yno.

Hithau'n synhwyro o'r diwedd ei bod hi wedi colli. Am y tro, beth bynnag, meddai wrthi ei hun.

''Does dim byd i rwystro brawd a chwaer sgwennu at ei gilydd, siawns?'

'Dydi o ddim yn ei hateb ar unwaith, ac mae ei chalon yn suddo'n is nag erioed. 'Dydi o ddim hyd yn oed yn awyddus i gadw cysylltiad. O'r diwedd mae'n dweud yn ystyriol:

'Os wyt ti am sgwennu, gwell i ti anfon y llythyre i gyfeiriad Ifan. Mi anfonith o nhw 'mlaen i mi.'

Twyll eto. 'Does dim dianc rhagddo. Ond, o leia, mae o wedi cytuno. 'Mi gei di dy lythyr cynta cyn diwedd yr wythnos.'

'Bydd yn ofalus be wyt ti'n ddeud yn dy lythyr. Mae geirie ar bapur yn gallu arwain i drwbwl.'

Dyma Rick nad yw hi ddim yn ei ddeall. Ond os yw hyn yn rhan ohono, mae hi'n ei garu, hyd yn oed y pethe anodd eu dirnad.

'Rhaid i ni fynd, Heledd.'

Mae o'n cychwyn y landrofer, ar frys yn awr. 'Mi a' i â'r beic yn ôl i ti.'

'Cofia ddeud wrth Ifan am ddisgwyl llythyr i ti.'

'Mi wna' i hynny.'

'Does dim rhagor i'w ddweud. Mewn distawrwydd, maen nhw'n gyrru i'r Bala, ac at dŷ Nain.

12

'Roedd Menna'n teimlo'n fodlon ar ei byd. Bu ei *sortie* yn y Gogledd yn broffidiol iddi. Tair erthygl yn barod i'w danfon i'w phapur a rhagor o ddeunydd ar gyfer y llyfr arfaethedig ar arlunwyr Cymru.

Ar adegau, bu'n meddwl, ac yn pryderu ychydig, am Heledd, ac am ei chyfrifoldeb i Miriam ac Eryl, ond ei phethau ei hun oedd wedi mynd â'r rhan fwyaf o'r amser. Rhyddhad oedd deall fod y ferch yn barod i ddod yn ôl gyda hi fory.

'Roedd gyrru yn braf heddiw. Ar ôl y storm 'roedd yna

ffresni sawrus ym mhobman a'r gwres llethol wedi diflannu.
Trodd dâp ymlaen a llanwyd y car gan rythmau Gershwin.
O, 'roedd mynyddoedd y Gogledd yn urddasol a mawr-
eddog, ond fe fydde hi'n falch o gael bod yn ôl yng
Nghaerdydd, yn rhan o'r bwrlwm newydd o ddiwylliant a
ddaethai yno yn y blynyddoedd diwethaf. Beth oedd Heledd
wedi'i wneud o'i 'bac-o-biond' tybed? Oedd hi wedi gallu
treulio tipyn o amser gyda'i mam? Oedd hi wedi cael ei
siomi? Oedd ei hymweliad wedi rhoi terfyn ar ei hiraeth am
y fam arall? Ai dychymyg oedd iddi synhwyro rhyw gynnwrf
arbennig yn ei llais ar y ffôn? Câi farnu wyneb-yn-wyneb yn
fuan iawn nawr.

Trodd y car i mewn i'r stryd lle trigai nain Heledd. 'Doedd
dim rhaid iddi fecso cofio p'run oedd y tŷ. 'Roedd Heledd yn
y ffenest yn aros amdani. Wrth weld cynhesrwydd cyfarchiad
Menna wrth iddi ddod allan o'r car fe fflachiodd ym meddwl
y ferch, nid am y tro cyntaf, mor dda fyddai bod wedi cael
Menna yn fam iddi. Byddai hon yn deall popeth.

Cafodd Menna ei hun gryn ysgytwad wrth weld Heledd.
Anodd dychmygu sut y gallai wyneb merch ifanc deneuo
cymaint mewn ychydig ddyddiau, a gwisgo rhyw edrychiad
hŷn, rywsut.

'Roedd Nain mewn hwyliau da y bore yma, a safle Heledd
wedi codi cryn dipyn am fod y wraig ffasiynol hon yn ei gweld
hi'n werth ymboeni amdani. Pwysai arni i aros tan ar ôl
cinio, a gweddïai Heledd yn dawel mai gwrthod a wnâi.
'Roedd hi am gychwyn, iddi gael arllwys ei chalon. Diolch
byth, dim ond ar 'ddishgled o goffi' y cytunwyd yn y diwedd.

O'r diwedd 'roeddynt yn barod i gychwyn. Wrth iddyn
nhw fynd i mewn i'r Volvo, ni allai'r hen wraig ymatal rhag
dweud yn sychlyd wrth ei hwyres.

'Hwyrach y tro nesa y doi di, y bydd gen ti fwy o amser i'w
dreulio efo dy nain.'

'Roedd hi wedi ei gadael hi braidd yn hwyr yn sôn wrth ei
nain am ei chynlluniau. 'Hwyrach y bydda' i'n ôl yn gynt
nag a feddyliwch chi, Nain. 'Dwi wedi mynd yn hoff o . . . o'r
tŷ 'ma a bod efo chi.'

123

Er syndod iddi ei hun, sylweddolodd ei bod hi'n ei feddwl bob gair. On'd oedd yr hen wraig a'r tŷ yma'n gysylltiedig â'r peth pwysicaf yn ei bywyd? Lledodd gwên dros wyneb treuliedig ei nain, a phwysodd i mewn i'r car i roi cusan iddi.

'Gobeithio y doi di'n fuan, 'ta.'

'Roedd Menna wedi cychwyn y peiriant, felly 'doedd dim cyfle i fanylu rŵan. Mi ga' i ffonio heno, meddyliodd, a dweud wrthi am fy ngwaith newydd.

'Fe welsoch chi'ch mam, felly?'

'Roedden nhw'n gyrru heibio i'r llyn a'r cymylau'n creu patrymau aflonydd drosto. Cododd hiraeth affwysol ynddi wrth syllu ar draws y tonnau bach.

'Do.' Nawr bod yr amser wedi dod, anodd rhoi mewn geiriau y pethau oedd y tu hwnt i ddisgrifiad. Ond 'roedd Menna'n aros am ateb helaethach na hynny.

'Mae hi wedi priodi hen, hen ffarmwr, sy'n ofnadwy o dduwiol, ac maen nhw'n byw fel cath a chi. 'Dydi hi ddim llawer mwy na rhyw ddeugain oed—'dwi wedi gweithio'r peth allan—ond mae hi'n edrych yn hŷn o lawer na chi, Menna.'

Aeth ymlaen i ddisgrifio'r sgwrs gynta honno, ac fel y bu Debora yn gwrando, ac E.J. yn mynd â hi allan i weld y lloi. Ond hyd yn hyn, dim gair am Rick. Yn sydyn, stopiodd ar ganol disgrifio'r tŷ a throdd at y wraig arall.

'All syrthio mewn cariad fod yn rong?'

Rhythai ar y llall fel pe bai ei bywyd ynghlwm wrth yr ateb.

'Wel, mae'n dibynnu . . .' ebe Menna'n ofalus. 'Y'ch chi wedi syrthio mewn cariad?'

'Os ydi cariad yn bur ac yn anhunanol,' ebe Heledd, heb ateb y cwestiwn, ''dydw i ddim yn gweld fod dim o'i le mewn dangos y cariad hwnnw'n agored. 'Dach chi?'

O diar, meddyliodd Menna, dyma gymhlethdod. Dyna egluro'r meindra yn wyneb y ferch. 'Well i chi ddechre'n y dechre. 'Da pwy y'ch chi mewn cariad?'

'Efo 'mrawd.'

Llyncodd Menna, a bu bron iddi wyro i ganol y ffordd. Hwtiodd modurwr arall yn dod i'w chyfeiriad.

'Eich brawd!'

'Ie. Ydi o'n beth mor ofnadwy?'

Gwelodd Menna gilfach barcio, a throdd y Volvo i mewn iddo.

'Nawr 'te, alla' i byth â gyrru a chithe'n gweud pethe mor syfrdanol. 'Dewch i mi glywed y stori i gyd.'

Ac fe ddywedodd Heledd. Gwrandawodd Menna mewn distawrwydd. Mae'r rhan fwyaf ohonom, meddyliai, wedi diodde poenau cariad cyntaf, ond i hon 'roedd y peth yn llawer mwy ingol nag i'r rhelyw. Bu'n chwilio mor ddyfal am rywun y gallai ei hawlio iddi ei hun, dim ond i ddarganfod ei fod o'n waharddedig iddi.

A thra teimlai'n llawn gofid drosti, unwaith eto 'roedd rhan arall o natur Menna yn ymateb yn fwy gwrthrychol. Yn gymysg â'r gofid hwnnw, a'r euogrwydd a deimlai am iddi beidio â gwneud mwy i rwystro Heledd rhag cychwyn ar yr ymchwil beryglus hon, clywai ynddi ei hun yr hen ddiddordeb newyddiadurol mewn sefyllfa anghyffredin. Dyma ddeunydd y ddrama honno y bûm i'n meddwl ei sgrifennu, meddyliai. Fel 'rydyn ni'n ymborthi ar boen pobl eraill!

Clywai'r ferch yn llefain yn awr. ''Does gen i ddim help 'mod i'n ei garu o, Menna! Be sy yn erbyn i frawd a chwaer garu'i gilydd?'

Yr ateb cyntaf a ddaeth i'w meddwl oedd: Dim byd o gwbl mewn ambell wareiddiad, ond di-fudd fyddai sôn yn awr am yr Eifftiaid, neu am deuluoedd brenhinol y gorffennol. Yn lle hynny, dywedodd yn gynnil: 'Mae'n anghyfreithlon, yn un peth.'

'Ie, ond PAM? Be 'di'r rhesymau yn erbyn?'

'Rhesymau genetig, mae'n debyg.'

'Be mae hwnna'n 'i feddwl? 'Dydw i ddim yn glyfar.'

'Bydd perygl straen wanllyd yn y plant.'

'Ond 'sdim rhaid i neb gael plant heddiw os nag 'dyn nhw am.'

Beth oedd rhywun i'w ddweud yn wyneb rhesymeg diwedd yr ugeinfed ganrif? Ceisiodd Menna newid y sgwrs.

125

'Beth am . . . beth am Rick? Shwd ma' fe'n teimlo?'

'Mae o'n 'y ngharu i. Mi ddywedodd hynny.'

'Oedd hyn cyn iddo gael gwybod eich bod chi'n frawd a chwaer neu wedyn?' gofynnodd Menna'n ofalus.

'Roedd y crio wedi darfod yn awr a rhyw ystyfnigrwydd wedi setlo ar wefusau Heledd. 'Mi ddwedodd ei fod o'n teimlo hyd yn oed yn nes ata' i nag o'r blaen.'

'Fel brawd a chwaer?' mynnai Menna.

Dim ateb gan y ferch ac am dipyn yr oedd tawelwch anhapus rhyngddynt.

'Beth y'ch chi'n mynd i'w wneud?'

Ond 'roedd hi wedi colli Heledd am y tro. Dim ond ysgwyd ei phen a wnâi honno a suddo i mewn i'w meddyliau ei hun. 'Roedd hi'n bryd gosod y sgwrs ar drac mwy confensiynol.

'Pryd fydd eich teulu'n dod 'nôl?'

'Ddiwedd y mis. Mae gennyn nhw wythnos eto.'

'Felly, dewch i aros 'da ni fel 'roedden ni wedi trefnu ar y dechre.'

'Rhaid i mi fynd adre gynta,' ebe Heledd yn frysiog.

'Wrth gwrs. Dewch pan fyddwch chi'n teimlo angen cwmni.'

Gwyddai ei bod hi wedi gadael Heledd i lawr. Ond beth oedd disgwyl iddi hi, gwraig i Farnwr, ei ddweud? Nad oedd cyfraith gwlad yn bwysig? Bod 'cariad pur' yn cyfiawnhau llosgach rhwng brawd a chwaer?

Menna Austin, meddai wrth ei hun, 'rwyt ti mewn dyfroedd dyfnion.

*   *   *

'Roedd Heledd wedi cytuno i fynd yn gyntaf i Fryn Gwenallt lle'r oedd 'help' Menna wedi paratoi pryd o fwyd i'r teithwyr. Ond ysai am gael mynd adre, gan ddifaru iddi ddweud cymaint wrth wraig oedd yn perthyn i genhedlaeth wahanol.

Ni cheisiodd Menna ei rhwystro, yn ymwybodol iawn o'r ymddieithrio. Ond rhywbeth dros dro oedd hyn, fe'i cysurodd ei hun. Byddai pethe'n well ar ôl i'r ferch gael amser iddi'i hun. Wedi gofalu mynd â hi i Lys Madog, wnaeth hi ddim oedi yno, dim ond dweud y byddai hi'n dod i'w nôl hi tuag wyth o'r gloch y noson honno. Dechreuodd Heledd ddweud y byddai hi'n iawn yn cysgu yn ei chartre, ond 'roedd Menna'n bendant ynglŷn â hyn.

'Roedd y tŷ gwag yn ddieithr iddi, fel petai hi wedi bod oddiyno ers wythnosau. Rhyw ddwyawr oedd ganddi cyn i Menna ddod i'w nôl, dwyawr i chwilio am ddillad glân, ffonio Dilys, sgrifennu llythyr. Na, nid sgrifennu llythyr heno. 'Roedd arni eisio meddwl clir a digon o amser cyn dechrau ar hwnnw. Rhaid aros tan fory. Dilys, felly.

Cododd y ffôn a chlywed gwich o bleser yr ochr arall. Gallai, mi allai Dilys ddod draw ar unwaith. Yn syth ar ôl iddi roi'r derbynnydd i lawr, fel arfer, dechreuodd amau a oedd hyn yn beth doeth. Ac eto, 'roedd yn dyheu am drafod y sefyllfa gyda rhywun yr un oed â hi. Rhaid iddi ddysgu peidio â dweud gormod, dyna'r cwbl. Ond beth oedd gormod? Gwagiodd ei dillad budron i mewn i'r peiriant golchi a'u gadael yno. Byddai hynny'n esgus iddi ddod yn ôl yma drannoeth.

Rhaid iddi feddwl am ddillad ar gyfer ei swydd newydd. Turiodd yn gyflym drwy'r wardrob a dod o hyd i bâr o jodhpurs. Braidd yn hen, ond fe wnaent y tro. 'Roedd yn rhaid iddi brynu sanau gwlân newydd, a chwpwl o grysau. Yn sydyn cofiodd fod yn rhaid iddi ffonio Nain.

Swniai honno'n fwy serchus nag erioed o'r blaen, ac fe'i symbylwyd i fynd ymlaen a dweud ei neges ar unwaith.

'Nain, 'dach chi'n cofio i mi sôn am y bobl 'ne sy'n gofalu am gŵn ac ati? Wel, maen nhw am i mi fynd yno i'w helpu nhw. Dros dro, dyna i gyd. 'Dach chi'n meddwl y dylwn i?'

Gallai ddychmygu pleser yr hen wraig ei bod hi wedi gofyn ei barn. Ar ôl distawrwydd byr, gofynnodd honno:

'Wyt ti wedi gofyn i dy dad a'th fam?'

'Wel, fedra' i ddim, yn na fedra'? 'Fyddan nhw ddim yn ôl tan 'rwythnos nesa. Dyna pam 'dwi'n gofyn i chi, Nain.'

'O . . .'

127

'Be 'dach chi'n feddwl, Nain?'

'Mi fydd yn rhaid iti gael gwaith o ryw fath, decini. Ac 'rwyt ti'n hoff o 'nifeiliaid.'

'O, ydw.'

'Debyg mai yma y byddi di'n aros?'

'O, Nain, os na fydde hynny'n ormod o drafferth i chi.'

'Rhaid i ti ofalu peidio â bod yn drafferth, yn rhaid?'

Sylw yr hen nain sych unwaith eto, ond 'doedd dim gwadu'r cynhesrwydd newydd yn ei llais. 'Roedd hi'n perthyn i genhedlaeth a edmygai fenter mewn pobl ifainc. Yn wir, 'roedd pob arwydd i Heledd fod ei nain yn dechrau mwynhau ei chwmni.

''Fyddwch chi ddim yn gwybod 'mod i yna. O, diolch, diolch, Nain. Rhaid i mi fynd rŵan. Mae rhywun yn canu'r gloch.'

'Roedd golwg mwy hyderus ar Dilys yn dod i Lys Madog y tro hwn. Camodd i mewn i'r gegin ar ôl Heledd, a'i gosod ei hun, heb wahoddiad, ar un o'r stoliau brecwast.

'Ti wedi colli pwyse,' oedd ei sylw cyntaf. 'Fu dy fam newydd yn dy gamdrin di? Sori,' meddai ar unwaith wrth weld yr ymateb ar wyneb y llall. ''Wy i bron marw ishe clywed yr hanes.'

'Doedd dweud ddim mor hawdd. Petai hi heb ddweud wrth Menna yn gyntaf dichon y byddai'n haws, ond 'roedd hi'n cael y teimlad nawr o ailadrodd hen bethe a'i diflasu ei hun yn ogystal â'i gwrandawr. Ond 'roedd arni ddyled i Dilys. Heb ei hymyrraeth hi, 'fyddai 'na ddim sôn am Bant Llwynog na Nina nac E.J. . . . Na Rick.

Yn araf iawn y daeth hi at y rhan honno o'i stori, ond ar hyn yn anad dim 'roedd hi am gael barn Dilys.

''Roedd 'na fachgen yno . . .'

'Ho, ho!' meddai Dilys. 'O'r diwedd.'

'Os wyt ti am glywed, paid â thorri ar draws.'

'Sori, ma'am.'

''Rown i'n meddwl mai gwas oedd o. Wel, gwas *oedd* o hefyd. Ond 'roedd o'n rhywbeth arall.'

Saib hir, a Dilys yn ceisio ei rheoli ei hun, ond yn y diwedd yn methu dal rhagor. 'Wel, cer mlân, 'te.'

''Roedden ni'n licio'n gilydd. Yn fawr.'

'Wel, grêt, w. Shwd un oedd e?'

Ond sut oedd disgrifio Rick, a hithe'n methu ei weld o'n glir erbyn hyn?

'Mae o rhyw bum neu chwe blynedd yn hŷn na fi.' Fel petai hynny o bwys. Ychwanegodd yn ofalus: ''Dan ni'n debyg iawn i'n gilydd.'

Nid ei geiriau ond rhywbeth yn ei goslef aeth â sylw'r Dilys lygadog.

'Hei, 'rwyt ti wedi ffansïo hwn, ondofe?'

Amneidio'i phen oedd unig ateb Heledd.

''Na biti 'i fod e'n byw mor bell. Ddoth dim da eriôd o garu dros bellter. Ond gwed ragor.'

''Fyddwn ni ddim mor bell â hynny oddi wrth ein gilydd. 'Dwi wedi cael gwaith i fyny yno. Dros dro, beth bynnag.'

'Jiw, jiw! 'Na ferch! Ti wedi gwitho fel wennol, w. Pa fath o waith?'

Dywedodd Heledd wrthi.

'Fe ddyle dy siwto di,' ebe Dilys yn araf. 'Odi dy fam yn gwbod am hyn? Dy fam *iawn*, wy'n feddwl. Y Nina 'co.'

Dyna pryd y torrodd yr argae. Dechreuodd Heledd feichio crio. Rhwng yr igian cafodd Dilys anhawster i glywed y geiriau.

'Mae o'n frawd i mi.'

'BETH?'

'Yn frawd. Mae o'n fab i Nina.'

'Blydi hel!'

Daeth awydd chwerthin dros Dilys. Jyst fel Heledd i'w landio'i hun mewn rhyw gymhlethdod fel hyn. Ond cadwodd ei meddyliau iddi ei hun a chymerodd y ferch arall yn ei breichiau a'i gwasgu ati.

''Na ti . . . 'na ti . . . mi fydd yn oreit,' murmurodd, heb y syniad lleia beth oedd ystyr hynny. Ond cydiodd Heledd yn hyn fel boncyff yn dod i lawr yr afon at rywun ar foddi. Agorodd ei llygaid yn llydan a syllu'n erfyniol ar ei ffrind.

129

'Wyt ti'n meddwl y bydd o? Dilys . . . *wyt* ti? 'Dwi'n 'i garu o gymaint. 'Alla' i ddim byw hebddo fo.'

Ymateb cyntaf Dilys oedd gweiddi: 'Twt, twt! Paid â gwneud shwd ddrama o'r peth!' Ond gwyddai y byddai hynny'n rhoi terfyn ar gyfeillgarwch oedd yn bwysig iddi. 'Roedd y peth yn ddifrifol i Heledd. Dyna'r drwg o gau merch ifanc i mewn, doethinebai'n dawel ynddi'i hun, ei chau allan o'r byd real. Mae rhai fel'ny'n mynd dros ben llestri pan fydd cariad cynta'n dod heibio. Ond—brawd . . . Ni wyddai'n iawn sut i ddelio â hyn. Gadael i Heledd siarad, falle.

'Gwed ragor wrtho' i amdano fe.'

Ar unwaith daeth ei lun yn gliriach iddi. Disgrifiodd ei golwg gynta o'r llanc tal, tywyll, a'i wyneb main a'i lygaid dioglyd, yn ei jîns budron, tyllog, a'i grys yn agored, ei wallt yn disgyn yn isel ar ei wegil, a'r cylch bach aur hwnnw'n hongian wrth un glust, a'i ffordd ofalus efo'r creaduriaid . . .

'Y peth ydi,' ebe Dilys wrth iddi aros i gymryd gwynt, 'Ydi e'n dy garu di?'

'O, ydi, ydi.'

'Ond 'sdim dyfodol i'r peth, nagoes e?'

Rhythodd Heledd arni'n fud am rai eiliadau, yna cododd ei gwrychyn yn araf.

''Dwi ddim yn gwybod *pam*.'

'Wel, ma 'na shwd beth â chyfraith—'

'O, paid *ti* â dechre. Mae pawb yn bygwth y gyfraith arna' i. Ond mi all chwaer fyw efo'i brawd fel howscipar, decini? 'Sdim o'i le yn hynny.'

Chwarddodd Dilys yn uchel y tro hwn.

'Heledd Garmon, 'rwyt ti yn mynd i wlad y tylwyth teg nawr.'

''Dwi ddim yn gwybod pam wyt ti'n chwerthin. 'Fydde neb yn gwybod ein bod ni'n caru'n gilydd ond fel brawd a chwaer.'

Daeth golwg wybodus i lygaid Dilys. 'Chi wedi cysgu 'da'ch gilydd felly?'

'Cysgu?' Edrychodd yn hurt ar y llall.

'Ti'n gwbod beth 'wy i'n 'i feddwl.'

Atebodd Heledd yn ddiamynedd. 'Wrth *gwrs* 'mod i'n gwybod . . . Ac i tithe gael gwybod—naddo. Aeth pethe ddim mor bell â hynny.'

'O . . .' ebe Dilys. 'Piti.' Ac yna, ar unwaith, 'Na, mae'n haws dod drosto fe os nag yw hynny 'di digwydd.'

Ond 'doedd arni ddim isio 'dod drosto fe'. Rick oedd ei bywyd, ac mi fyddai gyda hi am byth. Gwelai'n awr mai di-fudd trafod ei phroblemau efo neb arall. 'Roedd hi am benderfynu pethe drosti ei hun o hyn allan, a byw fel 'roedd ei greddfau'n dweud wrthi. 'Roedd ei greddfau'n bur ac yn ddaionus, a 'ddôi dim drwg o ymateb iddyn nhw.

13

Annwyl Rick,

Dyma fi'n ôl yng Nghaerdydd ac yn casáu'r lle. Na, 'dydi hynny ddim yn hollol wir, ond bod Pant Llwynog a Gwern Seiri'n llawer mwy byw i mi erbyn hyn na Pharc y Rhath neu Rodfa Dewi Sant. Mi fûm i'n aros efo Menna a'r Barnwr neithiwr, ac maen nhw'n ffeind iawn, ond mae'n well gen i fod adre yn Llys Madog ar 'y mhen fy hun i gael meddwl. Gelli di gesio am beth ac am bwy. Mae'r wythnos hon yn debycach i flwyddyn. Yr unig beth sy'n 'y nghadw i i fynd ydi'r gobaith y bydda' i'n dy weld di rywbryd yr wythnos nesa. Llythyr gan Miriam (fy 'mam') heddiw. Mi fyddan nhw'n ôl dydd Sadwrn, ac efo tipyn o lwc mi fydda' i ar y ffordd i fyny acw dydd Llun neu dydd Mawrth. Cei wybod gan Ifan yn union pryd. Gobeithio y ffeindi di ffordd o gysylltu efo mi wedyn. Well i mi beidio mentro i Bant Llwynog. 'Dydw i ddim llawer o law ar sgwennu llythyr. Ydi hwn yn ddigon gofalus genti? Dyma'r unig ddolen sy gen i efo chdi ar hyn o bryd, ond gobeithio newid hynny, 'ntê? 'Feiddia' i ddim ffonio acw. Mae fy rhif ffôn yma genti, yntydi? Mi fysa'n braf cael caniad ond 'dydi hi ddim yn hawdd, mi wn. Rhaid bod yn amyneddgar. Tan yr wythnos nesa felly. Heledd.

O.N. Paid â chymryd dy berswadio i beidio 'ngweld i eto.

*   *   *

Syllai Menna ar y sgrîn o'i blaen, yna ailddarllenodd yr hyn a deipiwyd ganddi. Na, 'wnâi e mo'r tro. 'Roedd yr erthygl i'r *Guardian* wedi dechrau'n iawn, a hithau'n gobeithio y byddai'r weithred o osod cymhlethdod y sefyllfa i lawr mewn geiriau gwrthrychol nid yn unig yn help iddi weld yn gliriach sut i ddelio â phroblem Heledd, ond hefyd yn cadarnhau ei statws hi ei hun fel newyddiadurwraig dreiddgar.

Clywai o hyd lais Heledd yn llefain: 'Menna, be sy yn erbyn i frawd a chwaer garu'i gilydd?'

Fe ddylai'r ateb fod yn syml. Gallai plentyn a aned o ganlyniad i fewn-fridio droi allan i fod yn ynfyd neu'n anghenfil. Dyna'r gred gyffredinol. Ond 'doedd dim prawf gwyddonol o hyn, ac yn ôl yr arbenigwyr, 'doedd y peth ddim yn dilyn ymhlith anifeiliaid.

Greddf pawb yn erbyn y fath beth, dyna ddadl arall. Ond os oedd y fath reddf yn bod, ni fyddai angen cael deddf yn erbyn, yn na fyddai? Pam cael cyfraith yn erbyn rhywbeth nad oedd neb am ei wneud p'un bynnag? Nid yw llosgach yn wrthun mewn pob cymuned. Pam, felly, bod y fath euogrwydd yn bod ymhlith y rhelyw? Am fod y Beibl yn dweud? Neu am y bu'n rhaid cael tabŵ felly yn y gorffennol er mwyn diogelu goroesiad cymdeithas neilltuol? Bydd euogrwydd yn atgoffa dyn ei fod yn torri'r rheolau.

Oedd hi'n gliriach ei meddwl nawr? Go brin. Mae'n dod i hyn, meddyliai. Mae'r tabŵ yn erbyn llosgach yn rhan o'r diwylliant 'ry'n ni wedi'i etifeddu, beth bynnag y cymhellion a'r rhesymau gwreiddiol dros ei sefydlu. Rhaid i ni ei dderbyn.

Ond 'doedd hyn ddim yn mynd i fod o help i Heledd. Gallai weld yr olwg ddiamgyffred yn y llygaid mawr hynny

132

pe ceisiai gyfleu'r dadleuon hyn iddi mewn geiriau syml. Rhyw Flodeuwedd oedd y ferch hon—

> . . . Ni all defod frau
> Na moes na barn gaethiwo'r galon a glyw
> Belydrau serch yn taro . . .

Rhoes ochenaid hir, pwysodd y botwm i ddileu'r cyfan, a rhythu am rai eiliadau ar wacter y gwyrddni llachar o'i blaen. Byddai Goronwy adre o'r golff cyn bo hir. Gofyn ei farn e? Dyna fyddai ei hymateb cyntaf, fel arfer. Ystyriai ei gŵr yn un eangfrydig a doeth, ond ni fyddai'n deg arno fe nac ar Heledd. Barnwr oedd e, wedi'r cwbl, dyn y gyfraith, ac ni allai fradychu Heledd iddo.

O ran hynny, 'roedd gofalu peidio â bradychu Heledd yn codi cymhlethdod arall. Ei dyletswydd mae'n siŵr fyddai dweud wrth Miriam ac Eryl, neu o leiaf roi rhyw fath o led-awgrym iddyn nhw. Ond 'roedd y ferch wedi ymddiried ynddi, ac 'allai hi ddim. Yn ystod yr wythnos ddiwethaf 'ma, a Heledd yn ôl ac ymlaen rhwng Bryn Gwenallt a Llys Madog, ni soniwyd am y peth rhyngddyn nhw. Er bod hyn yn rhyddhad iddi ar lawer ystyr, eto 'roedd yna elfen o siom o ganfod fod Heledd ei hun erbyn hyn yn amharod i sôn amdano. Byddai'n dda gallu credu fod ei geiriau hi wedi cael effaith a'i bod hi nawr yn sylweddoli mor ofer oedd dal i feddwl am Rick, ond gwyddai Menna'n amgenach. Synhwyrai fod y ferch wrthi'n brysur yn hel ei dillad at ei gilydd ar gyfer ei gwaith newydd, ac, un tro, fe'i gwelsai yn darllen llyfr ar ofalu am anifeiliaid, llyfr a roddwyd yn frysiog o'r neilltu wrth iddi hi ddod i mewn. Bu arni awydd cymryd y cyfle hwn i aildrafod problemau Heledd, ond fe aeth y cyfle heibio, nid yn unig am nad oedd honno'n rhoi dim anogaeth iddi, ond hefyd am nad oedd hi ei hun yn teimlo'n barod gyda'i dadleuon.

*   *   *

Tra oedd Menna yn ceisio datrys problemau Heledd ar bapur, 'roedd honno wrthi fel lladd nadroedd yn hwfro ac yn tynnu llwch tair wythnos oddi ar y dodrefn. Am unwaith 'roedd hi'n mwynhau gwaith tŷ. 'Roedd gosod pethau yn eu lle yn dod â'r teulu'n nes adre, ac 'roedd iddyn nhw ddod adre yn dod â'i hymadawiad am Gwern Seiri yn nes.

Rhaid iddi gofio taflu allan yr holl bethe yn y rhewgell oedd â thyfiant gwyrdd arnynt. A fory bydde'r dynion sbwriel yn galw, dyna rywbeth arall i'w gofio. Chwiliodd am bapur i wneud rhestr o'r hyn 'roedd yn rhaid iddi ei brynu o'r siop rownd y gornel, gan sylweddoli mor ddieithr iddi oedd gorchwyl o'r fath.

Teimlai'n euog ynghylch Menna. Synhwyrai fod honno wedi bod ar fin siarad am ei gwaith newydd. Ac am Rick. Ond 'roedd hi'n fwriadol wedi osgoi gwneud hynny. 'Roedd arni gymaint o ofn cael ei darbwyllo i roi'r ffidil yn y to. Pe bai hynny'n digwydd, hwyrach y base hi'n ei lladd ei hun. Aeth ias o ddychryn a oedd bron yn bleserus drwyddi wrth feddwl am y peth. Ond nid y hi fydde'r gyntaf i'w lladd ei hun o achos cariad. 'Roedd rhywbeth rhamantus yn y peth, rywsut.

Ond daliai i deimlo'n euog ynghylch Menna, a hithau wedi bod mor ffeind wrthi. Yn sydyn cododd y ffôn a deialu'r rhif, nid am fod ganddi ddim neilltuol i'w ddweud, ond am fod arni eisiau adfer eu perthynas gynt. Ond nid oedd ateb. P'un bynnag, mi fydde hi'n cysgu ym Mryn Gwenallt am y tro olaf heno, a bydde digon o gyfle i ddiolch i Menna a'r Barnwr bryd hynny.

Agorodd un o'r drôrs yn ei llofft a thyllodd i'r gwaelod. Tynnodd allan sgarff sidan 'roedd hi wedi'i phrynu iddi ei hun yn Ffrainc y llynedd, un y gwariodd ei phres poced i gyd arni. Fydde Menna'n licio hon, tybed? Byddai'n aberth iddi ei rhoi iddi, ond pa iws oedd anrheg heb fod aberth iddi? Lapiodd y sgarff yn ofalus mewn papur sidan ac aeth i lawr i stydi ei thad. Cymerodd un o'i gardiau record o'i ddesg a sgrifennodd arno: 'I Menna oddi wrth Heledd, gan ddiolch am bopeth.' Teimlai ryw gymaint yn well wedyn.

Daeth teimlad rhyfedd drosti wrth fyseddu pethe ar ddesg ei thad. Fan hyn y bu'r cychwyn. Pe bai hi heb agor y drôr

134

uchaf honno 'fyddai hi ddim wedi cael gwybod am Nina nac E.J. na Phant Llwynog na Rick. 'Roedd rhywbeth cysegredig iddi nawr yn y ddesg solet. Tynnodd ei llaw yn dyner dros y top lledr gwyrdd.

Bu'r ddesg yn gysegredig mewn ffordd arall. 'Fyddai hyd yn oed Miriam ddim yn cael ei chyffwrdd. Dim ond Eryl oedd yn cael ei thacluso ac ambell waith rwbio ychydig o gŵyr arni. Bu prowla o'i chwmpas yn antur gyffrous iddi y tro o'r blaen, a heddiw.

Agorodd ddrôr ar y chwith. Dim ond pentwr o lyfrynnau bach nodiadau oedd yn honno. Cododd un, nid o'r top ond o'r gwaelod am fod darn bach o bapur i'w weld yn rhydd yn hwnnw. Tynnodd ef allan a gweld mai'r cwbl oedd arno mewn llawysgrifen fawr, anniben, oedd: 'Anrheg pen blwydd. Caprice. Am 7. Reit? L.'

Neges od. Yn perthyn i un o'r clients, siŵr o fod. Tystiolaeth dros ysgariad, efallai. Gwenodd a rhoddodd y papur yn ôl yn y llyfr bach a chau'r drôr.

Daeth Menna i'w nôl hi'n gynt nag arfer, am chwech yn lle am wyth. 'Roedd ganddi swper arbennig iddi, meddai hi, am mai dyma oedd ei noson olaf.

'Gwisgwch eich ffrog berta. Bydd un neu ddau o'n ffrindie yno hefyd.'

'Doedd Heledd ddim yn awyddus i gyfarfod pobl eraill, ond byddai dweud hynny'n anghwrtais. 'Roedd hi wedi meddwl beth i'w ddweud wrth Menna ynglŷn â Rick, ond ni fyddai cyfle rŵan, oni bai fod y bobl ddiarth yn mynd yn o handi.

Ond pan arweiniwyd hi i mewn i'r ystafell fawr ar flaen y tŷ, a hynny gan y Barnwr gyda pheth rhwysg, gwyddai fod hynny allan o'r cwestiwn. Cododd y ddau fachgen a oedd yno o'i blaen a chyflwynwyd nhw i'w gilydd. Tudur a Gareth oedd eu henwau, myfyrwyr y gyfraith, ac 'roedd ganddynt ddiddordeb ar unwaith yn y ferch ddeniadol hon, 'roedd hynny'n amlwg. Siaradent am y gorau, yn gyflym ac yn ffraeth, a chodi ofn dychrynllyd ar Heledd. Ni wyddai beth i'w ddweud na sut i ymateb i'w digrifwch clyfar.

135

Gwelodd Menna yn fuan iddi wneud camgymeriad. Gan dybio y byddai cwmni pobl ifainc eraill yn gwneud Caerdydd yn fwy deniadol i Heledd, 'roedd hi wedi gofyn i Goronwy roi gwahoddiad i Gareth, a oedd yn fab i un o'i gydweithwyr ef yn y gyfraith. A, rhag ofn i'w chynllwyn ymddangos yn rhy fwriadus, gofynnwyd iddo ddod â ffrind. Ond 'roedd y ddau yma'n rhy debyg i Dewi. Sylwai ar Heledd yn suddo fwy-fwy i'w chragen, ac, yn y diwedd, â'r ymgom i gyd yn troi o gwmpas pwyntiau dyrys yn y gyfraith, 'roedd y dynion wedi rhoi'r gorau i geisio ei dwyn i mewn i'r sgwrs.

Wrth wrando ar y siarad yn ôl ac ymlaen, fel pêl dennis, meddyliai Heledd yn hiraethus am bwyll Rick a'i gyfnodau o dawelwch. 'Roedd y cwmni heno yn cadarnhau ei sicrwydd nad yma 'roedd hi'n perthyn, nid i'r canhwyllau tal yn eu cwpanau arian, nac i'r gwinoedd dethol na'r llieiniau o las drudfawr, ddim ychwaith i'r ddau lanc gyferbyn â hi, na hyd yn oed i Menna na'r Barnwr. Hi—'roedd hi'n perthyn i unigeddau'r mynyddoedd uwchben y Bala ymhell o sŵn y bobl honedig wâr.

Y noson honno, a hithau wedi mynd i'w gwely, curodd Menna ar ddrws ei llofft. Galwodd Heledd arni, braidd yn anfodlon, i ddod i mewn, ac yna ar unwaith teimlai'r hen euogrwydd am iddi fod yn anghwrtais yn ei meddwl.

'Mae'n ddrwg 'da fi, Heledd,' meddai'r llall yn araf, ''doeddet ti ddim yn hapus iawn heno, nag oeddet ti?'

Dyma'r tro cynta i Menna alw 'ti' arni, sylwodd Heledd. Gwenodd yn anghysurus. 'Fi sy'n dwp, Menna. 'Roedd siarad y ddau yna uwch 'y mhen i'n lân.'

'Nonsens!' Eisteddodd Menna ar y gwely. Symudodd Heledd ei choesau yn annifyr, gan obeithio na fyddai hyn yn para'n rhy hir.

''Oeddet ti ddim yn sylweddoli taw dangos eu hunen 'roedden nhw, am 'u bod nhw am wneud argraff arnat ti. 'Dy'n nhw ddim mor hunanhyderus â hynny.'

Rhythodd Heledd arni â'i llygaid mawr, yna ysgydwodd ei phen. 'Na. 'Roedden nhw'n meddwl 'mod i'n stiwpid.'

Daria nhw, meddai Menna wrthi'i hun. ''Wnawn ni ddim

siarad amdanyn nhw felly. Amdanat ti 'rown i'n moyn siarad. Na,' yn frysiog, wrth weld yr olwg wyliadwrus yn cau am wyneb y ferch, 'Na, symo fi'n mynd i bregethu. Ti pia dy ddewis. Ond 'wy i am i ti wybod hyn. Os wyt ti'n dy gael dy hun mewn trafferth o unrhyw siort, 'rydw inne yma'n barod i wrando.' Edrychai braidd yn swil. ''Wy i wedi dod yn hoff iawn ohonot ti, ferch.'

'Menna . . .'

Gorlifai euogrwydd dros Heledd. Pwysodd ymlaen gan ddal ei dwyfraich allan, a chydiodd Menna yn ei dwylo a'u gwasgu'n dynn.

''Wnewch chi . . . 'wnewch chi ddim deud wrth Miriam, na wnewch chi?'

Ysgydwodd Menna ei phen heb ateb mewn geiriau. Yna meddai'n ddifrifol. 'Ond mae'n rhaid i ti addo un peth i mi.'

'Beth?'

'Os bydd Rick yn dangos y mymryn lleia ei fod o'n anhapus neu'n anfodlon â'r sefyllfa, y gwnei di barchu hynny a'i dderbyn. A dod 'nôl yma.'

Cochodd Heledd. 'Ond mae o'n 'y ngharu i. 'Naiff hynny ddim digwydd.'

Daeth cwmwl bach dros wyneb Menna, ac ymsythodd. 'Doedd dim rhagor i'w ddweud yn wyneb ystyfnigrwydd merch ifanc.

''Na ti, 'te. Fe af i nawr iti gael cysgu. Nos da.'

Wrth y drws meddai: 'Diolch eto am y sgarff. 'Rwy'n meddwl y byd ohoni.'

*   *   *

Daeth y tacsi i aros y tu allan i'r llidiart lydan, ac arllwys allan dri theithiwr heulfrown a blinedig. Rhedodd Heledd allan atyn nhw, yn synnu mor falch yr oedd hi o'u gweld.

'Sut bu pethe arnat ti?' gofynnodd Miriam ar ôl rhoi cusan iddi.

'Iawn. Mi fuo Menna'n ffeind iawn.'

'O . . . ''Menna'', ie? Hm!'

137

'Dadi, 'rwyt ti'n edrych yn smashing!'

'Mi fydda' i, ella, wedi cael cario'r holl fagia 'ma i mewn. Sut mae, cyw?'

'Gest ti amser da, Dewi?'

'Mm. Do.'

''Sat ti ddim ond wedi'i glywed o'n parablu yn Eidaleg. 'Roedd pawb wedi rhyfeddu.'

Trodd Heledd yn gyflym o'r neilltu. 'Dadi, mae 'na lond sach o lythyre wedi dod. 'Dwi wedi'u rhoi nhw'n deidi ar eich desg.'

'Diolch, cariad. Diar, mae pobman yn daclus gen ti.'

Am yr awr neu ddwy nesa bu dadbacio, bwyta a siarad am yr Eidal. Bu raid i Heledd aros yn amyneddgar yn gwylio'i chyfle am saib briodol yn y cenllif o eiriau. O'r diwedd mentrodd fwrw i mewn.

'Mae Nain yn edrych ymlaen at gael yr hanes.'

Trodd Miriam ei phen yn siarp. 'Nain? Mi ddaru ti'i ffonio hi felly?'

'Naddo. Fues i'n edrych amdani.'

'Beth?'

'Cael llond bol ar yr Austins, ie?' Dewi, wrth gwrs.

'Na, 'roeddan nhw'n groesawus iawn. Ond 'roedd Menna'n gorfod mynd i fyny i'r Gogledd ar neges, ac mi ges i fynd efo hi i'r Bala.'

Lledodd gwên foddhaus dros wyneb Miriam. 'Wel, ardderchog, yntê? Sut ddoist ti mlaen efo Nain y tro 'ma?'

''Roeddan ni'n hapus iawn efo'n gilydd.'

Edrychai Miriam yn syfrdan. 'Wel, sôn am y saith rhyfedd . . .'

Torrodd Heledd ar ei thraws. 'Mater o ffaith, 'dw i wedi cael gwaith i fyny yno. Dros dro, wrth gwrs.'

'Gwaith? Pa fath o waith?'

'Helpu gofalu am gŵn ac ati. Mi ddois i'n ffrindie efo'r bobl bia'r lle.'

'Ond cariad bach. . .' ebe Eryl, 'faint wyddost ti am ofalu am anifeiliaid? 'Dwyt ti rioed hyd yn oed wedi cael anifail anwes.' Oedd yna gerydd i Miriam yn hyn?

'Fues i'n gweithio efo nhw am dridie, ac 'oeddan nhw'n blês iawn efo fi. Mae Sylvia . . . Mrs. King, yn mynd i gael babi, ac maen nhw am i mi fod yno nes bydd y babi wedi'i eni.'

'Ond beth am yr ysgol?'

'O, Dadi, 'dwi wedi deud a deud. 'Dydw i ddim am fynd 'n ôl yna.'

'Ydi Nain yn nabod y bobl 'ma?'

'Nagdi. Ond mae hi wedi deud y ca' i aros efo hi.'

'Ydi hi, wir?' 'Roedd syndod Miriam yn dyfnhau. Trodd at ei gŵr. 'Be ti'n feddwl, Eryl? Os mai dim ond dros-dro ydi o, mi fydd yn brofiad iddi, yn bydd?'

Ond 'doedd Eryl ddim mor fodlon colli ei ferch mor annisgwyl. 'Well i mi fynd i fyny yno i weld sut le sy 'na.'

'O, na, Dadi, na!' 'Roedd ofn yn gwneud llais Heledd yn anarferol o ffyrnig. 'Mi fyddan nhw'n meddwl 'mod i'n hen fabi. 'Fyddan nhw ddim yn licio hynny o gwbl. Ddeudes i— dim ond dros-dro ydi o.'

'Mae hi'n iawn, Eryl,' ebe Miriam. ''Dydw i ddim yn gweld Mam yn cytuno os nad oedd pethe'n iawn. Mi fydde hi'n siŵr o fod wedi cael clywed os oedd 'na rywbeth amheus ynglŷn â'r rhain. Pryd maen nhw'n dy ddisgwyl di?'

'Dydd Mawrth. Teithio i fyny dydd Llun.'

'Dydd Llun! 'Dydi hynny ddim yn rhoi llawer o amser, yn nag 'di?'

'Ond mae popeth yn barod gen i. Maen nhw wirioneddol f'isio i, Mam.'

Rhyddhad a rhyw edmygedd newydd oedd bennaf ymhlith teimladau cymysg Miriam. Byddai'n dda i'r ferch gael profiad o fyd gwaith a chyflog, a hynny o dan lygad barcud ei mam. Chware teg iddi am weithio rhywbeth allan drosti ei hun, yn annibynnol. Ac yn dawel bach byddai ei chael hi allan o'r ffordd am dipyn yn rhoi cyfle i Eryl a hi drafod ei dyfodol yn fanylach. Byddai'n rhaid iddi ei pharatoi ei hun ar gyfer rhyw fath o yrfa. Gwenodd yn gynnes ar y ferch.

'O'r gore, 'te. Fe awn ni'n dwy ati fory i weld ydi popeth gen ti. Wrth gwrs bydd rhaid i un ai Dadi neu fi fynd â chdi i fyny acw. Mae'r bysie'n anobeithiol. Well i mi fynd, 'dwi'n meddwl. Mae'n bryd i mi roi tro am Mam.'

Agorodd Heledd ei cheg i brotestio, ond newidiodd ei meddwl. Mi fydde hynny'n arbed amser, ac efo tipyn o lwc, dim ond am bobl Crud y Gwynt y byddai'r siarad, nid am Bant Llwynog.

14

Teimlai ei bod hi wedi bod i ffwrdd am wythnosau. Edrychai pob man yr un fath, ac eto 'roedd ambell wawr felen fel heulwen ar ddail y coed, a ffresni iach, miniog y bore yn rhoi gwedd newydd ar bob man, yn cyhoeddi bod yr haf yn dirwyn i ben. 'Roedd yna ryw felancoli yn yr awyr, ond hwyrach mai ynddi hi 'roedd hwnnw.

Ar ôl i Miriam benderfynu aros ddiwrnod yn rhagor, bu raid iddi fodloni gadael ei mam a'i nain gyda'i gilydd i'w thrafod ac i bendroni ynghylch ei dyfodol. Hyd yn hyn 'roedd popeth wedi mynd yn iawn, a dim cwestiynau anodd eu hateb, ond ni fyddai'n teimlo'n rhydd nes byddai Miriam wedi troi'n ôl am Gaerdydd yfory.

Wrth ffonio Alan i ddweud ei bod hi wedi cyrraedd, 'roedd hi wedi gwrthod ei gynnig i ddod i'w nôl. Y peth uchaf yn ei meddwl oedd cael esgus i alw gydag Ifan. Rhaid bod yna neges oddi wrth Rick. 'Doedd o ddim wedi sgwennu nac wedi ffonio, ond, o leia, byddai Ifan yn gwybod ei hanes.

Ond siom oedd yn ei haros wrth iddi holi'n gynnil ar ôl llogi'r beic mynydd. Na. 'Doedd o ddim wedi gweld Rick ers wythnos. Cyn iddi fynd i ffwrdd, mewn gwirionedd.

'Ond . . . ond beth am yn llythyr i?'

'Wel, ie, y llythyr. 'Ddoth hwnnw ddim tan ddydd Sadwrn, wy'st ti. 'Dwn i ddim pryd ddaru ti bostio.'

'Oeddet ti wedi medru deud wrtho fo?'

'Mi ffoniais i o, do. Mi ddeudodd y bydde fo'n galw heibio pan gâi o gyfle.'

140

'Roedd hi wedi cochi at ei chlustiau, o siom a chywilydd. 'Doedd o ddim am ei gweld hi, felly.

'Hwyrach y daw o heddiw. Wrth fynd i'r mart yn Nolgelle.'

'Roedd y cydymdeimlad yn llais Ifan wedi gwneud pethau'n waeth.

'O, wel . . .' ceisiai swnio'n ddidaro, 'dywed wrtho 'mod i ar yn ffordd i Grud y Gwynt. Os cei di gyfle. Hwyrach y gwnaiff o alw yno.'

Ceisiai ei gorau reoli ei siom yn awr wrth yrru'r beic i fyny'r allt tua Chrud y Gwynt. Ond clywai boen yng ngwaelod ei gwddw, fel petai hi wedi llyncu afal o chwith. Yr hen E.J. 'na wedi bod yn ei ben o eto! Methai ddeall y dylanwad oedd gan yr hen ŵr sych-dduwiol ar rywun llawn hoen fel Rick.

Ond 'roedd hi wedi hen arfer cuddio'i theimladau, ac, erbyn iddi agor llidiart Crud y Gwynt a gweiddi 'helô' drwy'r drws agored, 'roedd hi wedi'i meddiannu'i hun—ar yr wyneb o leia.

Daeth Sylvia i'r golwg o gefn y tŷ, a'i chyfarchiad yn gynnes ac yn ddiolchgar.

'O, mae'n dda dy weld ti. 'Rown i ar bigau drain (newydd ddysgu'r ymadrodd 'roedd hi, ac yn rhoi pwyslais balch arno) rhag ofn i ti gael dy rwystro gan dy rieni. Gawn ni drafod oriau i ddechre? 'Fydden ni ddim yn disgwyl i ti fod yma o fore gwyn tan nos.'

'Roedd eu diwrnod gwaith, meddai, yn ymestyn o saith y bore tan hanner awr wedi naw y nos. Oedd hi'n gallu bod yno erbyn, dyweder, hanner awr wedi saith i wyth ar gyfer y shifft gynta, i fynd â'r cŵn am dro? Ar ôl dod yn ôl, byddai gofyn carthu cutiau cŵn a nifer o jobsys eraill, gan gynnwys glanhau'r cathod. Byddai hi'n rhydd wedyn yn y pnawn, achos bydde'r cŵn yn mynd i gysgu.

'Fel 'rwyt ti wedi sylwi, mae eu chwyrnu nhw i'w clywed dros bob man.'

Byddai'r shifft min nos yn dechrau am bump ac yn gorffen am hanner awr wedi naw, ond fydde dim disgwyl iddi aros mor hwyr â hynny, yn enwedig ar ôl i'r clocie gael eu troi'n ôl.

'Be wnawn ni,' meddai Sylvia, 'ydi rhoi shifft y bore i ti bob yn ail â shifft y nos. 'Dan ni ddim isio i'r gwaith fynd yn drech na ti. Fydd hyn yn dy siwtio?'

'Allai hi ddim bod wedi dymuno gwell. 'Doedd dim rhaid i Nain wybod beth yn union oedd ei horiau, a byddai ganddi dalpiau hir o amser sbâr yn y pnawniau.

'Mae'n swnio'n ardderchog, Sylvia.' Edrychodd ar ei wats. 'Ydw i'n rhy hwyr i gerdded y cŵn y bore 'ma? Neu 'dach chi am i mi garthu'r cytiau?'

Erbyn dau o'r gloch 'roedd hi wedi blino'n lân, ac yn barod i gychwyn am adre. Cynigiodd Alan roi'r beic yn nhu ôl ei gar a mynd â hi i lawr. Gwrthododd hyn yn frysiog. Byddai'n braf ffriwîlio i lawr, meddai.

'Roedd hyn yn mynd i fod yn broblem. Sut oedd hi'n mynd i gyfarfod Rick os oedd Alan am ei chyrchu hi'n ôl ac ymlaen fel 'roedd o wedi cynnig?

'Sylvia,' ebe hi cyn gadael Crud y Gwynt, ''dydw i ddim am boeni Alan i ddod i fy nôl i a mynd â fi i lawr bob dydd. 'Dwi wrth 'y modd yn seiclo, wir i chi. A bydd Ifan yn gadael i mi gael y beic yn rhad ofnadwy.'

'Wel,' meddai honno ar ôl saib ystyriol, 'mae'n debyg y bydd o'n falch o beidio â chael ei glymu i lawr. O leia, nes bydd y tywydd yn newid.'

Oedd o wedi dod yn ôl o'r mart eto? Cafodd ei rhwygo rhwng awydd i loetran ar y ffordd i lawr rhag ofn iddo ddod i'w chyfarfod a'r ysfa i fynd â'r beic yn ôl at Ifan i weld oedd yna neges wedi cyrraedd.

Siom o'r ddwy ochr. Dim golwg amdano ar y ffordd, a dim neges yng ngweithdy Ifan.

'Un fel'na ydi Rick, 'sti,' ebe Ifan yn ymddiheurol. 'Os ydi 'i feddwl o ar gael pris da am ei ddefaid neu rywbeth arall i'w wneud â'r ffarm, lwcowt i bopeth arall. Ffarmwr ydi o o'r dechre i'r diwedd, ti'n gweld. Wedi'i eni felly.'

Nag ydi o ddim. 'Dwyt ti'n gwybod dim byd amdano fo. Saer oedd ei dad o, a 'nhad inne, nid ffarmwr. 'Roedd arni awydd gweld wyneb Ifan petai hi'n lluchio hyn i'w wyneb. Ond y cwbl a ddywedodd oedd: 'Wel, ie, mae'n debyg.'

Wrth fynd, trodd yn ôl yn y drws.

'Ifan, 'sgen ti ddim—' Yna stopiodd. Yr hyn 'roedd hi ar fin ei ofyn oedd a oedd ganddo feic mynydd i'w werthu'n rhad. Roedd ganddi fwy o arian i'w wario y tro hwn. Ond sylweddolodd mewn pryd na fyddai ganddi esgus wedyn i alw yng ngweithdy Ifan a chadw ei hunig gysylltiad â Rick.

'Be?'

'Dim byd.'

'Yli, mi ro' i ganiad iddo fo heno. Reit?'

'Diolch. Ddo' i i nôl y beic fory.'

*   *   *

Wrth yrru'r landrofer yn ôl drwy'r Bala 'roedd Rick wedi arafu wrth y ffordd gul yn arwain i weithdy Ifan. Yna, gan afael yn dynn yn yr olwyn nes bod cymalau ei fysedd i'w gweld yn wyn, pwysodd ei droed ar y sbardun ac ymlaen ag ef. Ceisiai gau o'i feddwl lun o ferch wallt felen a siâp ei llygaid mor debyg i'r llygaid a edrychai'n ôl arno ef o'r drych yn ei lofft. Hoeliodd ei feddwl ar addewid E.J. iddo ddydd Gwener diwetha wedi iddo ddod i lawr o'r mynydd ar ôl codi bylchau.

'Ar ôl i ni orffen cynaeafu mi a' i i lawr i'r dre i weld Howells y twrne. Mae'n bryd i mi roi sêl y gyfraith ar 'y mwriade i efo'r hen le 'ma.'

'Doedd dim rhaid iddo ddweud rhagor. Fe wyddai Rick o'r gore beth oedd ystyr y geiriau. Ond fe wyddai hefyd y gallai unrhyw beth droi'r drol iddo. Yn enwedig un peth. A hynny a lenwai feddwl ei fam hefyd, ddydd a nos. 'Roedd hi wedi'i gynnwys o i ailddechre mynd i gyfarfodydd Clwb y Ffermwyr Ifainc.

'Ella y gweli di ryw lances fach deidi fan'na. Merch ffarm go gefnog. Mi fydde E.J. wrth ei fodd.'

Ond 'roedd hi wedi dod yn ôl, on'd oedd? Yn gweithio rhyw filltir oddi wrtho. Sut galle fo feddwl am eneth arall a

Heledd yn ymyl? Clywai ei chwerthin, yn dechrau fel ffrwd fach o'r mynydd ac yn troi'n bistyll o hwyl. Gallai deimlo meinder tyner ei chanol o dan ei ddwylo cryfion a chwydd ei chlun islaw . . .

Paid, y gwirion . . . Dy chwaer 'di hi. Chwaer, chwaer, chwaer . . .

Ond 'dydan ni'n gwneud dim drwg i neb . . .

Dim ond anufuddhau i gyfraith Duw.

Ond beth petai Duw ddim yn bod . . .?

Mae'r peth yn erbyn cyfraith gwlad. Ydi hwnna ddim yn ddigon?

Dydi cyfraith gwlad ddim yn anffaeledig . . .

Nac ydi. Ond y mae cyfraith Duw yn anffaeledig.

Ac yn awr mae llais E.J. yn codi'n uchel fel un o'r hen broffwydi, yn boddi ei lais ef.

Mae derbyn Crist yn Waredwr yn golygu derbyn ei safonau moesol. 'Chawn ni ddim dewis y pethe sy'n ein siwtio ni i gredu ynddyn nhw, ac ymwrthod â'r gweddill. Pwy wyt ti, y llipryn, i farnu be sy'n iawn, a be sy ddim yn iawn?

Ysgyrnygodd y landrofer i fyny'r ffordd, gan gyflymu heibio i Grud y Gwynt. Byddai'r hen ddyn yn blês â'r siec yn ei law heddiw. Edrychai ymlaen at weld yr wyneb garw yn cracio mewn gwên foddhaus. Rhaid iddo gofio edrych yn y papur i weld pryd 'roedd y Clwb yn ailddechrau.

*   *   *

'Oes rhywbeth yn bod, Heledd?'

Craffai Sylvia'n bryderus ar wyneb llwyd y ferch. 'Roedd hi wedi colli pwysau yn ystod y bythefnos ddiwethaf yma y bu hi'n ôl.

'Ydan ni'n pwyso gormod arnat ti?'

'Na. 'Dwi'n iawn. Siort ore. Wrth 'y modd. Mi a' i â'r blancedi 'ma'n ôl i fasgedi'r cŵn rŵan, reit?'

'Doedd arni ddim isio siarad am y gwacter yn cnoi ei hymysgaroedd. Pymtheng niwrnod wedi mynd heibio a dim

144

smic ohono fo, dim, er iddi dreulio pnawniau cyfan yn crwydro ar hyd y lôn, yn esgus hel mwyar duon ac yn crensio'i dannedd ar gnau cyll. 'Roedd golwg ddryslyd ar Ifan bob tro yr holai ef.

'Mi fydda' i'n rhoi dy neges iddo fo, wir yr, ac mi fydd o'n deud bob tro y bydd o'n *siŵr* o alw.'

Pam 'roedd o'n dal i ddweud hyn yn lle dweud yn blaen nad oedd o ddim am wneud dim â'r hogan, oedd yn ddirgelwch i Ifan. Hwyrach ei fod o'n gyndyn o'i gadael hi i fynd, hefyd. Ond 'roedd Ifan yn dechrau cael digon ar fod yn ddyn canol.

'Hei, pam nad ei di dy hun i Bant Llwynog fel o'r blaen? Mi gei di wybod rhywbeth mwy pendant wedyn.'

O, na bai hynny'n bosibl. Chwaraeodd â'r syniad, a'i wrthod ar unwaith. Os oedd rhywbeth yn debyg o roi ergyd farwol i'w gobaith, hwnnw fyddai. Y gwaethaf oedd na wyddai hi ddim byd amdano fo rŵan. 'Allai hi ddim dychmygu beth yn union 'roedd o'n ei wneud o un awr i'r llall, fel o'r blaen. Yn union fel pe bai o wedi mynd i wlad ddieithr.

Ac yn awr 'roedd hyd yn oed Nain wedi sylwi nad oedd hi ddim yn bwyta, a bod ei llygaid mawr wedi colli eu dyfnder a'u sglein.

'Ydyn nhw beidio â bod yn d'orweithio di fyny yno, dywed? Cofia, 'rwyt ti'n dal ar dy brifiant. Well i mi gael gair efo nhw, dywed?'

'O, na, Nain, peidiwch! 'Dwi'n iawn, *wir*. Cael mwy o ymarfer corff nag own i'n arfer ei gael, dyna'r cwbl.'

'Roedd y tywydd yn dal yn fwyn iawn, ac ambell waith yn y pnawniau ar ôl shifft y bore, âi â chadair allan i'r berllan wrth ochr y tŷ. 'Roedd hi wedi darganfod man lle câi olwg glir ar y ffordd fawr, heb dynnu sylw neb oedd yn pasio heibio. Crogai'r afalau'n drwchus ar y coed, ac wrth ei thraed gorweddai cannoedd o beli bach o afalau wedi cwympo'n rhy fuan, a'r aroglau'n llenwi'r awyr lonydd. 'Roedd rhyw gymaint o heddwch i'w gael o'i phoen yn y man tawel hwn.

Un prynhawn, a hithau'n pendwmpian yng nghysgod y goeden fwyaf yn y berllan, clywodd glecian bach, fel sŵn anifail yn sathru ar frigyn o goed. Oedd un o'r cŵn wedi dianc i mewn i'r berllan? Cododd ei phen, ond yn rhy gysglyd i symud mwy, bodlonodd ar graffu i gyfeiriad y sŵn. Na, nid ci oedd yno, ond gwelai law fach yn cael ei gwthio drwy'r gwrych tenau rhwng y berllan a'r ffordd fawr. Arhosodd yn llonydd fel delw, bron yn methu anadlu. Yna gwelai fraich yn dilyn y llaw, ac yna gorff bach yn ymwasgu drwy'r gwrych lle'r oedd y brigau ar eu teneuaf.

Debora!

Daeth awydd drosti i godi ar unwaith a mynd i gofleidio ei hanner chwaer, yr unig ddolen rhyngddi hi a Phant Llwynog, ond dywedodd rhyw reddf wrthi am aros yn llonydd a gwylio.

Gwyddai Debora'n union beth i'w wneud. Amlwg iddi fod yma o'r blaen. Gwisgai ffedog heddiw, ffedog fras ac iddi boced fawr, yn hongian o'i chanol. Gan daflu llygad ar y tŷ bob rhyw hyn a hyn, aeth ati i hel afalau o'r brigau isaf a oedd o fewn ei chyrraedd, a'u stwffio nhw i'r boced nes bod chwydd doniol o od o'i blaen fel gwraig fach feichiog.

Gadawodd Heledd iddi fod nes ei bod hi ar fin troi am y gwrych unwaith eto, yna galwodd allan yn dawel.

'Wyt ti'n mynd i fwyta rheina i gyd?'

Fferrodd y fechan yn y fan a'i llygaid yn pefrio o'i phen.

'Tyrd yma!'

Ond mynd wysg ei chefn wnaeth Debora, ei llygaid yn dal yn ddi-syfl arni.

Cododd Heledd. Trodd y llall mewn dychryn, troi'n rhy sydyn, baglu mewn carreg a disgyn ar ei hyd. Rhowliodd un neu ddau o'r afalau allan o'i phoced, a chydiodd yn dynn yn ei ffedog i arbed y gweddill, yn union, meddyliai Heledd, fel pe bai hi'n gwarchod cathod bach rhag creulondeb hogiau drwg.

'Mae'n oreit! 'Does dim rhaid i ti edrych mor ofnus. Wyt ti wedi brifo?'

Ysgydwodd Debora ei phen yn ffyrnig. Cydiodd Heledd yn ei llaw a'i chodi ar ei thraed.

''Dwi'n falch o dy weld ti, Debora. Tyrd i eistedd fa'ma wrth f'ochr i, i ni gael siarad.'

'Roedd ei llais hi mor feddal fel y diflannodd yr ofn o lygaid y fechan, a daeth gwên araf i'w gwefusau.

'Tracey ...'

'Na, Debora, rhaid i ti beidio 'ngalw i'n Tracey. Heledd ydi'n enw i. Heledd. Wyt ti'n deall?'

'Heledd ...'

''Na hogan dda. Rhywun arall oedd y Tracey honno. Tyrd rŵan. Stedda lawr yn gyfforddus fa'ma.'

Camodd Debora ar goesau braidd yn simsan ar ôl Heledd. Pwyntiodd honno at foncyff hen goeden afalau wedi'i thorri i lawr. Erbyn hyn 'roedd Debora i'w gweld wedi ymlacio.

'Ti'n byw fa'ma?'

'Roedd clywed y llais dwfn hwnnw bob amser yn dipyn o sioc, ond o leiaf 'roedd hi'n swnio'n gyfeillgar rŵan.

'Na. Gweithio yma 'rydw i.'

''Fo cŵn?' 'Roedd y llygaid wedi goleuo'n eiddgar.

'Ie. 'Rwyt ti'n hoff o gŵn, 'dwyt, Debora?'

'A chathod. A moch bach.'

Ie, efo clustie mawr, meddyliodd Heledd. 'Sut maen nhw yn Pant Llwynog?'

Dim ateb gan Debora. 'Roedd hi wedi cymryd tamaid mawr o un afal. Treiodd Heledd eto.

'Ydi dy fam yn iawn?'

'Mmm ...'

'A dy dad?'

'Gafodd yr hwrdd gerdyn coch yn Sioe Sir.'

'Do, wir?' 'Doedd ganddi ddim syniad beth oedd arwyddocâd hynny. ''Roedd dy dad wrth ei fodd, mae'n siŵr.'

'Oedd.'

'Oedd ... oedd Rick wrth ei fodd hefyd?'

Syllai Debora arni fel pe bai hi wedi dweud rhywbeth hurt. Wrth gwrs ei fod o.

'Lle mae Rick heddiw?'

Cymerodd Debora gegaid arall, a'i gnoi'n swnllyd ac yn araf. Teimlai Heledd fel sgrechian wrth aros am yr ateb. O'r diwedd fe ddaeth.

'Carthu beudy.'

'O.' Beth i'w ofyn nesa?

'Ydi o'n dal i redeg ei gar bach?'

'Mynd i gael un newydd.'

'O?' 'Doedd hi ddim am glywed hyn. Iddyn nhw 'roedd yr hen siandri'n perthyn. Rhywsut 'roedd cael gwared ohono fel cnul arall yn eu perthynas.

'Cael car newydd gan Tada i fynd i gwarfodydd Ffermwyr Ifinc.'

'Chlywsai hi mono fo'n sôn am y Ffermwyr Ifainc. Oedd hyn yn rhywbeth newydd? Neidiodd ei chalon. Allai hithe ymuno â'r Ffermwyr Ifainc?

'Pryd fyddan nhw'n cwarfod, Debora?'

''M gwbod.'

'Ymhle, 'ta?'

''M gwbod.'

'Roedd arni isio ysgwyd yr eneth fach. Synhwyrai honno ryw ddicter newydd ar wyneb Heledd. Cododd yn sydyn.

'Amser te.'

'Aros funud.'

'Roedd gan Heledd bisyn hanner can ceiniog ym mhoced ei throwsus. Tynnodd hwnnw allan a'i ddal i fyny o flaen y fechan.

'Weli di hwn? Mae 'na bum deg ceiniog fa'ma. Rŵan, 'dw i'n mynd i nôl rhywbeth o'r tŷ. Aros di fa'ma am funud bach. Pan ddo' i'n ôl, mi gei di hwn, os gwnei di rywbeth drosta i.'

Hoeliwyd llygaid bach pinc ar yr arian, a'i ddilyn tra rhoddai Heledd ef yn ôl yn ei phoced a throi am y tŷ. Teimlai'n ffyddiog y byddai ei hanner chwaer yn dal yno nes iddi ddod yn ôl.

Ni chymerodd lawer o amser, ac yn fuan 'roedd hi'n ôl yn gwlychu rhimyn amlen a'i gau. Safai Debora'n union yn yr

148

un fan. Cydiodd Heledd yn ei llaw, a chan edrych i fyw ei llygaid siaradodd yn araf ac yn bwyllog.

'Rŵan 'te, Debora, mae gynnon ni'n dwy gyfrinach. Wyt ti'n deall? Neb arall yn gwybod. 'Rydw i am iti addo, Cris Croes Tân Poeth, y gwnei di roi'r llythyr 'ma i Rick, ac nid i neb arall. Gaddo?'

Estynnodd Debora law fach farus am yr arian, ond 'roedd Heledd yn ei ddal yn rhy uchel.

'Dwed rŵan. 'Dwi'n gaddo . . .'

''Dwi'n gaddo.'

'A dim gair wrth neb arall, cofia. Dim ond Rick.'

'Rick.'

'Gwranda rŵan. Os clywa i dy fod ti wedi deud, mi ddo' i ar f'union i Bant Llwynog i ddeud wrth dy dad dy fod ti wedi bod yn dwyn fale. Ti'n dallt?'

''Dw.'

'Reit. Dyma ti. Amlen i Rick a hanner can ceiniog i ti. Hwyrach bydd 'na ragor yn nes ymlaen.'

Cydiodd y fechan yn yr arian a'i roi gyda'r amlen yn ofalus ymhlith yr afalau ym mhoced ei ffedog. Yna gwyliodd Heledd hi'n ymwthio allan drwy'r gwrych, gan ofyn iddi hi ei hun oedd hi wedi gwneud rhywbeth hollol orffwyll?

15

'Roedd Nina wedi synnu, a dweud y lleiaf, at gynnig E.J. i brynu car i Rick. A dweud y gwir, 'roedd hi wedi'i syfrdanu. Drwy'r holl flynyddoedd y bu hi'n cyd-fyw ag o, ni chofiai iddo ollwng arian o'i law heb iddo gael ei orfodi. I gael pres i brynu ffrog newydd bu raid iddi yn gyntaf ddangos iddo y tyllau yn yr hen un, ac, ar ôl diwrnod o siopa yn y dre, disgwyliai iddi roi cownt o brisiau bron pob dim. A dyma fo rŵan yn cynnig, yn *cynnig* prynu car i Rick!

'Roedd hi'n falch. Wrth gwrs ei bod hi'n falch. Hen bryd i waith y bachgen gael ei gydnabod. Ac eto, teimlai beth chwerwder. Dyna lle'r oedd hi wedi mynd drwy'r drain a'r mieri ers deng mlynedd i geisio plesio hen ddyn sgemllyd, a faint o ddiolch oedd *hi*'n ei gael? Dim iot. Dim ond geirie surbwch, ac, weithie, pan fyddai o wedi colli arno'i hun yn lân, sgyrnygai arni fel ci, ac, unwaith fythgofiadwy, godi'i law ati.

Edrychai ymlaen at fynd i lawr i'r dre ambell waith hefo Rick ar ôl iddo gael ei gar newydd. Hen bryd iddi fynd allan i blith pobl eraill. 'Roedd y syniad yn un newydd iddi. Ar hyd y blynyddoedd tueddai i osgoi mynd i'r dre, lle teimlai'n ymwybodol o gil-edrychiadau beirniadol a sgornllyd. Yn lle hynny, arhosai yn y mynyddoedd yn coleddu ei dicter a'i chwerwder. Ond 'roedd rhywbeth wedi digwydd iddi'n ddiweddar, rhyw aflonyddwch, rhyw deimlad fod y byd yn mynd yn ei flaen hebddi, ac os na fyddai hi'n rhedeg ar ei ôl, mai marw fyddai.

Yr hogan 'na oedd yn gyfrifol am hyn. Ei merch. Bu dod wyneb yn wyneb â phrydferthwch ieuenctid Heledd fel cael ei throchi mewn dŵr oer. Ugain mlynedd yn ôl 'roedd hithau mor hardd â honno. Beth oedd hi wedi'i wneud â'i bywyd? Mynd ymlaen ac ymlaen yn yr un hen rigolau, a'r rhychau ar ei hwyneb a'i gwddf yn dyfnhau beunydd, yn rhy ddiymadferth i feddwl gwneud bywyd iddi hi'i hun. Ganwaith dyheai am fagu digon o benderfyniad i adael yr hen ddyn. Ond i ble yr âi? Yn bwysicach na hynny, 'doedd hi ddim am ddifetha dyfodol Rick.

Cydiodd yn ei grys o'i basged dillad glân a'i godi at ei boch. Hwn oedd ei bywyd, ei bachgen gwyn hi. Hwn oedd yr un a'i carcharai hi yma. Ond hwn oedd yr un y bu hi'n fodlon derbyn ei huffern er ei fwyn. Hwyrach, yn ôl trefn pethe, mai un arall a fyddai ryw ddydd yn golchi a smwddio'i grys, ac yn rhoi anwes iddo, y ferch ffarm ddychmygol honno falle. Ond 'roedd llun hon yn ddigon niwlog yn ei meddwl fel y gallai ei wthio ar Rick yn ddibetrus, unrhyw beth i'w helpu i gael gwared â'r berthynas arall oedd yn dal i'w boeni ac yn bygwth dinistrio eu bywoliaeth a'u dyfodol. Ond gwyddai

150

hefyd yn ei chalon ei bod hi eisoes yn casáu'r rhith o ferch ffarm honno.

Daeth ati ei hun pan glywodd Rick yn tynnu ei sgidia glaw cyn dod i mewn i'r tŷ.

'Te'n barod!' gwaeddodd arno.

Dim ateb. 'Roedd o wedi troi ar ei union i mewn i'r bathrwm a oedd ar y llawr isaf er hwylustod i ddynion a'u budreddi. Clywai ddŵr y bath yn cael ei redeg, a rhoes ochenaid fawr. Dim hwyl ar hwnnw chwaith y dyddie hyn. Mi fydde dyn yn meddwl y bydde fo wrth ei fodd yn cael car newydd, hyd yn oed os mai Fiesta wythmlwydd oed oedd o.

O'r diwedd fe ddaeth allan o'r bathrwm, yn noethlymun, gan gario'i ddillad budron. Taflodd nhw, yn ôl ei arfer, i'r fasged wrth y drws, ac aeth i'w lofft i wisgo. Gwyliai Nina ei gorff tynn, lluniaidd yn dringo'r staer, a mygai ynddi ei hun ei hawydd i redeg ar ei ôl a gwisgo amdano fel y gwnâi pan oedd o'n fabi.

Neidiodd yn euog pan glywodd E.J. wrth y drws, yn union fel pe bai wedi lleisio ei hawydd yn uchel.

'Lle mae Debora?'

Dyna'i gwestiwn bob tro os nad oedd y plentyn yno i'w dderbyn.

'Ddim wedi'i gweld hi drwy'r pnawn.'

Wrth y bwrdd mentrodd ofyn i'r ddau fud o'i blaen: 'Pryd fydd y car yn barod i'w nôl?'

Cododd Rick ei ben ac edrych ar E.J. 'Fory, ie?'

'Dyna ddaru nhw ddeud.'

'Mi fyddwch chi'ch *dau*'n mynd lawr i'w nôl o, debyg?' prociodd ychydig bach mwy, gan edrych ar E.J.

'Debyg,' meddai yntau.

'Pwy liw ydi o?'

'Gwyrdd.'

'O, daria! Lliw anlwcus.'

Crychodd E.J. ei dalcen. 'Paid â bod mor ofergoelus. Mae'r injian yn iawn. Dyna be sy'n bwysig.'

''Dwi'n edrych ymlaen at gael reid yno fo, Rick. Pryd gawn ni fynd?'

151

'Yli, Nina,' ebe ei gŵr, 'fydd 'na ddim mynd am dro ynddo fo. Mae petrol heddiw'n rhy ddrud. Car gwaith fydd hwn.'

Ffromodd Nina. ''Dydi mynd i gwarfodydd y Ffermwyr Ifinc ddim yn waith!'

'Achlysurol iawn fydd rheiny.'

Trodd Nina at ei mab. 'Wel, ar yr achlysur cynta mi fydda i'n dod lawr efo chdi. Mi gei dithe fynd at y ffarmwrs, ac mi a' i i . . .' Oedodd gan fethu meddwl am le i fynd.

Chwarddodd E.J. chwerthiniad bach sych. 'Cer mlaen. I ble'r ei di fin nos?'

Cochodd Nina at ei chlustiau.

'I'r Bingo.'

'I BLE?'

'I'r Bingo. 'Dydw i ddim yn garcharor yma, 'sti.'

'Roedd y tymheredd yn codi, ochneidiai Rick. Pam ddiawl na fasa Nina'n cau ei cheg yn lle dweud pethe i wylltio'r hen ddyn? Ond 'roedd hi ar ei bocs sebon rŵan . . .

'Mae'n debyg fod y Bingo'n rhy bechadurus gen ti. Wel, os lici di, mi a' i i Gwarfod Gweddi yn y dre. Unrhyw beth, wir, i gael mynd o'r hongliad lle 'ma am awr neu ddwy. 'Ran hynny, 'dydan ni ddim yn gwybod be sy'n mynd ymlaen yn yr Young Ffarmars 'na, nag 'dan ni? Mae'n syndod i mi dy fod ti'n hysio Rick i fynd i ffau pechaduriaid arall. Ond 'dan ni'n gwbod pam, tydan ni? Mae 'na ryw sgêm bob amser tu ôl i unrhyw arwydd o haelioni ynot ti!'

'Roedd Rick wedi cael digon. Cododd oddi wrth y bwrdd, a heb ddweud gair rhuthrodd allan o'r tŷ, gan adael y pâr anhapus i fwrw drwyddi ar eu pennau'u hunain. Ni wyddai i ble'r oedd o'n mynd, ac ni faliai. 'Roedd ei du mewn yn gweiddi ei hiraeth am Heledd. Clywai ei llais yn mwmian ei chariad. Cofiai fel 'roedd hi wedi cydio ynddo fo'n sydyn wrth y llyn, a difaru'n swil wedyn. Cofiai bob math o bethau bach gwirion, gwerthfawr.

Eisteddodd ar garreg isel a syllu ar y glaswellt yn dechrau melynu heb ddiferyn o law ers talwm. Caeodd ei lygaid. Wedi mygu ei deimladau ers pedair wythnos gadawai i'w serch yn awr orlifo dros yr wyneb yn ddilyffethair, a dechreuodd riddfan yn isel.

O Dduw, Dduw, Dduw . . . pam y *hi* o bawb? Duw creulon wyt ti, nid Duw cariad. Pam y rhoist ti'r cariad anobeithiol yma i ni? Pam oeddet ti'n gadael i mi garu fy chwaer . . .?

Pan agorodd ei lygaid gwelodd Debora'n sefyll o'i flaen a golwg wedi dychryn arni.

'Deb!' meddai'n ffwndrus floesg. 'Pryd doist ti yma?'

'Rŵan jyst.' Ond 'roedd yn amlwg iddi glywed ei riddfannau os nad y geiriau.

'Deb—'dechreuodd eto, ond peidiodd pan welodd yr amlen 'roedd hi'n ei dal allan iddo.

'Hwn,' meddai yn ei llais dwfn. 'I ti . . . a neb arall.'

Mewn syndod cymerodd yr amlen ganddi, a hithau'n rhythu'n chwilfrydig arni. Edrychodd y ddau ar ei gilydd am rai eiliadau, yna gwelodd Rick nad oedd dichon cael gwared ohoni nes y byddai wedi agor yr amlen, ac wedi'r cwbl, hi oedd y postman. Gwnaeth hynny'n araf, gan hanner tybio pwy oedd wedi ei danfon. Tynnodd allan ddarn bach o bapur wedi'i blygu a'i lapio o gwmpas rhywbeth meddal.

Cudyn o wallt melyn!

'Gwallt Tracey!' ebychodd Debora.

Darllenodd Rick y tri gair oedd ar y papur cyn ei lapio'n ôl yn frysiog am y cudyn a'i wthio i'w boced.

'Lle cest ti hwn, Deb?'

'Gan Tracey.'

'Pryd?'

'Rŵan jyst.'

'Ble?'

Ond 'doedd Debora ddim am fradychu lle'r oedd hi wedi bod. 'Ar y ffor'.'

'Yn ymyl Crud y Gwynt?'

Amneidiodd Debora. Anadlodd Rick yn ddwfn. Yna ffugiodd wên ar ei wyneb.

'Un dda 'di hi, yndê? Llawn jôcs.'

'Jôc 'di 'i gwallt hi?'

Oedodd Rick cyn dechrau chwerthin yn annaturiol o uchel. 'Wel, ie. Jôc dda, 'ntê?'

Ar ôl eiliad ansicr, ymunodd Debora yn y chwerthin. Yna difrifolodd yn sydyn. 'Amser te,' meddai a throdd i fynd.

'Deb!' Cydiodd ynddi a'i chofleidio. 'Mae'r jôc yma'n gyfrinach. Rhyngon ni'n tri . . . Hele—Tracey, ti a fi. Reit?'

'Reit,' meddai gan roi un bys ar ei cheg. Ac i ffwrdd â hi.

Wedi gwneud yn siŵr fod y plentyn yn ddiogel o'r golwg, tynnodd y papur a'i gynnwys o'i boced a syllu'n hir ar y tri gair.

Yn aros amdanat.

Cusanodd y cudyn yn araf, ei lapio'n ôl yn y papur a'i roi'n ofalus ym mhoced ei grys. Yna trodd i lawr yr allt i gyfeiriad Crud y Gwynt.

* * *

Mae hi'n ei weld o'n dod o bell, gan gymryd camau breision. Ychydig amser yn ôl bu Sylvia allan ati yn y berllan yn synnu ei gweld hi'n dal yno mor hwyr yn y pnawn, ac 'roedd rhyw reddf wedi dweud wrthi am gyfaddef ei bod hi'n disgwyl Rick Lloyd i alw. Diolch byth 'doedd dim rhaid iddi ddweud celwydd wrth Sylvia, a oedd wedi derbyn hyn gyda gwên awgrymog ond cynnes.

Bu mor sicr y tro hwn fod Rick ar ei ffordd, fel bod ei weld o yn awr fel peth cwbl anochel a naturiol. Mae hi'n rhedeg allan o'r berllan, trwy'r llidiart i'r ffordd fawr, ac yn codi llaw yn hapus arno. Mae yntau'n aros am ennyd, ac ofn sydyn yn cydio ynddi ei fod yn mynd i droi tu min ati. Ond na. Gydag un bwriad mae'r ddau yn rhedeg at ei gilydd ac yn cofleidio'n wyllt.

'Heledd!'

'Rick! 'Nghariad i!'

Mae'r brawd a chwaer yn glynu wrth ei gilydd fel pe na bai neb arall yn y byd.

'Tyrd,' meddai yntau toc.

'I ble?'

'Ffor'ma.'

Mae o'n ei harwain hi'n ôl ychydig o'r ffordd nes iddo ddod at glwyd yn y shetin. Y tu ôl mae'r coed yn drwchus, ond mae Rick yn adnabod ei gynefin. Wedi plymio drwy'r coed maen nhw'n cyrraedd llannerch fwy agored, ac o dan dderwen ddeiliog maen nhw'n gorwedd i lawr.

''Rwyt ti'n crynu, Rick.'

'Wyt tithe ddim?'

'Yndw . . . Cymer fi'n araf, Rick. Ti 'di'r cynta.'

'Mor araf ag y galla' i. Ond O, Heledd, 'dwi d'isio di.'

'Finne hefyd.'

'Fydd neb yn gwbod.'

'Neb.'

A diflannodd pob mymryn o euogrwydd yn yr uniad anghyfreithlon hwnnw.

16

'Sgonsan fach arall, Mrs. Ellis?'

'Roedd Nain yn hoffi pethau melys ac fe'i helpodd ei hun yn awchus, ond â gwên fach lednais rhag ofn i'r hogan a ddaliai'r plât o dan ei thrwyn feddwl ei bod hi'n farus. Â'i cheg yn llawn, craffodd ar y cloc ar wal y festri. Pum munud ar hugain i naw. Bu'r darlithydd yn rhy hir o beth wmbredd. Rhy hir i hen wraig aros yn llonydd. Hen wragedd oedd y rhan fwya ohonyn nhw yn y Gymdeithas, o ran hynny. Diolch am baned bach wedyn. Dyna drugaredd nad oedd hi'n byw'n bell o'r capel. Dyn a ŵyr sut y byddai ar ei chryd cymalau ar ôl iddi godi. Â'r hydref yn closio, deuai'r pigiadau'n amlycach beunydd.

'Mae gynnoch chi gwmpeini acw rŵan.'

Trodd yn araf at y wraig a eisteddai yn ei hymyl. Un fach fusneslyd oedd Dora Jones. Fel arfer byddai Nain wedi rhewi rhagor o gwestiynau, ond heno 'roedd hi am fanteisio ar wybodaeth un a wyddai bopeth am bawb.

'Oes. Ŵyres i mi.'

'Ia. 'Dwi wedi'i gweld hi. Mae hi'n eneth bropor. Ydi hi am aros dipyn?'

'Tra bydd y bobl mae hi'n gweithio iddyn nhw am gael help gynni hi.'

'O, mae hi'n gweithio felly?'

'Rwyt ti'n gwybod yn iawn, Dora Jones, meddyliodd Nain. 'Ydi. Efo'r Saeson 'na sy'n gofalu am gŵn ac ati yn Crud y Gwynt.'

'Ydi hi ddim yn mentro, deudwch? Mae'r bobl Glyndŵr 'na'n rhoi llefydd Saeson ar dân.'

Paid â siarad yn wirion, ddynes, meddyliodd Nain. Ond 'doedd hi ddim am ffraeo efo hon. Ddim eto.

''Dach chi'n gwybod rhywbeth am bobl Crud y Gwynt?'

'King ydi 'u henw nhw, 'ndê? Mae'n debyg eu bod *nhw*'n reit saff. Maen nhw'n mynd i ddosbarthiade Cymraeg a phopeth, ond 'does 'na ddim llawer o siâp ar ei Gymraeg *o*, medda Lina'r ferch 'cw. Mi fydd hi'n cymryd 'i thro i'w dysgu nhw, 'dach chi'n gweld. Mae hi'n disgwyl.'

'Pwy, Lina?'

'Naci, naci. Mrs. King. Dyna pam maen nhw isio help.'

Ie, 'roeddet ti *yn* gwybod, meddyliodd Nain.

'Mae hi'n glên iawn, medda Lina. Oedd eich ŵyres yn 'u nabod nhw cynt neu rywbath? Sut gafodd hi'r job?'

Mygodd Nain ei hatgasedd. 'Digwydd eu cyfarfod nhw. Mi fuo hi'n cerdded ffor'na gryn dipyn pan ddôth hi yma ar wylie ddechre Awst.'

'Deun! Lle unig i hogan ifanc ger'ad ar 'i phen 'i hun. . .'

'Ia, wel. . .' ebe Nain, ei gwrychyn yn codi erbyn hyn. 'Mae digon o gyts mewn rhai merched. P'run bynnag, galw ym Mhant Llwynog y bydde hi.'

'Efo 'rhen Edwart Lewis?'

'Efo'i wraig, mae'n debyg. Ffrind iddi yng Nghaerdydd yn perthyn iddi.'

'Mae honno i'w gweld o gwmpas mwy yn ddiweddar. Ei mab hi wedi cael car newydd yn lle'r hen beth glas 'na fu gynno fo.'

'Wyddwn i ddim bod gynni hi fab.'

'O, oes. Plentyn siawns gafodd hi sbel cyn priodi hwn. Maen nhw'n deud fod 'na rai eraill hefyd. Ond 'dach chi'n gwybod fel bydd pobol yn siarad.'

Gwn, mi wn, meddyliodd Nain. Sut wyt ti'n gwybod cymaint?

'Ond 'does dim mwg heb dân, dyna fydda' i'n 'i ddeud bob amser. Rhyw ddynes a golwg wenwynllyd arni ydi hi.'

''Chlywis i ddim sôn am fab. Mae 'na was yno, 'dwi'n gwybod hynny.'

'Wel, hwnnw *ydi* o! Mi gafodd 'rhen Edwart wraig a gwas yr un pryd. Dyna i chi gnafaidd, yntê? Mae hwnna'n gwbod sut i edrych ar ôl 'i hosan 'i hun. Mae'n siŵr 'i fod o wedi bod yn dipyn o sioc iddo gael ceg arall i'w fwydo pan ddaeth y Debora fach 'na i'r fei, ond maen nhw'n deud ei fod o'n ffeind iawn efo honna, y peth bach. 'Dydi hi ddim yn llawn llathen, wchi.'

'Roedd pen Nain yn troi. Os oedd hi wedi clywed yr hanesion yma o'r blaen 'roedd hi wedi'u hanghofio nhw. Gwasgodd ei chwpan a dechreuodd godi, ond 'roedd hi mewn tipyn o drafferth.

''Dewch i mi 'ch helpu chi, Mrs. Ellis,' ebe Dora Jones. 'Dyna biti nag ydi'ch ŵyres yma i ofalu amdanoch chi, 'ntê? Ga' i 'ch hebrwng chi adre?'

'Dim diolch, Mrs. Jones. Mi fydda' i'n iawn wedi cael 'stwytho tipyn.' A chan guddio'i phoen arteithiol, lledodd yr hen wraig ei hysgwyddau ac anelu am y drws. Crynodd braidd rhag ergydion y gwynt a'i hwynebai, a gobeithiai nad oedd ei thân wedi diffodd. Fe ddylai Heledd fod adre erbyn hyn, er 'doedd dim sicrwydd efo'i horiau od. Daliai Nain i bryderu ei bod hi'n gweithio'n rhy galed, ond fe'i cysurai ei hun mai dros dro 'roedd hyn i gyd. Rhyfedd iddi beidio â dweud fod y gwas fyddai'n dod â hi adre yn fab i wraig Edwart Lewis. Ac eto, hwyrach ei bod hi wedi dweud, a hithe heb glywed yn iawn. 'Roedd ei chlyw yn gwaethygu, 'waeth iddi gyfaddef hynny, ddim.

O leia rŵan 'roedd gwell golwg ar yr hogan, mwy o fynd ynddi rywsut, ac yn bwyta'n well. 'Roedd hi'n fwy ystyriol o'i nain hefyd, yn rhuthro i dendio arni pan oedd hi adre, er nad oedd hynny'n aml iawn chwaith. Be oedden nhw'n ei gael i'w wneud drwy'r dydd efo'r cŵn a'r cathod yna?

Trodd i mewn i'w stryd a gwelodd olau uwchben y drws allan. A! 'roedd hi adre felly. Cynhesai Nain wrth nesáu at y golau croesawus. Dyna braf oedd cael rhywun yno yn eich disgwyl, rhywbeth na ddigwyddodd iddi ers colli Daniel ddeng mlynedd ar hugain yn ôl.

'Yr hen wynegon 'na'n eich poeni chi, Nain?' holodd Heledd a'r ddwy erbyn hyn yn eistedd o flaen y tân. ''Di'r doctor ddim yn gallu rhoi rhywbeth i chi ato fo?'

''Does dim gwella i'r cryd cymalau yn f'oed i, 'ngeneth i. Rhaid byw efo lot o bethe wrth fynd yn hen.'

'Roedd hi'n barod iawn i fynd i'w gwely, meddai hi, ac eto bu rhaid i Heledd wrando am hanner awr arall ar yr hyn 'roedd yr hen wraig wedi'i ddeall ar y ddarlith. Yn y diwedd 'roedd hi wedi colli'i ffordd yn lân. Mae hi'n mynd yn ffwndrus, meddyliai Heledd, a daeth gwir dristwch drosti. Ond yn sydyn torrodd Nain ei pharablu cymysglyd yn fyr a throi ati â'i llygaid yn fyw ac yn graff.

'Ydi hi'n wir mai mab i wraig Edwart ydi'r gwas 'na sy'n dy ddanfon di adre?'

'Roedd y cwestiwn mor annisgwyl fel y rhewodd Heledd yn ei chadair, ac yna cochodd at ei chlustiau.

'B-be?'

'Gwas Pant Llwynog. Ydi o'n fab i'r ddynes yna?'

''D-dydw i ddim yn—ydi, mae'n debyg.'

'Oedd Edwart yn gwybod, tybed?'

''Dwn i ddim, wir, Nain. 'Doedden nhw ddim yn deud llawer o'u hanes wrtha i.'

'Nag oedden, m'wn. Gormod i guddio, reit siŵr.'

'Dewch o'na, Nain fach. Amser gwely.'

Edrychodd Nain yn graff arni, ond gadawodd i Heledd ei helpu i'w thraed heb ddweud rhagor.

Edrychai Heledd ymlaen at yr awr neu ddwy ar ôl i Nain

'fynd i glwydo' fel y dywedai honno. Dyma ei hamser i sawru mewn tawelwch yr hyn a ddigwyddodd. A ddigwyddodd bedwar diwrnod yn ôl erbyn hyn.

'Mi arhosa' i lawr nes bydd y tân wedi marw'n llwyr,' oedd ei hesgus.

Heno, gorweddai'n ôl yn y gadair freichiau gan syllu ar y fflamau'n dawnsio. Ni wyddai Nain am y rhawiad arall ar y tân yn union ar ôl iddi gyrraedd ei llofft. Dawnsiai ei meddyliau yn unol â'r fflamau, dawns o orfoledd. Mae o gen i'n saff rŵan, meddyliai. 'All neb ddod rhyngon ni eto, nid ar ôl y caru o dan y dderwen oedd cystal bob mymryn â phriodas. Mor braf oedd cael teimlo'n saff, cael gwared â'r ansicrwydd a fu'n ei chnoi. Daliai i glywed ei sisialau o gariad a gwlybaniaeth ei ddagrau o lawenydd a'i waedd ar ôl iddo gyrraedd ei ryddhad. Dim ots nad oedd hi ddim . . . 'dydi o ddim yn digwydd y tro cynta, meddai Dilys. Ond 'roedd eu cariad yn anorchfygol yn awr, yn eu clymu am byth.

Rhyddhaodd ei thraed o'i hesgidiau a'u codi odani yn y gadair. 'Doedd dim angen mewn gwirionedd iddi fod wedi rhoi'r hanner can ceiniog arall yna i Debora, ond 'roedd honno wedi dechrau hofran o gwmpas, gan ofyn hyd syrffed oedd yna lythyr arall i Rick. Gobeithio fod ganddi ddigon o 'fennydd i gau ei cheg, meddyliodd Heledd â phangfa sydyn o ofn. Yna ymlaciodd. Tra byddai gobaith am bisyn hanner can ceiniog arall, byddai ceg y fechan wedi ei chau yn sownd fel feis. P'un bynnag . . .

'Roedd Rick wedi murmur rhywbeth wrth ymadael am geisio ei gweld bnawn Gwener . . . Fory oedd hynny. Daeth rhyw benstandod drosti wrth feddwl am ailgydio ynddo. Pymtheg awr i fynd. Un ar bymtheg hwyrach. Caeodd ei llygaid a dymuno i oriau nesaf ei bywyd ddiflannu fel mwg.

*   *   *

Tra bu Heledd yn synfyfyrio a breuddwydio roedd Rick ei hun yn cerdded yn y tywyllwch. Yma 'doedd neb yn clywed ei feddyliau. Cerddai ar hyd y llwybrau cyfarwydd o gwmpas y fferm heb angen unrhyw olau, gan geisio rhoi trefn ar ei feddyliau cymysg.

'Rwyt ti wedi landio dy hun mewn rêl picil, siŵr Dduw! Ond 'dwi'n caru Heledd ... Wyt ti? ... Ydw, siŵr iawn, neu faswn i ddim wedi ... Ond be 'di cariad? Ysu am ei chorff? Mwy na hynny, chware teg. Iesgob, 'roedd hi'n gallu caru hefyd ... Ond mae 'na berygl mewn disgwyl gormod, on'd oes? A hwyrach ei bod hithe yn disgwyl gormod. Wyt ti am gael dy lyncu'n fyw, Rick Lloyd? Mae hi fel petai hi heb sylweddoli eich bod chi wedi gwneud rhywbeth ofnadwy ... Oedd y peth mor ofnadwy? ... Wel, gofyn i ti dy hun ... 'Dwn i ddim ... Mi fasa E.J. yn deud ei fod yn bechod... Oes rhaid i mi deimlo'n annifyr am mai fo sy'n deud? ... Dyn da yn y bôn ydi E.J. Mae gynno fo ei reolau byw... Diffyg moesol yno' i, ie? ... Meddylia am y peth....Ond bydd popeth yn O.K. os na chaiff E.J. wybod ... Dyna be mae Heledd yn ei ddeud, ond ydi hi'n ei feddwl o ddifri? Mae hi fel tasa hi isio rhywbeth mwy parhaol... Ie, rhaid i ti fod yn ofalus fan'na, 'rhen ddyn. Y fferm. Cofia... Chware teg, nid am y fferm yn unig 'dwi'n meddwl. Mae yna agwedd foesol, on'd oes? 'Rwyt ti'n dechre gweld, 'dwyt? O, Iesu, pam 'dw i wedi dechre rhywbeth fel hyn? Pethe'n dawelach yn y tŷ 'cw, a phopeth. Nina'n hapusach ar ôl imi ddechre mynd â hi i lawr i'r dre. Wel, yn llai ffrwydrol, beth bynnag. 'Dydyn nhw ddim yn ffraeo cymaint, er bod yr hen ddyn yn siŵr o fod yn gwybod mai i'r Bingo mae hi'n mynd. 'Dydw i ddim yn barod i chwalu'r llonyddwch yna. Ond mae'n oreit os na fydd neb yn gwybod, yn tydi? Tôn gron...

O damia, damia, damia ...

*   *   *

Cododd Debora cyn gynted ag y clywodd ei mam yn mynd i lawr staer. 'Roedd hi'n dal yn dywyll, ond nid yn rhy dywyll iddi fedru gweld i nôl y bocs beicarb o'r drôr isaf yn ei llofft. Dyna lwc iddi ei achub o'r bag sbwriel yn union ar ôl i Mam ei daflu. Agorodd y caead, a chymerodd anadl hir. 'Roedden nhw'n dal yno. Gorweddai dau bisin hanner can ceiniog yn glyd yn y gwaelod, a digon o le i rai eraill fel y deuent. Â'i cheg yn dechrau glafoerio trodd y bocs crwn yn ofalus ar ei ochr, ac ysgydwodd y darnau arian allan i'w llaw chwith. Yna tynnodd ddystar a guddiwyd ganddi o dan ei chlustog, a dechreuodd rwbio'r darnau'n gariadus.

Dau hanner can ceiniog ... faint oedd hynny i gyd? Crychodd ei thalcen, ond ni wyddai'r ateb. Dim ots. Dyna ffeind oedd Tracey. Mi gafodd hi'r ail un heb orfod hyd yn oed roi llythyr i Rick. Mi fydde 'na rai eraill, siŵr Dduw.

Brathodd ei gwefus. 'Doedd Tada ddim yn licio iddi ddeud 'siŵr Dduw'. Dim ond Mam oedd yn cael ei ddeud. Hwyrach, cyn bo hir, y bydde 'na ddigon i neud neclis iddi'i hun. 'Roedd hi wedi treio torri twll mewn un yn barod, ond roedd o'n rhy galed. Ar ôl iddi gael digon 'roedd hi am ofyn i Rick ei helpu. Un ffeind oedd Rick hefyd. 'Roedd gennyn nhw gyfrinach rhyngddyn nhw.

Rhoddodd yr arian yn ôl yn y bocs beicarb a'i guddio'n ofalus rhwng plygiadau ei dillad isaf. Mi fydden nhw'n saff yn fan 'na. 'Doedd Mam ddim am iddi newid ei fest yn rhy amal.

Gwisgodd amdani yn ei jîns a'i siwmper ac i lawr â hi i nôl ei brecwast.

O dan aeliau cuchiog gwyliai Nina hi'n llowcio ei chig moch. Be sy gan hon o dan glust ei chap y dyddie hyn, gofynnai iddi ei hun. 'Fydd hi ddim yn aros hefo mi yn y gegin fel o'r blaen, ond ffwrdd â hi ar ryw neges na ŵyr neb ar affeth y ddaear be sy gynni hi. A pham ei bod hi mor barod rŵan i fynd i'r gwely bob nos? Ydi hi'n sâl? Tan yn ddiweddar, strancs a sterics fydde hi amser gwely. Be sy wedi newid? Rhaid i mi gadw llygad arni.

A dyna Rick, mor surbwch â lemon. Dim sgwrs i'w gael gynno fo'r dyddie hyn. Oedd o'n sorllyd am rywbeth? Wel, dim iws mynd o flaen gofidiau. 'Roedd hi'n edrych ymlaen at ei nos Wener arferol yn y Bingo heno. A hwyrach y byddai'r Ffermwyr Ifinc yn rhoi Rick mewn gwell hwyl. 'Doedd hi ddim yn licio'r Betsan Mair 'na chwaith. Rhyw bwtan fach dew, â'i thin hi'n honcian fel hwyaden . . . Ond mae'n debyg y bydd raid iddo fo gael gwraig rywbryd.

'Wyt ti wedi gorffen? Mi gei di fwydo'r ieir os lici di.'

'Na.'

'Na? Be ti'n feddwl? 'Rwyt ti wrth dy fodd yn bwydo'r ieir.'

Daeth golwg stormus dros wyneb y ferch. 'Na.'

'Be wyt ti'n mynd i'w wneud 'te?'

'Mynd am dro.'

Cydiodd ei mam yn ei hysgwydd. 'Be sy'n bod arnat ti, y sopan fach 'strywgar? 'Rwyt ti ar ryw berwyl neu'i gilydd yn dwyt?'

Dim ateb gan Debora, dim ond rhythu'n ystyfnig ar ei mam.

'O, cer, 'ta! 'Rwyt ti fel ysbryd o gwmpas y lle 'ma.'

* * *

Aeth y dydd yn ei flaen ym Mhant Llwynog a phob un yn mynd i'w ffordd ei hun. Yng Nghrud y Gwynt 'roedd yna gryn gyffro. 'Roedd yr ast strae a ffeindiodd ei ffordd rywsut i'r Llety Cŵn wedi bwrw ci bach yn y nos.

'Diolch mai dim ond un oedd ganddi,' ebe Sylvia. 'Mae hynny'n bur anghyffredin.'

Ond 'roedd barn Alan yn fwy llym.

'These bloody people who get rid of their dogs by letting them out of their cars and driving off!' ysgyrnygai. *'At least these bothered to find out where there were kennels nearby.'*

'Mae hon yn lwcus. Mae popeth drosodd iddi hi,' ebe Sylvia â gwên gam, gan rwbio'i bol chwyddedig. 'Be wnawn ni efo nhw yw'r cwestiwn.'

Gorweddai'r ast a'i chenau mewn basged wrth y tân. 'Doedd Heledd erioed o'r blaen wedi gweld ci bach newydd ei eni, ac aeth ar ei gliniau wrth y fasged a rhyfeddu. Llyfai'r ast strae ei phlentyn yn feddiannol, ei llygaid yn rhybuddio dieithriaid i gadw draw.

'O, y peth bach del! Be gawn ni'i alw fo? 'Dach chi am eu cadw nhw, y ddau, yntydach chi?'

162

'*No way*,' ebe Alan. '*It's as much as we can do to feed what we've got.*'

O, mi faswn i'n eu cadw nhw, meddyliai Heledd. 'Ches i rioed gi gan Miriam, er i mi grefu arni am un. Ond pa iws dymuno pethe gwirion. 'Doedd ganddi hi ddim lle i gadw ci.

Edrychai Sylvia'n feddylgar. 'Mae cyflwr eitha da ar yr ast, er mai brithgi yw hi. Fe ddylai'r bychan fod yn iawn hefyd. Mae ffrind i mi'n gweithio gyda'r gymdeithas cŵn i'r byddar. Ys gwn i . . .?'

Gwenodd Heledd. 'Cŵn i'r deillion 'dach chi'n feddwl, Sylvia.'

'Nage, wir. I'r byddar. Maen nhw'n hyfforddi cŵn i roi gwybod i bobl sy'n methu clywed pan fydd rhywun wrth y drws, neu pan fydd y teliffon yn canu.'

Meddyliodd Heledd ar unwaith am Nain. Nid ei bod hi'n fyddar iawn, ond fe allai fynd yn waeth gyda'r blynyddoedd.

'Bydd Mavis yn dweud ei bod hi'n well ganddyn nhw gael ci bach tua chwech wythnos oed, dim mwy. Mi rof i ganiad iddi heno. O leiaf bydd cartref da ganddo.'

Mentrodd Heledd bwyso i lawr yn nes at y cŵn. 'Rwyt tithe hefyd yn mynd i golli dy fam, y bychan bach, sibrydodd yn isel. Mi fyddi dithe ar goll 'r un fath ag y bûm i cyn i Rick a fi gyfarfod.

Ond yr oedd gwaith bob dydd yn aros. Cododd ac aeth i nôl y cŵn i fynd am dro. 'Roedd dail trwchus y coed wedi troi lliw yma ac acw yn barod, a llanwyd ei ffroenau gan leithder hydref. O dan ei thraed gwichiai a chleciai'r brigynnau coed, ac o rywle deuai siffrwd tyner annirnad i dorri ar y distawrwydd. 'Roedd ei chamau yn fras ac yn sicr erbyn hyn. Gwyddai fod y cŵn wrth eu bodd yn rhedeg o'i blaen, ond yn troi i aros amdani cyn iddyn nhw fynd o'i golwg yn llwyr.

Edrychodd ar ei wats. Hanner awr wedi deg. Tair neu bedair awr i fynd. Byddai Rick yn siŵr o gadw at ei air. Eto rhaid ymbwyllo. 'Mi dreia' i dy weld di . . .' dyna ddywedodd o. 'Doedd yna ddim sicrwydd felly. Rhaid iddi beidio â chymryd ei siomi os na ddeuai i'r fei.

Ond, fel yr âi'r oriau yn eu blaenau, ni allai atal ei siom. Ar ôl dau o'r gloch mi fydde hi'n rhydd tan yfory. Digon rhesymol gwneud esgus i ymdroi o gwmpas Crud y Gwynt am ryw hanner awr ychwanegol, ond wedyn byddai'n rhaid iddi gerdded yn ôl ac ymlaen ar hyd y ffordd i aros amdano. Sylwodd Sylvia mor ddi-gychwyn oedd hi, a gwenodd.

'Wyt ti am weld Rick y prynhawn yma?'

Fflachiodd Heledd wên yn ôl arni am ei threiddgarwch. Fe roisai Sylvia agoriad iddi i arllwys ei gofidiau.

'O, Sylvia, 'dach chi'n graff. 'Rydw i yn gobeithio'i weld o, ond 'dach chi'n gwybod fel mae hi ar ffarmwrs.'

'Ei di ddim i Bant Llwynog?' gofynnodd Sylvia ar ôl saib.

Oedodd Heledd. Allai hi ddweud y cwbl wrth hon? Mi fydde Rick o'i go yn sicr. 'Doedd neb arall i gael gwybod. Chwarddodd yn ansicr. ''Roedd Alan yn iawn, Sylvia. 'Dydi teulu Pant Llwynog ddim gyda'r mwya cyfeillgar.'

Ni ddywedodd Sylvia ragor, ond gofynnodd i Heledd ddal edafedd iddi gael rhowlio pelen. Cytunodd y ferch yn ddiolchgar. Mi fydde hyn yn pasio'r amser, ac, os deuai Rick heibio, mi allai hi ei weld o drwy'r ffenest.

''Does dim byd i'w rwystro fo alw yma amdanat ti, os hoffi di.'

Dyheai â'i holl galon allu derbyn cynnig Sylvia. Fydde Rick yn fodlon? Mi fydde hyn yn ateb pob math o brobleme. Mentrodd ddweud:

'Diolch yn fawr, Sylvia. Mi ddweda' i wrtho fo.'

Ond erbyn pedwar o'r gloch daeth balchder i'w gyrru o Grud y Gwynt. Ar ôl awr o gerdded y lonydd y tu allan, a hithe'n dechrau tywyllu, bu raid iddi gydnabod nad oedd Rick am ddod. Dringodd ar ei beic, ac yn ôl â hi i'r Bala, heb weld Debora'n troi'r gornel o gyfeiriad Pant Llwynog.

17

Lle cymdeithasol yw'r Bingo, lle da i wneud ffrindiau, i wneud tipyn bach o arian, hwyrach, ac i'w golli. Heno 'roedd hi nid yn unig wedi colli decpunt, a hithe, am unwaith, wedi mentro prynu chwe llyfr, ond 'roedd hi hefyd wedi colli gobaith ennill y belen eira a oedd erbyn hyn wedi cyrraedd hanner canpunt. Siom yn unig oedd yr olaf, ond 'roedd colli'r decpunt yn ddifrifol. Sut oedd hi'n mynd i egluro i E.J. fod y pres siwrin wedi diflannu?

A go brin fod Rick wedi lleddfu dim ar ei thymer ddrwg drwy fod hanner awr yn hwyr yn dod i'w nôl hi. Mynd â'r Betsan 'na adre, debyg, ond 'châi hi ddim gwybod dim gynno fo, er iddi gwyno a phregethu ar hyd y ffordd adre.

'Roedd E.J. eisoes yn y gwely yn chwyrnu'n dawel, a Debora yn ei llofft yn cysgu, ei bawd yn ei cheg fel arfer, a bysedd y llaw arall yn cydio'n dynn mewn darn o siol dreuliedig. Syllodd ei mam arni heb gariad. Perthyn i'w thad yr oedd hon, cyfrwys yn ei ffordd fach wirion, yn ddirgelaidd fel yntau. Dim dichon gwybod be oedd yn mynd ymlaen yn y pen rhyfedd.

Trodd i'w llofft ei hun, llofft a fu'n lloches iddi ers rhai blynyddoedd bellach. Deg punt! Lle'r oedd hi'n mynd i'w cael nhw? Dim ond Rick amdani debyg, ond 'doedd yntau ddim mewn hwylie da y dyddie hyn. Hwylie da? Hwtiodd yn aflawen. 'Roedd o mor sychlyd â sglodyn mewn potes.

Gydag ochenaid fawr dechreuodd dynnu amdani. Beth ddeuai ohoni petai Rick yn priodi'r hogan 'na? Fydde E.J. yn disgwyl iddo ddod â'i wraig yno i fyw? Beth fydde ei sefyllfa hi wedyn? Yn enwedig ar ôl i E.J. farw.

Ond, meddai llais oer rheswm, oni fydde goddef hynny'n well o lawer na'i weld o'n rhedeg i ffwrdd efo'i chwaer i'r nefoedd a wyddai ble? Ond go brin fod hynny erioed wedi bod yn yr arfaeth mewn gwirionedd. 'Roedd Rick yn rhy hirben yn y pen draw, ond diolch fod honno wedi cilio dros y gorwel, neu dyn a ŵyr faint ei gallu i'w hudo i ddinistr. Mae'n debyg ei bod hi'n gweithio efo'r Kings o hyd, ond o leiaf 'roedd hi'n ddigon call i gadw o'r golwg. P'run bynnag, 'roedd Rick wedi dechre poitsio efo'r hogan arall 'na.

Syrthiodd i mewn i'w gwely, ond gwyddai fod cwsg heno yn bell iawn oddi wrthi. Rhythai ei llygaid agored drwy'r tywyllwch, a lluniau o'i thri phlentyn fel lledrithiau niwlog yn dawnsio'n araf o'i blaen.

Rhaid ei bod hi wedi syrthio i gysgu rywbryd, a deffrodd yn hwyrach nag arfer, ei phen fel meipen a'i cheg fel cwter. Dim smic o sŵn i lawr staer. Rhaid bod y dynion eisoes wedi mynd allan. Llusgodd ei hun allan o'i gwely. Hwyrach y bydde paned yn ei mendio. Wrth fynd heibio i lofft Debora sylwodd fod y drws yn lled agored, a chlywai sŵn symud o'r gwely. Sbiodd yn ofalus drwy agen y drws, a chyfarfu ei llygaid â llygaid mulaidd y ferch fach a oedd erbyn hyn yn sefyll yn droednoeth yn ei choban ar ganol y llawr.

Pam 'roedd hon yn edrych mor euog?

'Be ti'n neud?'

''M byd. 'M ond—'

Pwyntiodd Debora at y pot siamber ar ganol y llawr a rhuthrodd yn ôl i'w gwely.

Ond daeth rhywbeth yn ei llonyddwch wrth orwedd yno â holl amheuon Nina i'r wyneb. Cymerodd arni adael y llofft a chychwyn i lawr y staer, gan ofalu gadael y drws yn agored. Ar flaenau ei thraed, aeth yn ôl.

'Roedd Debora wedi codi, ac yn awr 'roedd hi'n agor drôr uchaf y gist ddillad. Gwelai Nina hi'n ffwlffala ymhlith ei dillad isaf, ac yn tynnu allan focs bach. Agorodd y bocs bron yn ddefodol, ac arllwys y ddau ddarn arian i mewn i'w dwrn chwith. Syrthiodd defnyn o boer o'i cheg ar y darnau, ac, yn frysiog, rhedodd i nôl y dystar i'w glanhau.

Camodd Nina i mewn. 'Be gythrel 'sgen ti fan'na?'

Fel fflach, cuddiodd y fechan ei thrysor y tu ôl i'w chefn, a rhythodd yn fud, herfeiddiol ar ei mam.

'Tyrd weld.'

Ysgydwodd y llall ei phen yn ffyrnig.

'Dyro fo i mi.'

Trodd Debora yn wyllt a rhedodd i gyrcydu yng nghornel

y stafell. Neidiodd Nina ati a'i thynnu i fyny ar ei thraed. Rhowliodd y bocs beicarb a'r ddau bisyn arian ar hyd y llawr. Neidiodd y ddwy amdanynt, Debora'n llwyddo i fachu un o'r darnau, a Nina y llall.

'Fi pia! Fi pia!' sgrechiodd Debora.

'Lle cest ti nhw?'

Yn lle ateb, daliai'r ferch fach i sgrechian. Ysgydwodd Nina hi nes bod ei llygaid yn rhowlio yn ei phen.

'Dywed wrtha i!'

'Na 'na!'

'Roedd blynyddoedd o gynddaredd a rhwystredigaeth yn drech na Nina. Rhoddodd glatsien i'w merch ar draws ei hwyneb a'i hyrddio yn erbyn y gwely.

'Ti wedi'u dwyn nhw'n 'dwyt? Lle cest ti nhw?'

''Cha' i 'm deud!' sgrechiodd Debora, yn crymu rhag bygythiad llaw ei mam.

'Dywed wrtha i, neu mi hanner lladda i di.'

'Roedd Nina wedi colli arni'i hun yn lân. Tarawodd y ferch dro ar ôl tro.

'Paid, Mami, paid! Ti'n brifo!'

Cynyddodd yr ergydion. 'Dwed!'

O'r diwedd gwaeddodd Debora:

'Tracey!'

Peidiodd Nina yn sydyn. 'Pwy?'

Trodd gweiddi'r fechan yn snifflan. 'Tracey. Ond 'do'n i'm i fod i ddeud.'

Syllodd ei mam arni am rai eiliadau. 'Nag oeddet, mae'n siŵr,' ebe hi yn dawel nawr. Yna eisteddodd ar y gwely a chymerodd y ferch fach yn ei chôl.

'Dyna ni . . . dyna ni. Paid â chrio. Ddim arnat ti 'roedd y bai. Dywed y cwbl wrtha i rŵan.'

*   *   *

'Roedd y dydd Llun canlynol yn un o'r dyddiau llonydd hynny o hydref, fel pe bai'r flwyddyn wedi dal ei hanadl rhwng yr haf a'r gaeaf. Ar ôl mynd â'r cŵn am dro, cynigiodd

167

Heledd fynd i hel yr afalau olaf o'r coed ac wedyn i sgubo'r dail o'r llwybrau.

'Byddai'n ofnadwy petaech chi'n cael codwm rŵan,' meddai wrth Sylvia.

Ond, wrth gwrs, ei phrif amcan oedd cadw llygad ar y ffordd fawr. Ni fu ganddi esgus i ddod i fyny i Grud y Gwynt dros y bwrw Sul, ac felly bu heb gyfle i weld Rick. 'Roedd o'n siŵr o ddod heddiw. 'Doedd hi ddim yn amau na ddeuai, ond 'roedd yr aros yn dechrau ei gwneud hi'n flin. Rhaid i ti fod yn amyneddgar, meddai wrthi ei hun. Nes ein bod ni wedi dod i ryw benderfyniad di-droi'n-ôl byddai'n rhaid i Rick fod yn ofalus. Beth yn union oedd y 'penderfyniad-di-droi'n-ôl' 'doedd ganddi ond rhyw ddyhead niwlog na feiddiai ei roi mewn geiriau.

Pan welodd ei hanner chwaer yn cerdded yn araf rownd y gornel i'r ffordd fawr, neidiodd ei chalon, a rhedodd allan i'w chyfarfod.

'Debora! Lle buost ti? Fues i'n disgwyl amdanat ti.'

Nid edrychai'r ferch fach arni. 'Roedd ei llygaid wedi'u hoelio ar y glaswellt ar fin y ffordd wrth iddi ofyn:

''Sgen ti neges?'

Rhythodd Heledd arni mewn syndod. 'Neges?'

Yna daeth ton o lawenydd drosti. 'O, mae o wedi gofyn am lythyr arall, ydi o?'

Daliai'r ferch i osgoi ei llygaid, ond 'roedd Heledd yn rhy hapus i sylwi.

'Reit. Aros di fa'ma, ac mi a' i i sgwennu un rŵan. Ddeud y gwir, 'rown i wedi dechre un. Paid â mynd i ffwrdd, cofia.'

Sgipiodd i mewn i'r tŷ, gan adael Debora yn sugno ei bawd fel petai hi'n mynd i'w gnoi'n dameidiau bach. Aeth y munudau heibio a dechreuodd y plentyn anesmwytho'n fwy fyth. Yn sydyn trodd ar ei sawdl a dechrau rhedeg yn ôl i'w chartre. Ond, yr un mor sydyn, stopiodd, gan gofio beth fyddai yn ei haros. Daeth llais cynhyrfus Heledd i'w chlustiau.

'Debora! Lle wyt ti'n mynd? Aros! Dyma fo.'

Trodd y plentyn yn ôl a rhoddodd ei llaw allan. Goleuodd

ei llygaid pan welodd fod darn arian yn ogystal â llythyr yn llaw'r llall. Bachodd y ddau ac i ffwrdd â hi unwaith eto.

'Gan bwyll, gan bwyll!' chwarddai Heledd ar ei hôl. 'A chofia . . . dim gair wrth neb. Dim ond Rick.'

Ychydig funudau'n ddiweddarach cymerodd Nina y llythyr oddi wrth y ferch, a gadawodd i Debora gadw'r hanner can ceiniog.

*   *   *

Trodd Rick ei ben i edrych yn ôl o sedd y tractor. Gwelodd fod E.J. wedi llusgo'r styciau i ben y dalar, ac eisoes wedi dechrau hel y tatws i mewn i un ohonynt. Peth rhyfedd, meddyliai. Byddai'n rheitiach manteisio ar ddiwrnod braf fel heddiw i sychu'r tatws yn yr haul gynta, a synnai Rick braidd fod yr hen ddyn wedi dechrau ar y gwaith o'u hel yn lle gadael iddynt am y tro. Sylwodd yn sydyn mor wargrwm oedd E.J. yn ddiweddar, ac yntau'n arfer ei throedio hi mor urddasol ar hyd y dolydd.

''Fydde hi ddim yn well i ni eu gadael nhw am ychydig?' gwaeddodd a'i ben allan o'r caban.

Ymsythodd E.J. yn araf fel petai ei feddwl yn bell ar rywbeth arall. Yna, ar ôl saib hir, gwnaeth arwydd o gydsynio, ac arllwysodd y tatws drachefn allan o'r stwc.

'Dydi o ddim yn edrych yn hanner da, meddyliodd Rick. Neidiodd allan o'r tractor a brasgamu draw ato.

''Dach chi'n iawn, E.J.?'

Cododd y llall ei ysgwyddau gan amcanu cyrraedd ei daldra arferol. 'Wrth gwrs 'mod i'n iawn. Pam?'

''Dwn i ddim. Jyst meddwl . . .'

'Well i ti orffen y rhesi.'

Ond cyn i Rick fedru troi'n ôl am y tractor, meddai E.J. yn araf: 'Mae'r hogan 'na, dy chwaer, yn ôl felly.'

Rhythai'r ddau ddyn ar ei gilydd, y llall â'i lygaid hen yn treiddio drwy ansicrwydd ac anhapusrwydd y llall.

Ar ôl saib hir atebodd Rick: 'Ydi, debyg.'

'Fuost ti'n ei gweld hi?'

169

'Roedd tafod Rick wedi'i glymu. Trodd i ffwrdd gan sgrytian ei ysgwyddau.

'Na. Paid â mynd yn ôl at y tractor. Mae gen i isio siarad efo chdi.'

'Roedd Rick ormod o dan ei ddylanwad i anufuddhau. Trodd yn ôl yn anfodlon a sefyll yno'n anghysurus.

'Gwranda arna' i am ychydig. Mi 'rydw i'n hen, ond mae gen i lygaid yn 'y mhen o hyd. Mi gwelis i hi'n troelli nôl ac ymlaen ar hyd y lonydd 'ma, yn amlwg yn aros amdanat ti. Mi welis hefyd yr olwg drwmbluog fu arnat ti ers dyddie lawer.'

Symudodd yr hen ddyn yn agos ato a rhoi ei fraich am ei ysgwydd a'i wasgu'n ffyrnig.

'Mae gen i ofn drosta ti, Richard. Mi wn i'n bur dda dy fod ti'n meddwl amdana' i fel rhywbeth henffasiwn yn perthyn i'r oes o'r blaen, ond cred di fi, mae'r Cyfamod yn dal i fod yn ddi-sigl beth bynnag fo'r oes. Mae gen i ofn dros dy enaid anfarwol di, 'machgien i.'

Syllai Rick arno'n anghysurus, ond yr oedd rhywbeth yn ei lais wedi'i gyffwrdd. O deimlo'n flin ac yn euog, dechreuodd wrando o ddifri. Nid dwrdio a dweud y drefn yn y Seiat yr oedd E.J. yn awr, ond dweud yr hyn oedd yn ei galon, a'i ddweud â'i holl angerdd. Sylweddolodd Rick rywbeth yn sydyn.

Mae hwn yn fy ngharu i. Mae o wirioneddol yn meddwl y byd ohona' i. Gwyddai'n iawn iddo werthfawrogi ei waith ar y fferm, ond peth gwahanol oedd hyn. 'Roedd o'n ei drin fel mab.

Daliai E.J. i siarad.

'Bydd pawb yn sôn am ryddid i neud be fynnan nhw, ond pa hawl sy gynnon ni? Dyn yn creu Duw ar ei ddelw ei hun ydi peth fel'na.'

Crensiodd sŵn awyren drwy'r awyr, yn union, meddyliai Rick, fel taran Duw.

''Dydi hi ddim yn ffasiynol, mi wn, i siarad am bechod efo chi bobl ifinc, ond mae pechod yn bod. Mae Satan yn bod, yn dy gaethiwo di, yn medru gwyrdroi dy fodolaeth.'

170

Aeth ei lais yn isel. 'Tydw i'n gwybod hyn yn iawn fy hun.' Caeodd ei lygaid, yna'u hagor. ''Rydw i'n poeni amdanat ti, Richard.'

Ni wyddai'r bachgen beth i'w ddweud, a dyheai am fod yn ôl yn glyd ar ei dractor. Fel petai ei siarad anarferol wedi synnu hyd yn oed yr hen ddyn ei hun, syrthiodd rhyw fudandod rhyngddynt. Ond toc, meddai Rick, a rhyw floesgni yn ei lais wrth iddo wthio'r geiriau allan:

'Mae'n ddrwg gen i achosi poen i chi.'

Pe bai E.J. wedi taranu fel rhyw Foses ar ben Mynydd Sinai, ystyfnig fyddai ei ymateb wedi bod, ond 'roedd diffuantrwydd angerddol y geiriau, ac awydd amlwg yr hen ddyn am ei les wedi ei dynnu ato'n rhyfeddol. Mentrodd ddweud:

''Dach chi'n sôn am bechod, E.J. ond . . . 'dydw i ddim yn deall chwaith. Heledd a fi . . . 'dan ni *yn* caru ein gilydd. Nid rhyw hen drachwant dros dro ydi o, wir.'

Ond hyd yn oed wrth siarad, fe sylweddolodd nad oedd ef ei hun yn hollol ddiffuant. 'Doedd o ddim yn siŵr ai trachwant oedd ei deimladau ai peidio.

Aeth yn ei flaen yn frysiog. 'Be sydd o'i le ar i frawd a chwaer garu'i gilydd? Pam 'i fod o'n rong? Fydden ni ddim yn gneud drwg i neb?'

Clywodd ochenaid hir gan E.J.

'Oes rhaid cael ateb i bob cwestiwn felly? Ydi o ddim yn ddigon i ti fod cyfraith Duw a dyn yn ei wahardd? Mae'r peth yn rong, Rick.'

''Does gan neb help am ei deimlade, E.J.'

'Oes, *mae,* Rick. Mae ymateb i'r cariad dwyfol yn golygu arfer disgyblaeth a hunan-ymwadiad ac aberth, fel y gwyddai'r Gwaredwr ei hun.'

''Doedd Rick erioed wedi clywed E.J. yn siarad fel hyn o'r blaen. Yn y capel, rhyw ystrydebau henffasiwn a ddeuai allan, ond 'roedd o wedi meddwl yn hir am y geiriau hyn. Wedi gweddïo, mae'n siŵr. Clywai ryw wyleidd-dra newydd yn dod drosto wrth wrando.

171

'Doedd E.J. ddim wedi gorffen eto. 'Mae baich anodd arnon ni i gyd. Wyt ti wedi meddwl am y math o faich sydd ar Debora? Go brin y bydd honno, y fechan, yn gallu profi serch rhywiol o gwbl. Ond bydd rhaid iddi hi ddygymod, yn bydd? Rhaid i ni i gyd ddygymod, rywbryd neu'i gilydd.'

Tarawyd Rick yn fud. 'Roedd clywed E.J. yn cyfeirio fel hyn at Debora yn gignoeth ac yn mynd at ei galon. Gwelodd fod gwefusau E.J. yn crynu. Mewn ystum sydyn, cydiodd yn ei law a'i gwasgu'n dynn. Ni allai feddwl am ddim i'w ddweud, ond 'roedd y rhwymyn rhwng y ddau wedi'i glymu am byth.

18

Bu Menna Austin yn anfodlon cydnabod iddi ei hun ei bod hi'n osgoi galw ar Miriam Garmon. Nid edrychai ymlaen at y cwestiwn a oedd yn siŵr o ddod. Sut oedd Heledd wedi ymddwyn tra buon nhw i ffwrdd? Digon hawdd siarad yn gyffredinol ar y ffôn pan alwodd Miriam i ddiolch iddi, diolch a oedd braidd yn rhy ffyslyd ym marn Menna. Ond mynnai ei chydwybod ddweud y dylai hi roi rhyw fath o awgrym i'r rhieni fod eu merch mewn cymhlethdod ac angen eu cydymdeimlad. Ond sut oedd hi'n mynd i wneud hyn heb fradychu Heledd, dyna oedd y cwestiwn. Felly, peidio â galw oedd y gorau, peidio ag ymyrryd.

Ond un bore fe ddaeth Miriam ar y ffôn, yn amlwg wedi'i chynhyrfu'n arw.

'Fedrwch chi sbario amser i ddod draw yma, Menna? Neu alla' i alw i'ch gweld chi?' 'Roedd ei llais yn crynu.

'Oes rhywbeth o'i le, Miriam?'

'Oes, 'dwi'n meddwl. Ond 'fedra' i ddim deud ar y ffôn.'

'Sefwch chi fan'na. Fe ddof fi draw ar unwaith.'

Mae Heledd wedi dweud wrthi. Dyna oedd uchaf ym meddwl Menna. Gallai ddychmygu cymaint o sioc fyddai hyn i rywun mor agos i'w lle â Miriam. O leiaf byddai'n ateb ei chyfyng-gyngor hi. Brysiodd draw i Lys Madog yn llawn o'i chymysgedd arferol o betruster a chwilfrydedd.

'Diolch am ddod mor fuan,' ebe Miriam wrth ei harwain i mewn i'r parlwr. Edrychai'n llwyd er gwaethaf lliw haul yr Eidal, ac 'roedd y rhychau ar ei hwyneb yn amlwg iawn. 'Mi ges i lythyr y bore 'ma. 'Dwi am i chi ei ddarllen.'

Tynnodd y llythyr o'i amlen a'i roi i'r llall. 'Roedd y papur yn siêp a'r ysgrifen yn anghelfydd. Darllenodd Menna.

Annwyl Mrs. Garmon,

I've got to write to you because you ought to know whats going on here. Sorry I cant write in Welsh. I am the real mother of Heledd, and it was her who wrote the letter I am enclosing with this one. Did you know she had come to look for me? It gave me a shock I can tell you, but she is a very nice girl and I could be proud of her except for one thing and you should know about it. I've got a son who is living here and these two have been carrying on with each other. If you read the letter you will see that I am telling you the truth. But they are brother and sister aren't they? My son has got more sense but she doesn't listen to anyone. I am sure you will make her come home when you know in case something awful happens. The letter is proof of what I am saying.

Nina Lewis.

P.S. Sarnai ddim isio gneud drwg i Heledd.

Cododd Menna ei phen. Ni allai ddweud dim, ac 'roedd arni ofn gweld y llythyr arall. Ond yr oedd Miriam yn ei ddal allan iddi. 'Dyma fo.'

Ysgydwodd Menna ei phen. 'O na! Llythyr preifat yw e. Well 'da fi bido, wir.'

'Plîs. Darllenwch o.'

Yn anfodlon cymerodd y llythyr a'i ddarllen. Llifai tosturi drosti wrth wneud. Druan o Heledd, a'i geiriau o gariad yn noeth o flaen llygaid eraill! Yn y llythyr 'roedd hi wedi ail-fyw ei phrofiad, yn onest, yn agored, yn llawn gwefr serch, gyda holl annoethineb didwyll merch ifanc.

Crychwyd ei thalcen â phoen wrth roi'r llythyr yn ôl i Miriam. ''Dwy i ddim yn hapus iawn o fod wedi darllen hwn,' meddai'n isel.

'Roedd llygaid y llall yn oer. 'Ond mae'n profi bod y wraig yma'n dweud y gwir, yn tydi? Sgrifen Heledd ydi hwn. 'Roedd hi'n iawn i'w anfon ata' i.' Cleciodd ei thafod yn flin. 'Diar! Mae Heledd wedi bod yn boen arnon ni. Mae'r llythyr yna'n ffiaidd.'

Dyna fyddai ei hadwaith hi, wrth gwrs, meddyliai Menna. 'Roedd hyn yn gyson â'r hyn a gasglodd gan Heledd ei hun am y diffyg dealltwriaeth rhyngddynt.

'Llythyr merch ifanc sensitif yw e, Miriam. Mae cariad cyntaf yn gallu bod yn ddeifiol, on'd yw e?'

'Cariad!' ffrwydrodd y llall. 'Llosgach ydi hwn, nid cariad!'

Ceisiodd Menna ateb yn dawel. ''Dyw'r ddau beth ddim bob amser yn anghymharus. Mae 'na enghreifftie lawer mewn hanes ac mewn llenyddiaeth. Byron . . .'

Newidiodd ei thrywydd gan synhwyro ar unwaith nad oedd hyn yn mynd i dycio fawr â'r fam hon. 'Hwyrach eu bod nhw wedi syrthio mewn cariad cyn cael gwybod am eu perthynas.'

Siaradai o'i gwybodaeth ddirgel ei hun am y sefyllfa. ''Dyw hi ddim mor hawdd syrthio mâs o gariad unweth ma' fe wedi digwydd. Yn enwedig i rai ifanc nwydus.'

Edrychodd Miriam yn syn arni. ''Dach chi erioed yn cymeradwyo hon?'

'Nagw, wrth gwrs. Dim ond treial gweld y gall fod ochr arall. ''Dy'n ni ddim yn gwybod y manylion i gyd, nag y'n ni?'

Eisteddodd Miriam i lawr yn sydyn a golwg anarferol o ansicr arni yn awr.

''Dwn i ddim beth ar y ddaear i'w ddweud. Pa fam arall sy wedi gorfod wynebu sefyllfa fel hon?'

Taflwyd y wraig bendant hon oddi ar ei hechel yn llwyr. Estynnodd Menna ei llaw allan i'w chyffwrdd, ac ymatebodd y llall ar unwaith.

''Dwi'n falch ofnadwy o gael siarad efo chi, Menna. 'Dach

chi mor bwyllog. 'Dydw i ddim yn gwybod be i feddwl na be i'w wneud.'

'Ydi Eryl yn gwybod?'

'Ddim eto. Fe ddoth y llythyr ar ôl iddo fynd i'r swyddfa. Mi fydd o'n siomedig iawn, a deud y lleia. Mae o'n meddwl y byd o Heledd.'

'Os felly, fe fydd e'n dyner 'da hi.' Crychodd Menna ei thalcen. 'Shwd gafodd y wraig yna afel ar y llythyr, 'sgwn i?'

Ochneidiodd Miriam. 'Be 'di'r ots? Falle bod y bachgen ei hun wedi'i roi iddi. Falle nag ydi o ddim wedi gwirioni'r un fath â hi.'

Os felly, druan ohoni, meddyliai Menna eto, ond ni ddywedodd hyn.

'Be fyswn i'n licio cael gwybod ydi sut cafodd hi afael yng nghyfeiriad y ddynes. 'Rown i'n bendant nad oedd hi ddim i gael gwybod nes ei bod hi'n ddeunaw. Mae hi'n ifanc iawn o'i hoed, ac yn ansefydlog yn emosiynol. Fi oedd yn iawn.'

'Y'ch chi am fynd lan yno?'

''Dwn i ddim.' Edrychai Miriam yn ffwndrus. 'Rhaid i mi gael siarad efo Eryl gynta.'

'Rhaid, wrth gwrs.'

'Roedd Menna wedi cydio mewn clustog a'i bysedd yn ei llyfnhau fel petai'n ceisio rhoi trefn ar ei meddyliau.

'Miriam,' meddai yn araf, 'mi wn i fod y peth yn anghyfreithlon ac yn ffiaidd yn eich golwg, ond . . . 'ry'ch chi'n wraig fodern, ryddfrydol, ddeallus. Y'ch chi ddim yn cytuno fod pethe gwaeth i'w cael na llosgach?'

'Roedd hi ar fin cyfaddef bod Heledd eisoes wedi sôn wrthi am ei chariad. Byddai hynny wedi bod yn rhyddhad mawr i'w chydwybod. Ond, yn ei meddwl, gallai glywed y wraig arall yn edliw iddi 'Pam na fasech chi wedi deud wrtha i ynghynt?' Y peth olaf 'roedd hi am ei wneud oedd troi Miriam yn ei herbyn. 'Fyddai hynny o ddim lles i Heledd.

'Beth, er enghraifft?' gofynnodd Miriam yn swta.

'Casineb, creulondeb, anonestrwydd, anffyddlondeb—'

Stopiodd pan welodd y gwrid yn llifo dros wyneb Miriam. Gallai fod wedi'i chicio'i hun. Fel y rhan fwyaf o Gymry

175

Caerdydd fe glywsai'r straeon am Eryl Garmon a Lyn Murphy, y ferch yna ar y teledu. Oedd Miriam yn gwybod? Dywedai ei hwyneb ei bod hi. Brysiodd ymlaen.

'O, mae 'na bob math o bethe. Cofiwch, mae llawer gwareiddiad yn y gorffennol wedi rhoi bendith ar y peth. Er mwyn diogelu hil a safle teulu a phethe felly.'

'Ond 'dydi'n gwareiddiad ni ddim.'

'Nag yw.'

Bu tawelwch rhwng y ddwy am ysbaid. Yna ceisiodd Menna eto.

'Galla i ddeall y sioc i chi. Fel y gwetsoch chi, mae Heledd yn ifanc iawn o'i hoed. Os yw hi yn wirioneddol yn caru'r bachgen yma—ac mae'r llythyr 'ma'n dangos ei *bod* hi—yna mae angen eich cariad chi'ch dau, a'ch cydymdeimlad arni. Waeth 'ry'n ni i gyd yn gwybod nad oes dim dyfodol i'r peth, on'dy'n ni?'

'Doedd hi ddim yn siŵr a oedd Miriam yn gwrando arni. Plethai a dadblethai ei dwylo, a thinc o hunan-dosturi yn ei llais wrth ddweud: ''Dan ni bob amser wedi rhoi ein cariad gorau iddi.'

'Fe wn i hynny, ac mae hi fwy o'i angen e nawr nag erioed.'

Oedd hi wedi torri drwodd? Edrychai Miriam o ddifri arni yn awr. 'Hwyrach fod rhywun o'r tu allan yn gweld pethe'n gliriach. 'Dwn i ddim.'

'A hwyrach nad yw pethe ddim mor ddifrifol ag y mae'r llythyr hwn yn awgrymu. Siaradwch dros y peth yn bwyllog 'dag Eryl. A . . . treiwch bido â becso.'

Arhosodd Menna yno am ryw awr arall, yn siarad am Heledd. Gofalodd beidio â rhoi unrhyw awgrym ei bod hi'n feirniadol o Miriam, ond ceisiai gyfleu ei hargraffiadau personol hi ei hun o'r ferch, fel rhywun dieithr wedi dod i gysylltiad â hi am ychydig ddyddiau. Pan gododd i fynd ni wyddai'n iawn a oedd hi wedi gwneud lles ai peidio, oherwydd aethai Miriam yn dawedog iawn. O leiaf, meddyliai, 'rwyf wedi peri iddi feddwl o'r newydd am ei merch fabwysiedig. Gyda thipyn o lwc, hwyrach y byddai wedi dechrau ei gweld hi fel person unigol, ac nid fel ffigur yn peri siom i ddymuniadau Miriam drosti.

*   *   *

Tra oedd Menna yn cefnu ar Lys Madog 'roedd Eryl yn gadael Llys y Goron ar ei ffordd yn ôl i'w swyddfa, a'i hwyl braidd yn flin. Yn un peth, 'roedd y bar-gyfreithiwr Parker wedi bod mor hirwyntog nes colli'r achos iddynt. Fe ddylai hwnnw fod wedi cofio na fyddai dim yn gwylltio'r Barnwr Austin yn fwy na chwnsler yn lapio'i neges mewn wadin o eiriau diangen. A bu raid iddo wrando ar hyn â'i ddicter bron berwi drosodd.

Ond peth arall, pwysicach wir, oedd fod Lyn wedi galw yn y swyddfa y bore hwnnw, cyn iddo fynd i'r Llys. Ar ei ffordd i'r stiwdio 'roedd hi, meddai hi, a meddwl y byddai'n picio i mewn i wneud trefniadau. Datblygiad peryglus dros ben. Aeth yn boeth drosto wrth gofio am y smyrc ar wyneb Julie, un o'r clarcod. Ond 'roedd Lyn fel petai yn mynnu arddel eu perthynas yn gyhoeddus yn awr. Ni fynnai ef hynny am bris yn y byd. 'Doedd dim ond un peth amdani. Cyn i sgandal ddigwydd, 'roedd yn rhaid rhoi diwedd ar yr holl fusnes, a hynny ar unwaith. Penderfynodd alw yn ei fflat ar ei ffordd adre.

Felly, pan ffoniodd Miriam i ofyn iddo wneud ei orau i ddod adre'n fuan, fe'i hatebodd yn gwta iawn.

'Mi ddo' i cyn gynted ag y medra' i, Miriam.'

'Mae'n bwysig heddiw, Eryl. Mae rhywbeth wedi digwydd.'

'Be?' cyfarthodd.

'Mi ddweda' i pan ddoi di adre. Ond mae o *yn* bwysig.'

Sylweddolodd wrth glywed y cryndod yn ei llais fod ei wraig o ddifri. Ar unwaith fflachiodd drwy ei feddwl: be mae hi wedi'i glywed? Aeth ei lais yn swta.

'O . . . oreit. Mi wna' i 'ngore.'

Wrth yrru ei gar heibio i'r Castell a thrwy Barc Cathays ymresymai ag ef ei hun. Os bydd hi'n fy herio'n blwmp ac yn

177

blaen, be wna' i? Gwadu? Na, mae gen i fwy o barch iddi na hynny. Syrthio ar fy mai? Dweud mai gwendid dyn canol oed oedd o, yn cael sylw gan ferch ifanc, amlwg gyhoeddus? Na, rhaid gofalu peidio â defnyddio'r gair 'ifanc'. Twtsiws. Ond mi alla' i ddweud yn hollol ddiffuant yn awr fod y peth drosodd, a ph'run bynnag, mi fyddai hi'n synnu cynifer o ddynion priod yng Nghaerdydd sy'n . . .

Y blydi ffŵl! Sgrechiodd a chodi'i ddwrn ar yrrwr car o'i flaen a drodd yn sydyn i'r dde. Sylweddoli wedyn bod y fenyw wedi rhoi arwydd ers tro. Cymer bwyll, Garmon! 'Dydi hi ddim yn ddiwedd y byd.

'Roedd Miriam yn sefyll wrth y ffenest yn aros amdano.

Rhedodd i agor y drws iddo.

'O, 'dwi'n falch dy fod ti wedi dŵad.'

'Be sy? Be sy wedi digwydd?'

Clywai don o hyder yn ysgubo drosto. 'Fyddai hi ddim wedi'i gyfarch mor gynnes petai hi'n gwybod.

'Mae 'na lythyr yma ddoth y bore 'ma. 'Fedrwn i ddim cysylltu â chdi achos mi wyddwn dy fod ti yn y Llys. Ond dyma fo. Darllena fo.'

Cymerodd y papur salw oddi arni a'r llinellau yn dyfnhau rhwng ei aeliau wrth iddo ddarllen. Wedi iddo orffen rhoddodd Miriam y llythyr arall iddo, llythyr mewn ysgrifen gyfarwydd.

Syllai Miriam yn galed ar ei wyneb i weld yr effaith arno. 'Roedd hynny'n ddigon amlwg. Ffieidd-dra yn troi ochrau ei geg i lawr fel petai wedi clywed aroglau drwg.

'Duw mawr!' sibrydodd.

Taflodd lythyr Heledd i lawr ar y bwrdd. 'Brawd a chwaer! Yr hoeden ddigywilydd!'

Dychrynwyd Miriam gan eithafrwydd yr adwaith. 'Roedd ei wyneb yn afiach o wyn a'i lais yn crynu. Dechreuodd weiddi.

'Heledd o bawb! Yn sgwennu llythyr mochaidd fel'na! Dyna be 'dan ni'n gael am roi cartre da iddi.'

Rhoddodd Miriam ei llaw ar ei fraich.

'Paid ag ypsetio dy hun fel'na, Eryl. Falle nag ydi pethe ddim mor ddrwg.'

'Ddim mor ddrwg? Sut gelli di ddeud y fath beth? Mae'r llythyr ... b-budr 'na'n ddigon plaen yntydi? Ar wahân 'i fod o'n ffiaidd mae'n anghyfreithlon, yntydi o? Beth petai'n ffrindie yn y Gyfraith yn cael gwybod? Sut bydde hi arna' i wedyn?'

Edrychodd Miriam arno mewn syndod. Meddwl amdano 'i hun 'roedd Eryl.

''Dydyn nhw ddim yn debyg o gael gwybod, yn nag ydyn,' meddai hi'n isel, 'oni bai dy fod ti'n mynd i ddeud wrthyn nhw.'

Cododd Eryl y llythyr eto a'i ddarllen eilwaith, bron fel petai'r geiriau yn ei fesmereiddio.

'Mae hi'n disgrifio popeth ... popeth ... Myn uffern i! Beth petai hi'n cael plentyn? Heb sôn am Aids! Y ffŵl fach ddifeddwl.'

Rhyw Eryl newydd oedd hwn iddi hi, a noethni ei deimladau mor amlwg.

'Mae llawer ffordd o fod yn ffŵl, Eryl.'

'A be mae hwnna'n ei feddwl?'

Nid atebodd Miriam. Ailofynnodd Eryl ei gwestiwn gan ddyrnu'r bwrdd.

''Dwi'n meddwl dy fod ti'n gwybod yn iawn,' atebodd hi'n dawel. 'O leia, gellid dadlau fod y llythyr yn dangos cariad merch ifanc ar ei buraf. Wyt ti wedi anghofio be 'di bod mewn cariad am y tro cynta?'

Ni allai Miriam gredu ei bod hi wedi dweud y geiriau hyn, ond, ar ôl eu dweud, sylweddolodd gymaint o effaith 'roedd Menna wedi'i gael arni.

'Puraf?' ebychodd Eryl. 'Llosgach? Siarad sens, wnei di?'

'Mae arni angen ein cariad, nid ein condemiad.'

'Mae arni angen rhywun i fynd i fyny yno a'i llusgo hi adre, a rhoi chwip din iddi. Ac mi wna' i hynny fory nesa.'

'O, na!'

Miriam oedd yn gweiddi yn awr.

179

'Wyt ti am i ni ei cholli hi'n gyfan gwbl? Yn dy hwyl bresennol 'fydd dim siarad call i'w gael gen ti. O leia, rhaid i ni ei pharatoi hi.'

'A sut wyt ti'n bwriadu gwneud hynny?'

'Sgwennu ati. Neu ffonio. 'Dwn i ddim . . . Sgwennu fydde ore falle. Sgwennu'n bwyllog.'

'Miriam, 'fedra' i ddim bod yn bwyllog ynghylch rhywbeth mor—mor anllad, mor fudr.'

Prin y medrai gael ei eiriau allan. Ond erbyn hyn fe ddaeth dur newydd i lais ei wraig.

'Hwyrach . . . hwyrach, Eryl, fod pethe gwaeth i'w cael na llosgach.' Ar ôl ennyd ychwanegodd. 'Lle mae 'na wir gariad.'

Rhythai'r gŵr a'r wraig ar ei gilydd a'r llenni rhyngddynt wedi eu rhwygo. Eryl oedd y cyntaf i droi ei lygaid i ffwrdd. Trodd a brasgamu allan o'r ystafell gan roi clep ar y drws ar ei ôl.

*   *   *

Aeth Menna adre a'i meddwl yn gythryblus iawn. Faint o les ydw i wedi'i wneud? Peth peryglus iawn yw ymyrryd mewn helyntion teulu arall, rhywbeth na wnaethai erioed o'r blaen, am a wyddai hi. Ond 'roedd ei theimladau at Heledd mor warchodol fel 'roedd hi am i'r ferch gael hynny o chwarae teg a oedd yn ei gallu hi i'w roi iddi.

Ond beth nawr? Teimlai y dylai gael rhyw fath o rybudd o'r hyn oedd wedi digwydd, a hynny gan rywun diduedd na fyddai'n debyg o ffrwydro a dangos atgasedd. Brwydrai ynddi awydd i godi'r ffôn a rhybuddio'r ferch tra arweiniai callineb hi i adael i bethau gymryd eu cwrs.

Y cyntaf a orfu. Gwyddai y byddai Heledd adre tua phump o'r gloch, a deialodd y rhif. Ceisiai swnio'n ddigyffro.

'Heledd, 'rown i'n meddwl y bydde'n well i mi dy rybuddio di. Mae dy fam yn gwybod.'

'Be? Yn gwybod be?'

'Amdanat ti a Rick. Mae Nina wedi anfon llythyr atyn nhw.'

'Llythyr?'

'Ie. A Heledd, fe anfonodd hefyd lythyr 'roeddet ti wedi'i sgrifennu at Rick.'

Daeth sŵn yr ochr arall tebyg i gath fach yn mewian. ''Dydw i ddim yn deall. Sut . . . ?'

'Dyna licen i wybod. Clyw, 'weda' i ddim rhagor nawr. 'Does dim alla' i weud mewn gwirionedd. Ond cofia beth wedes i.'

Rhoddodd y ffôn i lawr ar unwaith, yn methu goddef lluniau ei dychymyg o wewyr y ferch.

Syllai Heledd ar y ffôn fud. Synnai mai rhyw fath o ryddhad oedd uchaf ar ei meddwl yr eiliadau cyntaf hynny. O leiaf fe wyddai yn awr pam na chawsai lythyr yn ôl ganddo. 'Roedd Debora, am ryw reswm, wedi rhoi ei llythyr i Nina.

Yr un mor gyflym, fe'i llanwyd ag ofn. Beth petai Rick ei hun wedi dangos y llythyr i'w fam? O, na, na, na, llefai ei chalon. Na, 'fyddai o byth wedi gwneud y fath beth. On'd oedd y llythyr yn llawn o'i chariad? 'Allai neb ei bradychu hi fel'na. Nid Rick, beth bynnag.

Ond 'roedd yr amheuaeth wedi egino yn ei meddwl. Rhaid iddi ei weld ar unwaith, hyd yn oed os oedd hynny'n golygu mynd ei hun i Bant Llwynog. O ran hynny, byddai'n dda medru dweud wrth Nina beth oedd hi'n ei feddwl o'r person a fyddai nid yn unig yn darllen llythyr preifat ond yn meiddio ei anfon at ei rhieni.

A dim ond rŵan y dechreuodd feddwl am effaith hyn oll ar Miriam ac Eryl. Ond, rywsut, dim ond niwsans diangen oedd gorfod meddwl amdanyn nhw y munud hwnnw. Rick oedd yn bwysig. Rhaid iddi ei weld o, doed a ddelo. Unwaith y byddai sicrwydd ei freichiau amdani, 'fyddai dim byd arall yn cyfri.

Rhy hwyr a rhy dywyll yn awr i seiclo i fyny i Wern Seiri. 'Doedd ond un peth amdani. Gwnaeth esgus i'w nain, a rhedodd allan draw at weithdy Ifan.

'Wnei di ffafr â mi, Ifan?' crefodd. 'Mae'n bwysig ofnadwy.'

'Roedd o ar fin dweud rhywbeth coeglyd fel arfer, ond newidiodd ei feddwl wrth weld yr wyneb llwyd a'r gwallt anniben o'i flaen.

'Wrth gwrs. Os galla' i.'

'Wnei di ffonio Rick, a rhoi'r ffôn i mi unwaith y daw o ar y lein?'

'Wel . . .' dechreuodd Ifan yn araf. 'Wyt ti'n meddwl y bydde Rick yn—'

'O *plîs,* Ifan. Mae gen i neges iddo fo. Dyma'r unig ffordd. 'Fyswn i ddim yn gofyn oni bai 'i fod o'n bwysig.'

'Alla' i ddim peidio â helpu hon, meddyliodd Ifan, beth bynnag fydd Rick yn ei ddweud wedyn. Ydi hi wedi ffeindio ei bod hi'n disgwyl neu rywbeth? Mae golwg wyllt arni. Heb ddweud rhagor aeth draw at y ffôn a dechrau deialu. Daeth ychydig o wrid yn ôl i wyneb y ferch wrth ei glywed yn siarad.

'Rick? . . . S'mai? Hei, ar dy ben dy hun wyt ti? . . . Wyt? . . . Grêt. Mae gen i rywun yma isio cael gair â chdi.'

Heb aros i glywed ateb Rick, fe basiodd y teclyn ymlaen i Heledd, a chilio o'r golwg.

'Rick? O Rick, 'dwi'n falch o dy glywed di.' 'Roedd ei llais yn gryg.

'Be sy'n bod, Heledd, Mae sŵn od arnat ti.'

'Rick, gest ti'r llythyr wnes i 'i anfon efo Debora ddydd Llun?'

'Llythyr? Naddo.'

'O, 'dwi yn falch. Rick, mae Nina wedi cael gafael yn'o fo rywsut, ac wedi'i anfon o i Gaerdydd. Rhaid i mi gael dy weld ti.'

'O . . .'

'Paid â deud ''O'' fel'na. Mae'n bwysig. Mae'n rhaid i ni gael siarad. Fedri di ddod i lawr yma heno?'

Ar ôl saib. 'Mi fydd hi braidd yn anodd.'

'Rick! Tyrd! 'Dwi'n begian arnat ti.' Teimlai'n wan oherwydd yr ymdrech i'w ddarbwyllo, a'r siom ei fod yn ymddangos mor amharod.

'Tyrd,' meddai'n isel y tro hwn, 'Neu 'dwn i ddim be wna' i.'

'Roedd ei thaerineb wedi cyffwrdd â'r bachgen. Er gwaethaf ei benderfyniadau cynharach, mwmiodd: 'O'r gore. 'Mhen chwarter awr. I weithdy Ifan, ie? Ond 'fedra' i ddim aros yn hir.'

'Roedd arni isio dweud: 'Rick, 'rwy'n dy garu di,' ond 'roedd o wedi rhoi'r ffôn i lawr. Wel, o leia 'roedd o wedi gaddo dod, ond yr oedd ei amharodrwydd wedi'i brifo hi'n arw. Beth oedd wedi digwydd? Mor wahanol 'roedd o rŵan i'r carwr eiddgar hwnnw fu'n anwesu pob rhan o'i chorff, a dweud drosodd a thro fel yr oedd yn ei charu. Ydi o ddim yn deall gymaint mae arna' i angen ei gariad? Dyma lle'r ydw i, yn byw am alwad oddi wrtho, yn methu rhoi fy meddwl yn iawn ar ddim byd arall, ac mae fel pe bai caddug wedi disgyn rhyngddon ni.

Trodd at Ifan. 'Mi fydd o yma 'mhen rhyw chwarter awr. Ga' i aros?'

'Wrth gwrs, 'mach i.'

Estynnodd gadair iddi. Mae hon wedi cael y dwymyn yn bur ddrwg, meddyliodd. Be sy'n bod ar y creadur Rick yna? Taswn i yn ei le o . . .

Ni allai hi aros yn llonydd ar y gadair. Ar ôl ychydig, cododd ac aeth at y drws i edrych allan. Cleciodd Ifan ei dafod yn dosturiol, a theimlodd ryddhad pan glywodd gar y tu allan a drws yn cael ei gau'n frysiog. 'Roedd Heledd eisoes ar y ffordd allan gan weiddi 'Diolch, Ifan!' dros ei hysgwydd. Teimlodd ryddhad drachefn na fu raid iddo wynebu Rick.

'Roedd hwnnw yn ei ddillad gwaith a heb siafio.

Pan redodd Heledd ato a chlymu ei breichiau amdano, teimlai ei benderfyniad yn llifo ymaith fel y gwnaethai droeon o'r blaen.

'Rick . . . Rick . . . Rick . . .' 'Roedd eu cusanau fel bwyd i ddau ar lwgu.

'Ble'r awn i?'

'Rywle. 'Di ddim o bwys ble.'

'Rwyt ti'n rong, Rick. 'Rwyt ti'n wan, Rick. Nid fel hyn 'roedd pethe i fod, Rick. Clywai'r llais yng nghefn ei feddwl, ond ni allai wneud dim yn awr ond sgrytian ei ysgwyddau.

Dim ond unwaith eto, plediai â'r llais. 'Alla' i mo'i gwrthod. Trodd y car allan o'r dref.

'Y llythyr 'na. Be oedd yn'o fo?'

'Popeth, Rick. 'Roedd gen i gymaint o hiraeth amdanat ti, mi sgwennais i lawr bob dim oedd wedi digwydd rhyngddon ni. I gael ei ail-fyw.'

Rhoddodd ei llaw ar ei benglin, ac, wrth wneud hynny, rwystro'r geiriau o gerydd ar fin ei dafod. Y cwbl a ddywedodd oedd:

'A Nina o bawb yn cael gafael arno fo. Sut, tybed?'

Ond 'doedd dim rhaid gofyn sut. Hofrai enw Debora yn fud rhyngddynt. Toc, meddai yn araf: 'A'th dad a'th fam, be maen nhw'n ddeud?'

''Dwn i ddim eto. Menna ddwedodd wrtha i.'

'Menna?'

'Ie, gwraig y Barnwr. Mi ddaru hi fy ffonio i ryw awr yn ôl i'm rhybuddio.'

'Peth rhyfedd, 'tê?'

'Mae hi'n ffrind da i mi.'

Syrthiodd distawrwydd rhyngddynt. Erbyn hyn 'roedd y car yn dringo ffordd gul anghyfarwydd i Heledd. Daeth y lleuad allan y tu ôl i gymylau aflonydd gan roi hud newydd i'r noson. Gwelodd eu bod nhw'n troi i mewn i goedwig. Stopiodd y car ac aeth y ddau allan gan lynu'n dynn yn ei gilydd.

Unwaith eto diflannodd pob ymwybod o ddim ond eu hangen hwy eu hunain am ei gilydd. 'Roedd yfory yn ddigon buan i ymboeni am y dyfodol. Eu cariad oedd yr unig beth byw iddynt. Yn hyn, am ychydig, 'roedd y ddau yn un. Dim ond yn nes ymlaen, yn gorwedd ochr yn ochr, yn ddi-feind o wlybaniaeth y mwsog odditanynt, y daeth llawn sylwedd-oliad i Rick o faint ei wendid.

'Mae'n ddrwg gen i, y fach,' sibrydodd.

Dywedodd hithau braidd yn finiog: 'Paid â deud hynna. Mae'n sbwylio popeth. 'Dydi hi ddim yn ddrwg gen i.'

Nid atebodd yntau am ychydig. Yna—

'Be wnei di?'

'Be wyt ti'n feddwl?'

''Fedrwn ni ddim mynd ymlaen fel hyn.'

'Ond 'fedra i ddim peidio â dy garu di. Ac 'rwyt tithe hefyd, yn dwyt? . . . Yn dwyt?'

Cusan oedd ei unig ateb, ond y tro hwn synhwyrodd Heledd ryw wyliadwriaeth ynddo a godai'r hen ofn arni eto. 'Doedd hi ddim am ei ollwng.

'Rick . . .'

Rhoddodd ei gwefusau wrth ei glust. 'Tyrd i ni redeg i ffwrdd.'

Chwarddodd yntau. 'Rhedeg i ffwrdd? I ble?'

'Rywle. Llundain. Iwerddon . . . Rhywle lle na fydd neb yn ein nabod ni.'

Chwarddodd Rick eto, ond y tro hwn â thinc anghysurus yn ei lais.

'Ar be fasen ni'n byw, y wirion fach?'

'O, 'dan ni'n ifanc. 'Dan ni'n siŵr o ffeindio rhywbeth.'

Rhoddodd gusan arall iddi. 'Mae'r lleuad 'di mynd i dy ben di. Tyrd, mae'n amser symud.'

Ond gwrthodai hithau ollwng ynddo. ''Dwi o ddifri, Rick. Paid â 'nhrin i fel plentyn.'

Edrychodd i lawr arni a gweld y llygaid mawr yn disgleirio yng ngolau'r lleuad. Llygaid witsh, meddyliodd yn sydyn, a rhyw oerni'n cerdded drwyddo.

'Tyrd rŵan,' meddai'n frysiog. 'Cwyd.'

''Dwyt ti ddim o ddifri, 'ta?'

Ochneidiodd yntau. ''Dwi o ddifri'n dy garu di. Ond be wnawn ni, Heledd? Brawd a chwaer 'dan ni. 'Chawn ni ddim.'

Dyheai am fod yn ôl yn y car, allan o'r perygl yma. Cododd hi ar ei thraed yn afrosgo. 'Tyrd.'

Ond mynnai aros yno mor llonydd a disymud â derwen.

''Alla' i ddim byw hebddat ti, Rick.'

Erbyn hyn 'roedd y bachgen wirioneddol wedi dychryn. Siaradai Heledd mewn llais isel, yn wahanol i arfer, yn bygwth rhywbeth annirnad. 'Doedd hi erioed yn meddwl . . .?

185

Cydiodd ynddi yn sydyn a'i chofleidio'n dynn. 'Paid â siarad fel'na. Bydd popeth yn oreit, gei di weld, bydd, bydd ... Hisht rŵan ...'

Anwesodd ei gwallt a sibrwd y geiriau diystyr, fel tad yn cysuro'i blentyn. Yn raddol aeth y tyndra o'i chorff, a gallodd ei helpu yn ôl i'r car. Dringodd i mewn i'r ochr arall yn ddiolchgar a chychwyn yn ôl am y Bala, ei feddwl yn fwy cythryblus nag erioed.

Rhaid iddo roi terfyn ar hyn. Ond sut? Sut oedd gwneud iddi ddeall? Hwyrach y byddai ei rhieni'n mynd â hi'n ôl i Gaerdydd. Byddai hynny'n rhoi cyfle iddi ddod ati ei hun. Ond 'fyddai hi'n debyg o fynd? Yn yr oes yma, 'doedd rhieni ddim yn gorfodi eu plant i wneud dim yn erbyn eu hewyllys. O'r mawredd, be wna' i?

Ac yna, yn sydyn, daeth iddo syniad a fyddai'n greulon efallai, ond yn effeithiol.

19

'Menna,' ebe Miriam ar y ffôn, 'alla' i ddod draw i'ch gweld chi?'

'Cewch, wrth gwrs. Pryd?'

'Y pnawn 'ma, os yn bosib.'

'Pnawn 'ma'n fy siwto i'n ffein.'

Peth anghyffredin oedd i Miriam gydnabod nid yn unig fod rhywun arall yn gwybod yn well na hi ond ei bod hi hefyd yn barod i droi at y person hwnnw am help. Ac eto, meddyliodd, wrth roi'r ffôn i lawr, hwyrach nad oedd y peth ddim mor rhyfedd chwaith. Wedi'r cwbl, 'doedd dim cynsail i'r broblem a wynebai Eryl a hi. Hi yn fwy nag Eryl, a dweud y gwir, gan iddo gydsynio'n awr mai hi fyddai'r orau i ddelio â Heledd.

Ar ôl ei arthio cyntaf 'roedd Eryl wedi syrthio'n ôl i'w arferiad o adael penderfyniadau pwysig iddi hi. Ac fe wyddai hithau'n iawn pam. Drwy'r blynyddoedd diwethaf hyn o fercheta ni ddangosodd hi unrhyw arwydd iddo ei bod hi'n gwybod. Caeodd yr wybodaeth yn glep arni hi ei hun hefyd. Rhywbeth dros dro oedd hyn, a rhaid ei anwybyddu gan obeithio na fyddai'n para'n hir.

Parodd ei adwaith sydyn i helynt Heledd iddi weld ei gŵr o'r newydd. Bu yntau, fel hithau, yn ymffrostio yn ei ryddfrydiaeth hiwmanistaidd. Credent yn hawl yr unigolyn i hunan-fynegiant heb lyffethair, boed hynny mewn gair, gweithred, celfyddyd neu fywyd rhywiol. Bod yn onest oedd y maen prawf ar bopeth.

Ond 'doedd o ddim wedi bod yn onest. Ei ragrith oedd wedi'i dolurio fwyaf ddoe. Ar y naill law, yn llawn condemniad o ymddygiad Heledd nad oedd, o leia, wedi twyllo neb, ac ar y llaw arall ei dwyll ef ei hun yn ei diraddio hi, ei wraig. Ac yn awr, am iddi roi awgrym iddo ei bod hi'n gwybod, yn lle wynebu'r peth yn agored ac yn onest fel 'roedden nhw wedi addo i'w gilydd y gwnaent, be wnaeth o? Cilio i'r cysgodion, gan obeithio na fyddai hi'n agor y caead yn llydan.

Dyn meddal, arwynebol wyt ti yn y diwedd, Eryl Garmon, meddai wrthi ei hun. 'Dydi hyd yn oed dy deimladau o ffieidd-dra ddim yn mynd yn ddwfn iawn. Y gwir yw, 'does dim gonestrwydd rhyngddon ni o gwbl.

Nid oedd hi'n siŵr ai sylweddoli hyn ynteu effaith geiriau Menna arni a barodd iddi oedi a pheidio â rhuthro'n fyrbwyll i herio Heledd. Yn sicr 'roedd gwraig y Barnwr wedi gosod drych newydd o'i blaen, drych a oedd yn dal yn gymylog, ac oedd angen siami o wirionedd plaen i'w lanhau.

'Roedd Menna yn yr ardd yn tocio rhosynnau cyn i'r rhew ddod. Cymerodd ei hamser yn gwadd Miriam i mewn i'r tŷ, gan iddi sylwi ar dyndra'r wraig arall, a cheisiai osod rhyw fath o normalrwydd rhyngddynt drwy siarad am bethau bob dydd megis pa fath o wrtaith oedd orau ar gyfer rhosynnau'r flwyddyn nesa. Yn raddol ac yn hamddenol symudodd tua'r drws a chynnig nôl coffi i'r ymwelydd a oedd erbyn hyn ar bigau drain.

187

'Na, dim diolch. Eisio cael eich barn chi ar lythyr 'dw i. Llythyr 'dwi wedi'i sgwennu—ei ddrafftio'n hytrach—i Heledd.'

Anadlodd Menna'n rhydd. O leia 'doedden nhw ddim wedi rhuthro i'w llusgo hi adre, na'i ffonio. 'Roedd ffôn yn gallu rhoi'r fath gamargraff, a ffraeo ar y ffôn yn gallu bod yn derfynol. Tynnodd Miriam bapur braidd yn dreuliedig o'i bag llaw.

'Drafft ydi hwn. 'Rydw i am i chi ddeud eich barn yn onest. Bydd yn ddigon hawdd i mi ei newid.'

'Y'ch chi'n siŵr, Miriam? Ma' fe'n debyg o fod yn llythyr itha personol, on'd yw e?' Ond 'roedd hi bron marw eisiau ei weld hefyd.

'Plîs, Menna. Dim ond atoch chi y galla' i droi. 'Dach chi'n gweld, 'dwi'n cael y teimlad eich bod chi'n deall Heledd yn well o lawer nag ydw i. Na, wir rŵan—' pan wnaeth Menna ystum o nacáu hyn. ''Dwi'n cyfadde'n onest, mae'r hogan wedi bod yn ddirgelwch i mi ers blynyddoedd bellach. 'Roedd hi'n nes at Eryl rywsut.'

''Rown i'n mynd i ofyn i chi, be wedodd e?'

'Eryl?' Rhoddodd Miriam ochenaid ddofn. 'I gyfreithiwr, dim ond un peth sy'n bwysig. Torri'r gyfraith ydi llosgach.'

Taflodd Menna edrychiad sydyn arni. 'A chithe?'

Ar ôl ennyd o ddistawrwydd ebe Menna:

''Rwy'n treio deall.'

Aeth llygaid Menna i lawr at y braslun o lythyr. Gwelodd ei fod yn llawn brawddegau wedi'u croesi allan, ac ôl chwilio am y geiriau iawn. Darllenodd gyda thipyn o drafferth.

'F'annwyl Heledd,
'Rwy'n anfon y llythyr hwn yn ôl i ti. Mae'n llythyr personol iawn ac mi wn y bydd yn peri gofid i ti fod rhywun arall wedi ei ddarllen, yn arbennig dy dad a finne, o bawb. Mrs. Lewis anfonodd o i ni, gyda'i llythyr ei hun yn egluro dy berthynas â hi a'i mab. Fe wnaeth hyn mae'n siŵr am ei bod hi'n pryderu nad wyt ti'n llawn sylweddoli beth 'rwyt ti'n ei wneud. Paid â gweld gormod o fai arni. Mae'r bachgen hwn

yn frawd i ti, Heledd. Mae hyn yn ffaith y mae'n rhaid i ti ei wynebu.

Mae Dadi a fi'n dy garu di, ac am i ti ddod adre am dipyn i ni gael siarad yn iawn. Rhof ganiad i ti nos Wener. Bydd y llythyr hwn wedi dy gyrraedd erbyn hynny, a thithe wedi cael amser i feddwl drosto.

Cariad mawr,
Mami.

Tra darllenai Menna, rhythai Miriam ar bob gewyn o'i hwyneb yn chwilio am ei hymateb. Llythyr a gostiodd yn ddrud iddi oedd hwn. Oni bai am Menna 'fyddai hi ddim wedi gallu rhoi ffrwyn i'w theimladau ac ymatal fel hyn. Ond pan gododd Menna ei phen 'roedd ei gwên gynnes yn ddigon.

'Ydi o'n iawn?'

'Peidiwch byth â gweud eto nag y'ch chi ddim yn deall Heledd.'

'Wnaiff o'r tro?'

'Mwy na hynny. Mae'n well nag unrhyw beth y gallwn i fod wedi'i sgrifennu.'

Ymlaciodd Miriam am y tro cyntaf. 'Chi'n meddwl y daw hi adre, Menna?'

''Wn i ddim. Ond, o leia, mae hi'n gwybod fod y drws ar agor, on'd yw hi? Y peth olaf i'w wneud fydde ei gorfodi hi.'

Nodiodd Miriam yn araf, yna dywedodd yn isel, 'Dyna 'roedd Eryl am ei wneud.'

Ystyriodd Menna hyn. 'Wel, wrth gwrs, mae 'da fe hawl nes bydd hi'n ddeunaw. Ond ma' fe'n cydsynio â'r llythyr hwn on'd yw e?'

'Roedd distawrwydd yn yr ystafell. Rhoddodd Miriam y drafft yn ôl yn ei bag cyn dweud: ''Dydi o ddim wedi'i weld o eto.'

Edrychodd y ddwy wraig ar ei gilydd heb ddweud gair. 'Doedd dim angen.

* * *

Ers dyddiau bu plant yr ardal yn cael hwyl efo sparclars, pethau digon diniwed efallai, ond 'allai neb fod yn siŵr. Beth bynnag, 'roedd noson tân gwyllt i fod yn wahanol. Codwyd coelcerth ar dwmpath diogel yn barod i'w danio, ac eisoes 'roedd bocseidi o rocedi a phethau eraill wedi eu rhannu rhwng hanner dwsin o'r tadau a'r dynion ifainc mwyaf cyfrifol. Nid y plant yn unig a deimlai wefr a chyffro y noson i ddod. Am unwaith edrychai pawb ymlaen at amser nosi.

Edrychai Heledd ymlaen yn fwy na neb, ond nid yn gymaint oherwydd y tân gwyllt. Bu'r noson cynt yn noson o dân gwyllt gwahanol iddi hi, lle taflwyd hi fel fflam o un pegwn i'r llall, o uchder gogoniant i lawr i ddyfnder anobaith. Ond pan oedd Rick ar fin ei gadael y noson honno 'roedd o wedi sibrwd yn ei chlust:

'Wela' i di nos fory? Mae hi'n noson tân gwyllt. Wela' i di yno?'

O, fel 'roedd un cwestiwn syml yn gallu troi bywyd o fod yn ddu i fod yn lliw'r enfys. 'Doedd o ddim am ddod â'r peth i ben, felly. Mwy na hynny, 'roedd o'n barod i'w harddel hi o flaen pobol. Canai Heledd wrth godi trannoeth a pharatoi brecwast ei nain. Rhedodd ar neges iddi, a thynnodd goes yr hen wraig mewn ffordd na allai neb ond dwy wedi dod i lawn ddealltwriaeth â'i gilydd ei wneud. Sylwai ei nain yn annwyl ar y pelydriad yn ei llygaid a'r gwrid hapusrwydd ar ei chroen, a meddwl tybed sut un oedd y Rick yma, ac onid oedd yn amser iddi ddod ag ef i'r tŷ iddi gael golwg iawn arno fo?

'Tyrd â fo i mewn am baned heno,' meddai.

'Roedd Heledd wrth ei bodd yn clywed hyn, ond ysgydwodd ei phen dan wenu. 'Un swil ofnadwy ydi o, Nain. Rhaid i ni roid amser iddo fo.'

Nodiodd ei nain yn gymeradwyol. 'Doedd o ddim yn un o'r rhai powld yma felly. Dim ond gwas ffarm oedd o, wrth gwrs, ond, o leia, 'roedd o'n debyg o etifeddu ffarm gŵr ei fam ar ôl i hwnnw fynd. A byddai Heledd yn byw wrth law. 'Roedd hyn yn ystyriaeth bwysig iddi erbyn hyn.

'Roedd hi'n noson braf a'r lleuad ar ei anterth. Gwisgodd

Heledd yn fwy gofalus nag arfer—siwmper wen drwchus, trowsus du siapus yn lle'r jîns tragwyddol, sgidie at ei phenglin a *parka* ffasiynol i'w chadw'n gynnes. Edrychodd arni ei hun yn y drych hir a gwenu. Nid oedd angen unrhyw goluro ar ei hwyneb. Gobeithiai y byddai ei gwallt yn dal yn weddol daclus, ond 'doedd hi ddim am ei orchuddio. 'Roedd o'n caru ei gwallt hi.

Wrth gwrs, 'roedd hi'n barod ymhell cyn hanner awr wedi chwech, amser tanio'r rocedi, tra byddai'r wybren yn glir o fwg, ond 'allai hi ddim aros yn y tŷ. 'Roedd hi am deimlo awel y nos a bod ymhlith y bobl a'r miri o'r cychwyn cyntaf. Dim ond am y byddai yntau yno hefyd. Cychwynnodd rodianna'n araf i lawr y stryd gan gil-edrych i mewn i'r ffenestri goleuedig a oedd heb gael cau llenni arnyn nhw eto. 'Doedd dim angen cau llenni byth ym Mhant Llwynog, 'roedd hi'n siŵr o hynny. Neb yn fan'no i edrych i mewn wrth basio. Unwaith y byddai E.J. wedi marw, 'fydde 'na ddim byd i'w rhwystro hi rhag mynd yno i fyw at ei mam a'i brawd. A'i hanner chwaer, atgoffodd ei hun. Neb yno i edrych i mewn drwy'r llenni a gweld bai arni. Er bod Nina o'i cho yn awr, 'roedd gwaed yn dewach na dŵr, ac mi fydde hi'n siŵr o adael i'w merch aros gyda hi, ond i Rick a hi beidio â gwneud drygau. Dim ond cael bod gyda'i gilydd, dyna'r cwbl 'roeddan nhw'n ei ofyn. Bosib y gallen nhw fyw heb ddim byd arall.

Gadawai i'w meddwl nofio yn y freuddwyd lesmeiriol hon nes cyrraedd y cae lle'r oedd plant eisoes yn chwarae o dan lygaid manwl ychydig o rai hŷn. Byddai'n saith o leiaf cyn iddo gyrraedd. Rhaid iddi ddal i gerdded o gwmpas neu mi fyddai ei thraed wedi rhewi'n gorn wrth sefyll yn ei hunfan. Symudodd at grŵp o bobl hŷn, i osgoi sylw mintai o fechgyn a oedd wedi dechrau chwibanu arni a chwerthin ymhlith ei gilydd.

Yn y pellter goleuwyd yr awyr gan fflach ddisglair ddi-sŵn. Rhyw gwmni arall yn sicr, wedi dechrau arni'n barod, mewn pentre cyfagos, o bosib. Erbyn hyn 'roedd y plant yn heidio i mewn i'r cae, yn llawn chwerthin a sgrechian ac ambell waedd ddagreuol, pob un yn aros yn ddiamynedd am y ffagl a fyddai'n troi'n wenfflam gyda hyn.

Gosodwyd y plant i sefyll mewn cylch ddigon pell o'r goelcerth. Dechreuwyd gydag olwynion Catrin, yna rocedi'n saethu i fyny i'r awyr ac yn creu patrymau prydferth, yn las a gwyrdd a choch ac arian ac aur, y naill ar ôl y llall yn cael eu gollwng tua'r lleuad.

Ar ôl rhyw hanner awr o hyn 'roedd y bocsiau wedi eu gwacáu. Chwarter wedi saith. Fe ddylai fod yma erbyn hyn, neu mi fydde fo wedi colli'r hwyl i gyd. Baciodd yn araf i gyfeiriad y llidiart rhag ofn iddi ei golli.

Ac yn awr 'roedd hi'n amser cynnau'r goelcerth. Camodd un o'r athrawon ysgol ymlaen a ffagl dân yn ei law. Fe'i gwthiodd hi i mewn i'r goelcerth a chlywyd coed yn clecian a whŵsh o dân yn saethu i fyny, yn sŵn 'hwrê!' fawr gan blant ac oedolion fel ei gilydd.

A! O'r diwedd, dyna fo! Dacw fo wrth y llidiart, yn ei chadw'n agored i rywun ddod i mewn drwyddi. Mae hi wedi codi ei llaw arno.

'Rick!' Ond mae o a'i gefn ati, yn helpu rhywun i gamu dros ryw bwllyn o ddŵr wrth y llidiart.

'Rick!'

Mae hi'n cychwyn rhedeg ato. Ond yn stopio'n stond. Mae Rick yn breichio'r person yma, pwtan fach mewn cot fel hen ddafad, yn edrych i fyny ato efo llygaid disglair gan chwerthin.

'Rick!' Ond prin mae hi'n ei chlywed ei hun. Maen nhw'n cerdded tuag ati, a Rick yn rhoi ei fraich am ganol trwchus y ferch. Mae ei thraed hithau fel traed aderyn wedi'u rhewi mewn iâ.

'S'mai, Heledd?'

Mae o wedi'i phasio hi. Wedi'i phasio yn union fel pe bai hi'n rhywun a bigwyd i fyny ganddo ar y stryd neithiwr a'i thaflu fel clwt budr heno. Oedd hi wedi'i weld o'n iawn? Rick oedd o, yntê? Dim ond Rick fydde'n ei galw hi wrth ei henw. Ai jôc ydi hyn? Tynnu coes?

Er bod ei phen yn troi mewn pwl o benstandod mae hi'n

ei gorfodi ei hun i ddilyn y pâr o'i blaen, a chwerthin gwirion y ferch fel cnul ar ei chalon. Ond rhaid iddi wneud yn siŵr fod y peth yma'n digwydd.

Maen nhw'n sefyll yn gwylio'r goelcerth, braich yr hogan yn grafangus amdano, ac yntau'n edrych i lawr arni—o, na!—efo'r llygaid diog, cyfarwydd hynny. Mae'n fwy nag y gall hi'i ddioddef. Yr eiliad nesa mae hi'n sefyll yr ochr arall iddo yn tynnu yn ei lawes.

'Rick . . . wyt ti'n—'

Yntau'n troi ei ben heb ollwng gafael yn y llall.

'A, Heledd, ti sy 'na? Sut mae pobl Crud y Gwynt? Ydi Mrs. King wedi cael ei babi eto?'

O'r diwedd mae llygaid y ddau yn cyd-gyfarfod. Ydi hi'n dychmygu gweld gwefusau Rick yn crynu, a'i lygaid fel pe baent yn erfyn ei maddeuant? Ond mae'r hogan yn rhoi gwaedd.

'Hei, Rick, yli John Huw a'r criw draw fan'cw yn cael sbort! Tyrd i ni fynd draw atyn nhw.'

'Aros di yma efo fi, Rick,' yw ei neges fud hithau.

Mae Rick yn cau ei lygaid fel petai i gau allan y ddwy ferch. Ond mae'n cymryd ei lusgo i ffwrdd, ac mae Heledd wedi derbyn y neges yn glir.

Mae hi'n dechrau rhedeg, yn rhedeg fel dynes ddall. Wrth y llidiart mae hi'n baglu ar ei hyd i'r pwll dŵr y bu Rick mor ofalus ohono gyda'r ferch arall. Am eiliad mae hi'n dychmygu clywed ei lais yn gweiddi arni, yn dod i'w helpu. Ond 'does neb wedi gweld ei thrafferth oherwydd mae'r lleuad wedi mynd dan gwmwl du.

Mae'n anodd ganddi godi, nid am ei bod hi wedi brifo, ond am fod ei chorff fel plwm, a dal i orwedd yn y baw yn haws na chodi.

''Dach chi'n oreit lawr fa'na?'

Llais amheus dyn canol oed ar ei ffordd allan o'r cae. Yn meddwl 'mod i wedi meddwi, meddylia, ac mae hi'n ei llusgo ei hun ar ei thraed yn boenus ac yn afrosgo.

'Na, 'dw i'n iawn. Ges i godwm.'

'Ble mae dy ffrindie di?'

Ie, ble maen nhw? 'Does gen i ddim ffrindie. Neb rŵan.
'Draw fan'na. 'Drychwch, mi fydda' i'n iawn rŵan.'
Cerwch o'ma. Plîs. 'Sarna' i ddim isio neb.

Y dyn yn diflannu i'r tywyllwch. Hithau'n symud ymlaen,
ond i ble? 'Fedar hi ddim mynd yn ôl at ei Nain eto. 'Fedar
hi ddim wynebu neb. Yn fwy na dim mae arni isio taflu
i fyny. Mae arni isio gweiddi crio, ond 'does dim dagrau'n
dod. Dim ond y gwacter a'r unigrwydd affwysol yn ôl
unwaith eto. Y tu ôl iddi daw sŵn y gweiddi a'r chwerthin o'r
cae i'w gwawdio. Rhaid symud o'u clyw i berfeddion y
tywyllwch, rhywle, rhywle i guddio'i chywilydd.

Am ba hyd y bu hi'n cerdded? Ymhle y bu hi'n cerdded?
'Doedd ganddi ddim syniad. Oriau'n ddiweddrach mae'n
rhaid, sylweddolodd yn araf ei bod hi wedi cerdded i gyfeiriad
y llyn. Oedd hi'n gobeithio y byddai ef yno, a holl hunllef yr
awr ddiwethaf wedi diflannu? Sut oedd rhywun oedd yn ei
charu'n gallu gwneud rhywbeth mor greulon? Beth oedd o'i
blaen hi rŵan?

Yn sydyn, meddyliodd: Beth taswn i'n cael babi?
Saethodd y posibilrwydd drwyddi, gan ddod â gwefr newydd
iddi. 'Alle fo mo'i gwrthod hi os oedd 'na fabi ar y ffordd.
Hyd yn oed os na allen nhw briodi'n gyfreithlon bydde
hynny'n eu clymu nhw am byth.

Paid â bod yn wirion, Heledd. 'Chaet ti ddim gosod troed
dros riniog Pant Llwynog. Ar be faset ti'n byw? Pwy fydde'n
edrych ar d'ôl di? Nid pobl Pant Llwynog yn sicr. Miriam ac
Eryl? Perthyn i fyd arall 'roedd y rheini. Sut oedd disgwyl
iddyn nhw ddeall? O, Rick, pam na allen ni fod wedi mynd
ymlaen fel 'roedden ni? 'Doedden ni'n gwneud dim drwg i
neb.

'Roedd y llyn mor dawel heno. Mor hawdd fyddai cerdded
i mewn iddo, cerdded nes ei bod hi dros ei phen yn y dŵr, ac
yna diflannu am byth, 'run fath â'r dyn yna ar ddiwedd y
ddrama deledu y noson o'r blaen. Byddai'n edifar gan Rick
wedyn. Gallai ei weld o ar lan ei bedd, a dagrau mawr ar ei
wyneb, yn llefain: 'Hon oedd 'y nghariad i!' Daeth lwmpyn
i'w gwddf wrth feddwl am y peth.

Rhythai ar y dŵr a daeth cryndod drosti. Na. 'Fedrai hi byth gerdded i mewn i'r düwch acw. Rhy derfynol, rywsut. a ph'run bynnag, 'roedd arni ofn dŵr.

Trodd i ffwrdd yn sydyn rhag i law godi o'r llyn a'i hudo i mewn. 'Roedd ffordd haws o wneud amdani'i hun, siŵr o fod. Gan hoelio ei llygaid ar oleuadau'r dref yn y pellter, cerddodd yn araf yn ôl i dŷ ei nain.

Diolch byth, 'roedd honno yn ei gwely a golau ei llofft wedi'i ddiffodd. Chwarter wedi un ar ddeg ar gloc y gegin. Pa iws iddi fynd i'r gwely? 'Fyddai hi ddim yn debyg o gysgu. Tynnodd y *parka* oedd yn faw i gyd oddi amdani a'i lluchio ar y llawr. Dad-sipiodd ei hesgidiau a'u cicio i ben pella'r stafell. Disgynnodd i gadair freichiau ei nain, ac o'r diwedd daeth y dagrau. Criodd nes ei bod hi'n igian. Gobeithiai na fyddai Nain ddim yn ei chlywed, ond 'doedd ganddi ddim help, 'roedd ymollwng yn gymaint o ryddhad. Criodd fel y plentyn ag oedd hi. Ac eto 'roedd rhan ohoni, rhan fwy aeddfed efallai, yn sefyll y tu allan i'r dagrau yn gwylio ei hymateb fel 'tai hi'n gwylio drama rhywun arall. 'Doedd hi ddim yn ei deall ei hun.

O'r diwedd cododd ei phen, ac ar unwaith disgynnodd ei llygaid ar botel fach ar y dresal.

Dyna'i dihangfa! 'Fydde dim rhaid iddi eu cymryd nhw i gyd, dim ond digon iddi fedru anghofio popeth. Dim ond digon iddi fedru cysgu, addawodd i'w hunan, ond 'roedd ei llaw yn crynu wrth estyn am y caead.

'Roedd hi wedi agor y botel ac wedi arllwys ei hanner i'w dwrn pan glywodd beswch uwchben, a llais Nain yn galw.

'Heledd?'

Gwthiodd y tabledi'n ôl i'r botel yn frysiog a gweiddi: 'Ie, Nain?'

'Tyrd yma, wnei di?'

O damia! Stwffiodd y botel i mewn i boced ei throwsus a dringodd i'r llofft.

'Rhywbeth wedi 'neffro i,' cwynai'r hen wraig. 'Wnes i anghofio gwneud Horlicks i mi fy hun cyn dŵad i'r gwely.'

''Dach chi am beth rŵan, Nain?'

'Wnei di, cariad?'

'Wrth gwrs.'

Ar y ffordd i lawr y staer dechreuodd Heledd chwerthin, chwerthin a drodd braidd yn histeraidd. Dyna lle'r oedd hi, wedi penderfynu gwneud amdani'i hun, ac, yn lle hynny, dyma hi rŵan yn mynd lawr i wneud Horlicks i hen wraig. 'Roedd y peth yn gomic rywsut. Tybed oedd rhywun yn rhywle'n cael sbort am ei phen?

Sylweddolodd yn sydyn bod arni chwant bwyd, a thorrodd dafell o fara menyn iddi ei hun. Yna gwnaeth ddwy gwpaned o Horlicks a mynd â nhw i lofft ei nain.

*   *   *

'Chysgodd Rick fawr ddim, ei feddwl yn methu cloi drws ar yr hyn 'roedd o wedi'i wneud. Wrth iddi adael y cae, 'doedd o ddim wedi meiddio edrych ar ei hôl, ond yn ei ddychymyg cerddai gyda hi, y tywyllwch yn cau amdanynt, yn eu lapio nhw gyda'i gilydd ymhell o olwg llygaid chwilfrydig.

'Mi a' i â chdi adre rŵan.'

'Be?' 'Roedd Betsan yn rhythu arno mewn syndod. 'Newydd ddŵad 'dan ni!' Yna 'roedd hi wedi chwerthin yn ensyniadol a phwyso yn ei erbyn, gan dybio na fedrai aros yn hwy i gael ei freichiau amdani yn y tywyllwch. Rhoddodd binsiad iddo. ''Rwyt ti ar frys, 'dwyt?'

'Doedd o ddim wedi ateb, dim ond cydio yn ei braich a'i gwthio hi o'i flaen nes cyrraedd y car. Prin y cofiai fynd â hi'n ôl i Danygraig, a gwrthod y gwahoddiad i fynd i'r tŷ.

'Ew! 'Wyddwn i ddim dy fod ti mor drybeilig o oriog,' oedd ei geiriau olaf.

A dyma lle'r oedd o rŵan yn troi a throsi yn ei wely, yn gweld llygaid mawr, dolurus ei chwaer cyn iddi droi i ffwrdd. Oedd raid i mi fod mor greulon? gofynnai iddo'i hun drosodd a throsodd, a bob amser câi yr ateb, oedd. Y siarad 'na am redeg i ffwrdd oedd wedi codi ofn enbyd arno. Clywai ei hun yn ddiymadferth yn ei herbyn. Un sâl fu o erioed am ddadlau, am egluro safbwynt, a 'doedd hi ddim yn barod i wrando. Sut oedd egluro wrth rywun na wyddai ddim, ac na faliai ddim, am bethe crefydd ac ati, fod hyn yn bwysig iddo? Yr unig ffordd oedd drwy roi ysgytwad iawn iddi. Dim iws dal pen rheswm yn bwyllog efo rhywun fel Heledd.

Mae hi'n ifanc, mi ddaw drosto fo cyn bo hir, fe'i cysurai ei hun. Ond rhyw fath o chwibanu yn y tywyllwch oedd hyn, ac fe wyddai hynny'n iawn.

Go fflamia! Sut ddiawl es i i'r fath gowdel? Nid arna' i 'roedd y bai. Ar ffawd 'roedd y bai. Ond, dyna fo. Mae 'na bwll budr ar lwybr pawb, yn hwyr neu'n hwyrach.

Cymerodd anadliad hir cyn troi unwaith eto i chwilio am ffordd fwy cysurus i orwedd, a cheisio hoelio'i feddwl ar yr heffrod oedd ar werth yn y sêl ddydd Gwener nesa.

*   *   *

Yn y bore 'roedd hi'n synnu ei bod hi wedi cysgu. Wrth fynd i'w gwely y noson cynt, 'roedd hi'n siŵr na fyddai hi byth yn cysgu eto. Ond 'roedd haul y bore hydrefol wedi llenwi'r ystafell cyn iddi agor ei llygaid. Llifodd ei hanhapusrwydd yn ôl, ond y tro hwn 'roedd yna ddicter hefyd. Sut oedd o wedi meiddio'i dilorni hi fel'na?

Rick Lloyd, 'rwy'n dy gasáu di. Ond ar ôl dweud hynny drosodd a throsodd yn ei meddwl, fe wyddai nad oedd yn wir. Er hynny, yr oedd ei theimladau wedi newid ers neithiwr, balchder a digofaint yn dechrau ennill y dydd ar hunan-dosturi. Dyna wirion oedd hi neithiwr. Lladd ei hun? Dim peryg. Mi fydde hi'n dangos iddyn nhw.

Ond be oedd hi'n mynd i'w wneud rŵan? 'Allai hi byth aros yn yr ardal yma, yn gorfod wynebu'r posibilrwydd o weld Rick a'r hogan yna law yn llaw eto. Ond i ble'r âi hi? Caerdydd? Ond 'roedd Miriam ac Eryl wedi cael gwybod amdani hi a Rick, ac, yn ôl sŵn Menna, o'u coeau'n lân. Mi fydden nhw'n siŵr o weld bai ar Rick a'i ddilorni fel gwas ffarm. 'Allai hi ddim diodde clywed neb ond hi ei hun yn ei feirniadu. P'run bynnag, 'roedd hi wedi addo aros yng

197

Nghrud y Gwynt nes i'r babi gael ei eni, on'd oedd hi? Teimlai ei bod mewn caets nad oedd dim dianc ohono. Oni bai ei bod hi'n cael gwaith arall yn rhywle, wrth gwrs. Ond ymhle? Hwyrach y bydde 'na rywbeth efo'r cŵn i'r byddar 'na. Neu mi allai gadw cartref i anifeiliaid nad oedd ar neb eu heisio.

Cododd ac aeth i lawr i'r gegin lle'r oedd ei nain eisoes wrth y bwrdd yn bwyta ei thôst a marmalêd.

'Mi fyddi di'n hwyr i dy waith heddiw,' oedd sylw cwta honno. 'Doedd 'na byth lawer o hwyl arni yn y bore.

''Dydw i ddim i fod yno heddiw tan y pnawn.'

'O.' Daeth cysgod o wên i wyneb yr hen wraig o glywed hyn. Edrychai Heledd arni ag anwyldeb. Byddai Nain, o leiaf, yn gweld ei heisio hi ar ôl iddi fynd oddi yma.

Clywodd y postman yn gwthio llythyrau drwy'r drws, ond 'fydde 'na ddim byd iddi hi. Ffonio fydde pawb o'i chydnabod, os hynny hefyd. Cymerodd ei hamser yn mynd at y drws, yna gwelodd ysgrifen gyfarwydd ar amlen wedi'i gyfeirio ati hi.

Agorodd y llythyr â dwylo ansicr, a'i ddarllen yn araf, yna ei ailddarllen. Llifai teimladau cymysg drosti. Meddyliai— pe bai'r llythyr hwn wedi cyrraedd bore ddoe, mor wahanol fyddai ei hadwaith; rhyw awydd dweud wrth bawb am feindio'u busnes. Ond yn awr 'wyddai hi ddim beth i'w deimlo. 'Roedd y llythyr yn swnio mor wahanol i'r Miriam 'roedd hi'n ei hadnabod. Mi fyddai'n cymryd amser iddi dderbyn y Miriam newydd hon.

Darllenodd y llythyr eto. 'Roedd Miriam yn dweud ei bod hi'n ei charu, ac yn ei deall. 'Roedd y Miriam hon yn swnio'n od o debyg i Menna. Pam ei bod hi, Heledd, mor ddrwgdybus?

Be rŵan, felly? Oedd hi am fynd yn ôl i Gaerdydd i gael maddeuant fel plentyn wedi gwneud drwg? Wrth gwrs ei bod hi'n falch o lythyr Miriam, ond 'roedd hi wedi cael blas ar annibyniaeth yma. Ped âi'n ôl i Gaerdydd, hwyrach mai yn yr un cwch yn union y byddai hi ar ôl ychydig wythnosau.

Ac eto, fe ddylai deimlo'n ddiolchgar am lythyr Miriam.

Hwyrach mai mynd yn ôl fyddai orau cyn penderfynu beth yn union i'w wneud. Hwyrach y dylai hi ddweud popeth wrth Sylvia. Byddai'n rhaid iddi ddweud rhywbeth petai hi'n eu gadael nhw ar y clwt. Hedai ei phenderfyniad o'r naill beth i'r llall fel cacynen rhwng blodau.

'Gan bwy oedd dy lythyr di?' holodd ei nain.

Pe bai hi wedi dweud, 'Gan Mami', byddai disgwyl iddi hi ei ddangos. Mwmiodd, 'Gan ffrind i mi yng Nghaerdydd'. Wel, 'doedd hynny ddim yn anwiredd erbyn hyn, nag oedd?

Aeth rhai eiliadau heibio a Nain yn codi gweddillion y marmalêd ar ei phlât a'i osod yn feddylgar ar y darn olaf o'i thôst.

''Ddoist ti'm â'r hogyn 'na i mewn am baned neithiwr.'

Teimlai fel petai rhywun yn ei chrogi. Ond daeth blynyddoedd o guddio'i theimladau i'r adwy, a llwyddodd i ddweud heb ddim ond ychydig o gryndod yn ei llais:

'Na, mi aeth yn rhy hwyr.'

Llyncodd Heledd wrth feddwl bod yna oblygiadau mwy yn y geiriau yna nag a freuddwydiai ei nain.

Cododd honno ei phen ac edrych arni drwy'r sbectol hen-ffasiwn honno a rôi olwg dylluan arni.

'Tro nesa, 'ta.'

Saethodd poen drwy'r ferch. Cododd gan fwmian rhywbeth annelwig am nôl hances bapur o'i llofft, a brysiodd allan o'r gegin.

Tro nesa? 'Fydde 'na ddim tro nesa, efo hynna na dim byd arall. Methiant fu hi erioed, methiant yn yr ysgol, methiant yn ei chartre, methiant yn ei charu, methiant hyd yn oed yn ceisio gwneud ei meddwl i fyny beth i'w wneud nesa. Collwr fuo hi o ddydd ei geni.

Pan oedd hi ar ei ffordd i fyny'r staer i ymollwng i ddagrau, canodd y teleffon. Yn wirion, meddyliodd, fo sydd yno. Rhedodd i lawr y staer, a siom yn ei thagu o glywed llais Alan. Swniai'n gynhyrfus.

'*Look, love, we're on the way to the Maternity Home. You know where to find the key, don't you? I know I can leave everything safely*

199

in your hands till I get back, though goodness knows when that will be, but you're great with those animals. I know we can trust you.'

Nid oedd hi erioed o'r blaen wedi teimlo'r fath don o hyder. 'Roedden nhw'n ymddiried ynddi hi, Heledd, y dwpsen fach. 'Roedden nhw'n barod i adael yr anifeiliaid yn ei gofal *hi*. Teimlai fel rhywun ar fin boddi yn cael ei chodi allan o'r dŵr gan ddwylo cryfion.

Yn lle crio 'roedd arni awydd chwerthin dros bob man. Na, 'doedd hi ddim yn mynd i'w gadael nhw rŵan. Hwyrach y byddai hyn yn golygu dod wyneb yn wyneb â Rick, neu Nina, neu E.J. Ond os felly, pa ots? Gallai ddal ei phen yn uchel rŵan. 'Roedd hi'n Rhywun. Mewn rhai eiliadau 'roedd hi wedi tyfu fodfeddi.

Ond beth am Dadi a Mami? 'Roedden nhw'n ei disgwyl hi yn ôl. Ond mi fydden nhw'n siŵr o ddeall bod yn rhaid iddi gadw at ei haddewid. On'd oedd Mami yn arbennig wedi pwysleisio bob amser bwysigrwydd cyfrifoldeb? Gallai hi fynd yn ôl i Gaerdydd wedyn gydag urddas. Gwenodd yn sydyn wrth sylweddoli iddi adfer yr hen enwau i Miriam ac Eryl.

Aeth i'r gegin at ei nain i ddweud beth oedd wedi digwydd, am iddi beidio â'i disgwyl hi adre'n fuan, hwyrach ddim tan yfory. Wrth roi llythyr ei mam yn ei phoced, clywodd ei bysedd yn cydio yn y botel aspirin. Yn ofalus iawn, rhag ofn i Nain weld, fe'i tynnodd allan a'i gosod yn ôl yn ei lle ar y dresal cyn cychwyn am Grud y Gwynt.